JN318817

新潮文庫

幽　　　霊

—或る幼年と青春の物語—

北　杜　夫著

新潮社版

1719

幽霊

――或《あ》る幼年と青春の物語――

第一章

人はなぜ追憶を語るのだろうか。

どの民族にも神話があるように、どの個人にも心の神話があるものだ。その神話は次第にうすれ、やがて時間の深みのなかに姿を失うように見える。——だが、あのおぼろな昔に人の心にしのびこみ、そっと爪跡《つめあと》を残していった事柄《ことがら》を、人は知らず知らず、くる年もくる年も反芻《はんすう》しつづけているものらしい。そうした所作は死ぬまでいつまでも続いてゆくことだろう。それにしても、人はそんな反芻をまったく無意識につづけながら、なぜかふっと目ざめることがある。わけもなく桑の葉に穴をあけている蚕が、自分の咀嚼《そしゃく》するかすかな音に気づいて、不安げに首をもたげてみるようなものだ。そんなとき、蚕はどんな気持がするのだろうか。

⁂

母は少女のころ、外国で生活していたひとであった。なぜ父と一緒になったのかをぼくは知らない。

……彼女の部屋にはおおきな鏡があった。それは唐紙《からかみ》一枚ほどの大きさだったが、硝子《ガラス》のおもてがしんと澄んでいて、彫刻をほどこした木縁もくろずんだ光沢をはなち、とても日本間には似つかないものであった。嵌《は》めこむ場所がないので一方の壁に立てかけられている大鏡は、なんだかつめたい渋面をつくって、部屋の調度をこと細かに調べつくしているようだった。

母はその鏡の機嫌《きげん》をとりたかったのだろう、能《あた》うかぎり入念に部屋のなかを洋風にしつらえた。畳がすっかり隠れるようにねずみ色の絨毯《じゅうたん》を敷きつめ、衣裳箪笥《いしょうだんす》だのベッドだのをよい塩梅《あんばい》に位置させた。幼い眼《め》にはお伽話《とぎばなし》めいた華麗さが室内を満たしていた。柔かいのや、厚ぼったいのや、袖《そで》に襞《ひだ》のついたのや、彩《いろど》りゆたかなさまざまの衣裳がなにげなく椅子《いす》のうえに投げかけられていて、一方の壁はゴブラン織りで覆《おお》われ、そのほかおびただしい布地が使われて、粗末なもの陳腐なものを隠していた。

幼いぼくにとってその部屋がたいへん気に入ったのは、単なる好奇心というよりも、なにか異質的なものへのあこがれ、肌《はだ》になじめないものへの愛着であったにちがいない。たとえばどっしりしたマホガニーの化粧台にしても、まだ柔かなたましいを魅する複雑な陰翳《いんえい》をふくんでいた。抽斗《ひきだし》のなかのブラッシにしてもピンやマニキュアの道具にしても、少年時代に森のなかで見出《みいだ》した珍奇な虫とか茸《きのこ》とかのように、我を忘れさせるほどの驚嘆をもたらしてくれた。並んでいるロード・ポー、ローション、香水などの小びんも物珍しかったし、たちこめた甘ったるい匂《にお》いは身体《からだ》をすくめねばならぬほどこそばゆかった。なかでも可愛《かわい》いゴム球のついたカットグラスの香水吹きなどは、できることだったらぼくもひとつ持っていたかったほどだ。ぼくは両手で香水吹きをつかみ、その緻密《ちみつ》に鋭利な光沢に見入っては、よく刻《とき》のながれるのを忘れたものだ。しかしそんなとき、ふと傍《かたわ》らからぼくの動作を見つめている大鏡の、ひややかな表情に気づくことがあった。すると、ほんの一瞬だがぼくはぎくりとし、そのまま逃げだしてしまいたい衝動にかられた。だが、じきにそんな臆病《おくびょう》なこころは消えてゆき、あの鏡のなかに、なにかの拍子でほかの人の顔なり姿なりがひょっこり現われやしないかなどと、淡いためらいがちな期待さえいだいたりした。

ぼくはなにかわからぬが、ある種の形に興味をもっていた。だからぼくは、よく絨毯のうえにかがみこんで、そこに白く染めぬいてある模様について考えてみた。枝葉のようなかたちもあった。いろいろな身ぶりをした人のかたちもあった。それでいて少し離れて眺《なが》めると、枝葉や人の姿が寄りあつまって、ひとつの顔を形造っているように思われた。それは壁掛にあるスフィンクスの顔のようでもあったが、どうかした拍子に視線が狂うと、もう顔は消えてしまって、つまらない混みあった模様がばらばらに見えるばかりなのだ。ぼくはながいこと絨毯と睨《にら》めっこをしては、その変幻に富む顔をとっくりと見極めようとした。しかし結局なんのことやら曖昧《あいまい》になって、そのたびに瞞《だま》されたような、欺《あざむ》かれたような失望に囚《とら》われるのだった。

「あの顔は、なに？」

一度だけ母にそう尋ねてみたことがある。ほんのなにげなく言ったつもりだったが、声はばかにせきこんだふうに喉《のど》からとびでてしまった。

「顔って、どれ？　これは鳥でしょう？　そして、これは木の葉。顔なんてどこにもないでしょう」

そう言われてみると、顔は消えてしまったようだった。そればかりか、今まで人のかたちとばかり信じていた模様まで、たしかに鳥に見えてきた。ぼくには母が魔法を使ったとしか考えられなかった。目をあげると、ほほえんでいる母の際《きわ》だって白い額のあたりが、妙に見知らぬひとのように見えた。ぼくはうつむいて手で絨毯を撫《な》でた。生物《いきもの》の毛にさわったような感じがした……。

父は学者というものらしかった。ながい間、この世のことがいくらかわかってくるまでぼくはただそう信じていた。

いま考えてみれば、父はひとりの秀《ひい》でたディレッタントであったようだ。生れつき創造ということの尊厳と陋劣《ろうれつ》とを知りつくしていて、もうひとつの凡庸な平明な世界への憧憬《しょうけい》が、どの方面へも彼を深入りさせなかったのかも知れない。とにかく彼がつめたく酔いながらあとに遺《のこ》したものは、紀行と随筆の本が数冊と、ちいさな青表紙の詩集が一冊だけである。美術評論家とか随筆家とか記されるのはまだしも、旅行家などと註《ちゅう》されたことまであった。

ぼくがほんの幼いころから頭髪は白くなりかけていて、書きものをするときにだけ、角ばった縁なしの眼鏡をかけていた。父はよくその眼鏡をどこかに置きわすれ、そのたびに家じゅうが大騒ぎをした。母はもちろん、女中や婆《ばあ》やまでが呼びあつめられて、部屋から部屋をせかせかと歩きまわるのだった。そのさまは捜しものをするためでなく、せかせか歩きまわるためにのみ動いているように見えた。ぼくはそんな人たちのあとを追って一緒に歩きまわりながら、じきに壁にできた汚染《しみ》とか廊下にさしている庭樹《にわき》の影とかに気をとられ、当の捜しものを忘れてしまうことが多かった。そのうちに眼鏡は茶簞笥のうえだの、座蒲団《ざぶとん》のかげだの、ときには後架のなかから見いだされるのだったが、父はそのたびに「ほう」と嘆声を発し、ひどく不機嫌になってそれを受けとったものだ。みんなは思い思いの笑いを頰《ほお》に刻み、なかでも婆やは、無理に笑いを歯のかけた口のなかにおしこめようとして苦しげにむせかえった。

父はほとんど口をきかない人であった。ときたま父の声をきくと、なんだか初めてきく人の声のようにひびいた。よく咳《せき》をこらえる仕草で片手を口にもっていったが、そのくせ咳はなかなか出てこなかった。その動作なり恰好《かっこう》なりは漠《ばく》とした印象を憶《おも》いうかべることができるのだが、どうしても父の顔はうかんでこない。いまぼくのもっている写真の、もっと若い頃《ころ》の顔立ちを、記憶に残っているおぼろな姿恰好の映像にかさねてみても、どうもしっくりしないのだ。ただはっきり憶《おぼ》えているのは、その身辺にただよう一種の謐《しず》かさであった。それはむしろものうい感じ、だらしのない感じに近いもので、隠者とか科学者からうける謐かさとは丸きり性質を異にしたものである。苦痛もなく死んでゆこうとする病人が、ひょっとするとそんな雰囲気《ふんいき》をかもしだすかも知れない。

そのくせ父は、調べものをするときとか書きものをするときには、子供心にも圧迫を感じさせる執念ぶかさを示した。居間に閉じこもって食事もとらなかったし、書庫のなかで幾十冊もの本をとっては開け、とっては開けしたりした。その姿は勤勉というより、なにか呪《のろ》いをうけて自然にうごいている人のようにも窺《うかが》われた。ぼくは未《いま》だに、父は好きこのんであやっていたのではないと信じている。

父の部屋はちいさな日本間で、窓際に坐《すわ》り机がおいてあった。そのうえで父は、原稿紙の桝《ます》のなかに、ばかに丸っこくちぢこんだ、几帳面《きちょうめん》な文字を並べるのだった。彼は毛筆を使ったが、墨をするとき必ずそれを斜めにすりへらした。開きはなしの本が周りにちらばって、どうかすると父自身より本のほうが主人のように見えることがあった。

また何という本だったことだろう。家じゅうが本で埋っていたといっても、けっして言いすぎではあるまい。父はどんな種類の本でも蒐集《しゅうしゅう》する性《たち》だったので、客間の床の間まで本棚《ほんだな》が占拠してしまっていた。いかめしい専門の本のあいだに、寄贈されてきた子供の読物だの婦人向きの本だのがまじっていたりした。だがなんといっても、居間のとなりが本たちの跋扈《ばっこ》する世界で、十二畳敷ほどの天井の高いその部屋には、図書館の書庫そのままにぎっしりと本棚がならび、人はそのあいだを身をせばめて通らねばならなかった。それでも足りずに床のうえに積まれているものも随分あった。そのように厖大《ぼうだい》にあつまった本たちは、あきらかに自負心が強くなり、不遜《ふそん》になっているようだった。一冊々々の本など、それがなんという本であるかということなど、ここでは問題にされなかった。ただ書籍というお面をつけて黙りこくり、読まれることなんぞ希《のぞ》んではいないらしかった。きっと人間がまったく顧みなくなったとしても、彼らはそんなことにはおかまいなく、倨傲《きょごう》にかたくなにしずまりかえって、塵《ちり》にうもれながら積み重なっていたことだろう。

母の部屋とは異なった魅力が、ぼくをこの部屋に惹《ひ》きつけた。階段をのぼると右手に母の部屋があり、左に小廊下をたどると書庫のドアにつきあたった。ノブが空まわりするため、ドアは一度で開くことは滅多になかったが、そうかと思うと、ノブをまわしもしないのに、すっとドアが開いたりした。いくらそっと踏みこんでも、床はおじけたように銹《さ》びた軋《きし》りをたてるのだった。すると部屋じゅうの本がきき耳をたてる気配がした。そして、どんな人間がはいってきたのかと、うさん臭げな視線があつまるように思われた。実際、ぼくはすぐ横手の本棚の厚い辞典などがこちらを窺っているのを感じ、いそいでそちらに眼をやってみたものだ。けれども辞典はすぐに知らんふりをするらしかった。はじめの気まずい何秒かがすぎると、本たちはぼくにあきてしまい、もうこちらを警戒するようなことはなかった。ぼくは本棚のあいだをぼんやりとさまよい、また佇《たたず》んでは、うっすらとたまっている埃《ほこり》に指の跡をつけた。それらの本たちにも、やはりぼくはそれぞれの顔をみた。赤色の、緑色の、あるいは総革の、あるいは仮綴《かりとじ》の装幀《そうてい》と背文字が、いろいろな顔を形造っていた。しかしそれは、あの絨毯の顔と同様、注視すると消えてしまう顔であることに変りはなかった。

もうひとつ書き記しておきたい部屋に、玄関わきの応接間がある。非常に凝った造りで、優美というよりもなにかいかがわしい悪徳の匂いを感じさせた。壁はうすい桃色だったし、厚ぼったい窓掛も二重になっていて、無理強《じ》いの、人工の、ほとんど童話の魔法宮にちかかった。夜に燈《あか》りを消すと、純粋の暗黒が現出した。ぶ厚いカーテンは些細《ささい》な星影さえもさしこませなかったから、その闇《やみ》の濃さは怖《おそ》ろしいばかりであった。

しかし煌々《こうこう》とともされた光の下で、母はこの室《へや》によく客をまねいた。そういうときの彼女の姿はひどく異国人めいて、たまにみえる外人の客よりも日本人ばなれして見えた。あちらでふたことみこと言葉をかわし、こちらで陽気に笑い声をあげ、常に座のあいだを動きながら、それでいていささかも優雅な感じを失わぬ母の姿を、ぼくは半ば感嘆し半ば満足しながら眺めていたものだ。そしてひそかに空になったグラスに残っている赤い桜ん坊をつまんだりした。すると母は目ざとくそれを見つけ、まだ桜ん坊をつかんだままのぼくの手をおさえて、おどけた様子でぼくの頭を叩《たた》くのだった。みんなはそれを笑い、年老いた外人がわざわざ席を立って、ぼくに訳のわからぬ日本語で愛想《あいそ》をいったりした。しかしそんなとき、ぼくはとたんに萎縮《いしゅく》してしまうのだった。それは、いてはならぬ場所に自分がいる感じ、間違ってこんな羽目に陥ってしまった羞恥《しゅうち》であったにちがいない。ぼくはぎくしゃくとなり、できることだったら、そのまま消失してしまいたかったほどだ。

それでもぼくはそこに坐っていた。たとえ自分がのけものの存在であることがわかっても、やはりそのまま隅《すみ》っこの椅子に坐っていた。そうしながら、客たちの談笑や硝子器のふれあう音を聞いているのは快かった。箱形のいかめしい蓄音機からながれてくる、けだるい、甘美な旋律に聴き惚《ほ》れるのは快かった。母がレコードを取り代えると必ずその旋律がひびいてきたものだが、その音楽はなんだか異質の世界の呼声のようにも聴きとれた。ぼくはとおくから伝わってくる笛の音に耳を傾けながら、なじめない光景が、厚ぼったいカーテンや棚に並んだ木彫人形などの群が、ふいに自分に親しい身近なものとして融和してくるような錯覚にひたることができた。だがそれはほんの一瞬で、そんな気持は消えていってしまった。ぼくはぎこちなく身体をうごかし、そっと周囲の、自分と関《かか》わりのない談笑を窺うのだった。

だからぼくには姉がうらやましかった。二つ違いの姉は母の子供に似つかわしく、そのような雰囲気にすっぽりとはまりこんでしまうことができた。たとえ客の膝《ひざ》のうえに抱かれていても、また片隅にぽつねんとぼくのように坐っていても、彼女はあきらかにぼくには手のとどかぬ世界に属していた。身体も魂もぼくとは別の材料でできているようだった。ときどき大人たちがテーブルを片寄せて踊るようなことがあると、彼女はすぐにその仲間になった。また客たちも喜んで相手になったのだ。ちょうど「あんよはお上手」のような恰好であったにしろ。

姉と同年の従兄《いとこ》が遊びにくると、二人はよくダンスの真似事《まねごと》をしてみせた。従兄は役者がうまかった。姉の手をとり、腰をかがめて挨拶《あいさつ》をした。ひととおり踊りおえると、彼は上をむいて大声で笑った。姉も首をかしげてくすくす笑った。すると見ているぼくも間の抜けた笑い声をたてた。ぼくは常に観客だったのだ。それはぼくだって切ないほどやってみたいとは思っていたのだが、そのくせ誘われても首をふるばかりであった。自分にはああいうことはできっこないという確信のようなものがあったのかも知れない。

従兄が泊ってゆくことになると、かならず応接間で、ぼくたちの考えだした隠れん坊と鬼ごっこを合せたような遊びをした。魔法宮は完全な暗黒となり、つい鼻の先に相手がいてもわからなかったし、またぼくたちはみんな闇が怖ろしかったので、遊びというよりもっと真剣な、緊張しきった幾刻かが過されるのだった。

……どんなに目を瞠《みひら》いても、見えるものはすべて均質の漆黒であった。その漆黒は目から遠慮なくながれこんできて、身体全体が闇と同じものになり、どこまでが自分の身体なのかわからなくなった。ぼくは椅子のかげにしゃがみこみながら、ときどき不安になって自分の手足にさわってみたりしたものだ。そのうちに、鬼がそろそろと近づいてくる気配がする。ときにはミシリという音がしたりする。息づかいが闇を伝わってくるようで、こちらもそろりそろりと反対のほうに這《は》ってゆくと、思いがけず相手の身体にぶつかってしまうこともある。それでもうまく逃げて、壁際に平たくなってしまうと、なかなか摑《つか》まるようなことはなかった。だが、ふいに闇のなかからの手が頰をかすめたり、あるいはこちらが鬼で、いい加減にだした手が相手の首すじにかかったりしたときの感触は、とても今となっては言いあらわせない。皮膚は極度にうすくなり、肉の感覚はすべて表面にあつまって、かすかな接触が全身をわななかした。それは単に摑まること摑まえることの感情だけでないにちがいなかった。あとでのべる銀白色の鱗粉《りんぷん》からぼくのうけた感動にも近かったかも知れないし、あるいは人がはじめて燃えるような異性の肉を知ったときの心情にも通ずるものがあったかも知れない。

誰《だれ》かが摑まって燈りがつけられると、姉はきまって隠れていた場所から首をのぞかせながら、「あーあ、こわかった！」と言った。摑まえられるとちいさな悲鳴をあげた。鬼になったときには常に音を立てたり笑ったりするので、どうしても相手を捉《とら》えることができず、そのため鬼を交替しなければならないこともあった。それに反して従兄が鬼になると遊戯はおそろしく真剣なものになった。彼は音というものを立てなかった。息さえもしないらしかった。じっと闇のなかで耳をこらしていて、どこかにひそんでいる相手の気配を嗅《か》ぎだしては、じわじわと近よってきた。その恐怖に堪えられず、ぐったりとソファーのかげに坐りこんでしまうと、たちまち身体が闇に溶けこんでゆく錯覚をおぼえた。

また闇の重みというか動きというか、とにかくこの暗黒は昼間の空気なんぞと同じものではなく、なにか生きた物質であることが感じとれることもあった。事実、闇はぼくの耳をこそばゆくおしつけたり、腕をそろそろと這い降りたりした。

⁂

人は幼年期を、ごく単純なあどけない世界と考えがちだが、それは我々が逃れられぬ忘却という作用のためにほかならない。しかし、忘れるということの意味を、人は本当に考えてみたことがあるだろうか。なにか意味あって、人はそれらの心情を忘れさるのではなかろうか。

この物語は、むしろ忘却の生んだ物語である。すくなからぬ奇妙な発掘の結果なのだ。それにしても、追想というものはあくまでも、睡眠中に見ている夢と、目覚めて思いかえす夢との関係にたとえられよう。たとえば、はじめて幼な子の目にうつる外界の事象を、はじめて肌《はだ》にふれるなじみのない外気を、表わしきれる文字がこの世にあるであろうか。

……一面に露がきらきらしていたから、まだ朝まだきのことであったろう。ぼくは女中につれられて広い原っぱを、雑草の生《お》い茂ったなかを歩いていた。どの草も異様に背が高く、手足にふれてこぼれおちる露も酸漿《ほおずき》くらいの大きさに感じられた。靄《もや》がかかっていて、空の光は夢像のようにぼんやりしていた。かぎりなくつづいている草の群は、しっとりと濡《ぬ》れて特有の香りを発散させ、その湿った空気を呼吸しながら、ぼくはなんともいえない、半ばけだるく半ばさわやかな快感を覚えた。言ってみれば、それはふしぎなみずみずしい性感のようなものであったかも知れない。それらの雑草の茎や葉には、露のために白い天幕のようになった蜘蛛《くも》の巣がかけられていたり、唾《つば》をなすりつけたような泡吹虫《あわふきむし》の分泌物《ぶんぴつぶつ》がついていたりした。と思うと、こちらのぎざぎざした葉のうえには、虫けらとも思えぬほど変な恰好をした虫が蠢《うごめ》いていた。どんなにかそれらが珍しく目に映ったことだろう。ぼくはどれもこれも掴まえては、女中のもっている空びんに――茶褐色《ちゃかっしょく》の不透明な硝子《ガラス》の空びんに投げいれた。なかでも、唾に似た白い泡を指でつついたところ、中から黒と赤の縞《しま》のある虫が這いだしたときの喜びはたとえようがなかった。隠れていた草の精を見つけたとぼくは思ったのだ。樹木や草に精のいることを、誰からきいた話であるかわからないが、すでにそのとき知っていたらしい。ぼくはそれらの貴重な宝物が一杯つまった空びんを、ときどきふりかえっては女中の手のなかに確めた。

家へかえってきて、玄関の石畳のうえでぼくは瓶《びん》を横にしてみたが、そのときの失望は大きかった。狭いびんの口から、細い肢《あし》をした草蜘蛛やカマキリの仔虫《こむし》がぞろぞろ這いだしてきて、痛んだ肢をひきずって歩きまわった。だが、彼らは水気にみちた草原にいたときとは丸っきり違っていた。あの新鮮な、なまめかしい、生々《いきいき》とした気配は微塵《みじん》ものこっていなかった。殊《こと》に一匹の灰色の蜘蛛がよろよろと足もとに這いよってきたとき、ぼくは慌《あわ》てて退いたので、びんはごろごろと石畳のうえをころがった。するとその口から、あの草の精が、赤い縞に彩られた泡吹虫の幼虫が這いでてきた。その印象はぼくの不快をほとんど吹きけすほどあざやかだった。色彩に対する興味をぼくはこのときに覚えたようだ。

だがやがて、家から一町ほど離れたその原っぱは、ぼくにとって周知のものになっていった。折りとると黄いろの汁《しる》の滲《にじ》みでる茎、関節のように節くれだった茎、柔毛《にこげ》の一杯生えた葉、触れると針でさす葉、それらのものをぼくは区別したし、また叢《くさむら》はあくまでも草の茂りであり、そのかげから見知らぬものの窺《うかが》っている気配も次第に少なくなった。それからさまざまの虫の形態も、心のどこかにしまってある形にすぎなくなった。

原っぱの隅には、崩れおちた煉瓦《れんが》の建物の外廓《がいかく》がのこっていた。割れた赤煉瓦がそこここの土にうもれ、また灰白色の切石がひとところに散らばっていたりした。ぼくと姉は女中につれられて、よくそこでままごと遊びをしたものだ。石と石をすりあわせ、こまかい粉がたまると草の葉にのせて、「はい、どうぞ」とすすめるのであった。赤煉瓦の粉と灰白色の石の粉をうまく塩梅《あんばい》するのがむずかしかった。ときには黒土や赤土をまぜたりした。しかしぼくは赤煉瓦の粉をいつも多くいれすぎるのだったが、たしかに赤色はぼくの好みらしかった。

原っぱで赤いものは、なによりも夏の終りからあらわれる赤蜻蛉《あかとんぼ》の群であった。秋もふかくなると腹部の色は真紅となった。彼らは原の上空をきらきらと羽をひからせて飛びかい、また墓地との境にある針金の柵《さく》にひとつらなりになってとまっていた。ぼくよりもずっと大きい子供たちが、網やもち竿《ざお》で彼らを追いまわしていると、ぼくは女中の手をにぎりながら息をつめてそれを見ていた。どうか摑まらねばいいがと思った。それは嫉妬《しっと》の念にちかい感情であったかも知れない。ぼく自身が彼らを捕えるためには、ぼくはあまりに小さくのろまであったのだ。

原っぱのはずれから寂寞《せきばく》とした墓地が無限にひろがっていた。それは、谷間をへだてておく或《あ》る連隊の建築物がほの見える彼方《かなた》まで陰気な樹海で埋めつくしている妖《よう》怪《かい》の跋扈《ばっこ》する世界で、ふた抱えもある樹皮にしのぶの生じた楠《くすのき》がそびえていたし、うす気味のわるい灌木《かんぼく》の茂りもあった。ある墓石は苔《こけ》に汚れ、ある鉄柵は鈍《にび》いろに錆びつくしていた。刈り込まれた生垣《いけがき》や植込みの常緑樹が、苦いような湿った落着いた大気を吐き、そのあいだを、砂利や、黒土の道が迷路をなして交錯していた。

原っぱに近い墓地のはずれは手入れがゆきとどかず、朽ちた垣根が土のうえに倒れていたりした。やわらかい下駄《げた》跡のつく黒土のほそ径《みち》には、ときどきもぐらの盛土が見うけられ、墓も概してみすぼらしかった。妙に明るく華やかな墓もあったが、おもおもしく沈鬱《ちんうつ》な墓もあった。そのどちらともつかぬ、すこしも人目をひくところのない小ぢんまりした墓のなかに、ぼくの見知らぬ兄と姉が眠っていた。

「これがお兄さまですよ」

婆《ばあ》やはぼくたちをつれてゆくと、ひとつの墓石をさして、きまって同じことを言った。

「こっちがタヅコ姉さん」

と、ぼくももうひとつの墓石を指さして、同じ文句を呟《つぶや》くように言うのだった。なんだかそれが自分の義務のような気がして。

ぼくは自分がいま一緒にいる姉のほかに、まったく意識にない兄と姉がいたことがほとんど理解できなかった。それでぼくは、湿った地面に生えたぜにごけの地図模様をながめたり、墓石の横にあるすべすべした樹《き》の幹をなでたりしながら、つまらなそうな顔をしていた。

「みんなお弱いから……」と婆やはひとりごとのように言った。「坊ちゃまは立派にならなくちゃいけませんよ」

そういうときの婆やの眼《め》に見られると気恥ずかしかった。一緒に姉がいる場合は、彼女は素直にこっくりをしてみせた。ぼくは死というものがわからなかったし、自分が死んでこんな石になってしまうなどとはなおさら想像もつかなかったので、一層つまらなそうな顔をした。

ところがあるとき、ぼくは死というものの形を見たように思った。夕暮であったのか、ぼくは垣のそばに立っていて、婆やは墓の横手にかがんで草をとっていた。ぼくは所在なさにかたわらの樹木にうすれかかったおぼつかない光があたりに漂っていた。ぼくは所在なさにかたわらの樹木をながめた。するとするとも靄に似たものがするすると幹をつたわって梢《こずえ》のほうにかくれるような気がした。それは本当の靄か目の錯覚だったかも知れない。それでもぼくに、漠《ばく》とした死というものへの感覚を与えたのだ。ぼくは目をしばたたき、婆やにそのことを告げようと思った。婆やはこちらに背をむけてかがんでいたが、ぼくの目にはそれがまたひどくおぼろに、ゆらゆらと揺れるように見えた。ぼくはそれらをすべて〈死〉のせいにしてしまった。なぜかひどく疲れてしまったので、結局ぼくはなんにも口をきかなかった。いくらかの恐怖といくらかの好奇心をのこして、〈死〉はどこかへ行ってしまった。……

ずっと後になってのある日、ぼくは先にのべた従兄と一緒に、墓地のなかを方向もかまわずに歩きまわったことがある。従兄はいつもぼくに対して年上らしくふるまい、姉とばかり遊んでいるためぼくがときどき男の子らしくない言葉使いをするのを嘲笑《あざわら》ったりする大柄《おおがら》なませた子であった。せめてなじみの墓地のなかでは少々の優越を示したかったのだろう、ぼくは先にたって足早に歩いた。

「これは西洋人の墓さ」

ぼくは丸くコンクリートでかためた墓をさしてそんなことを言ったりした。もう小学校へ行っていた従兄は大きな墓があると、しかつめらしい顔をして彫られた文字をよむふりをした。しかしぼくはそのころかなりの漢字を知っていたので、ときどき彼の嘘《うそ》を見ぬくことができた。べつに教えこまれたわけではなく、ある形象に対する興味から覚えたのだった。すると今度は従兄は駈《か》けっこだの、とびあがって木の葉をむしることだのにぼくをひきこんだが、そういうことにはぼくは極端に無能であった。

夕方になってそろそろ帰ろうとしたとき、ぼくはたいへんな忘れ物をしたような気がして、慌てたふうに言った。

「兄さんたちのお墓を見せてあげようか」

だが、あたりを見まわしたとき、ぼくは自分が今までできたこともない見慣れぬ場所に立っていることに気がついた。どの墓もどの小径もなじみのない見知らぬものであった。梢越しの夕映えのあった空も色あせかかり、前方に奇態に枝をくねらした樹木の姿は、悪魔かなんぞがうずくまっているように見えた。その樹のまわりには一群の墓石がひしめいていた。それはひややかな顔をいっせいにこちらへむけ、こちらを窺い、ぼくの行手に立ちはだかっているのだった。——ぼくの表情が途方にくれたように歪《ゆが》んだのだろうか、従兄はぼくの手をとり、「お墓」はまたにして今日は早く帰ろうと言ってくれた。

　ぼくはひどく凋《しお》れかえって、彼に手をとられて歩きはじめた。よちよち歩きの子供同様に、頼れるものは彼の手ひとつという感じであった。それでもあまり固くその手をにぎると、彼はぼくの心を見すかして手をふりきって逃げる真似《まね》くらいしそうに思われた。だからぼくはできるだけそっとその手を摑んでいた。そういうふうに自分の身体《からだ》をあずけてしまうと、ぼくはますます意気地がなくなった。自分で見覚えある墓とか路《みち》とかを捜そうとする気力がまったく失われ、どちらにむかって歩いているのかという見当さえもつかなくなった。影のように生垣が、墓が、鉄柵が、灌木がぼくの横をすれちがった。底の知れぬ迷路がはてしなくつづいた。——ふいに、従兄が口をきいた。

「ほら、あそこはもう原っぱさ」

　ぼくはもうすこしで安堵《あんど》のあまり笑いだしそうになった。あたりの風景は見るまにぼくの周知のものとなった。そこは家の墓のあるすぐ近くにちがいなかった。

「そんならお墓を見てゆこうよ」と、ぼくははしゃいで彼の手をひっぱった。今までのつまらない危惧《きぐ》をとりかえそうとするかのように、ぼくはすっかり快活になってしまったらしい。

「ここを曲ってさ」とぼくは従兄《いとこ》の口ぶりを真似た。「あの樹のうしろが……」

「なんだい、どの樹だい?」と、彼はどこか不満めいた声でぼくの言葉をさえぎった。

「あそこの樹。あそこのうしろにお墓があるの」

うっかりだらしない——と従兄はいうのだった——言葉がでてしまったので、ぼくはひやりとして一人だけ先に駈けだした。ところが真直《まっすぐ》に行きつけるつもりだったのに、思いがけない生垣が行手をさえぎっていた。このむこうへ行かなきゃならないんだ、とぼくは自分に言いきかせるようにせかせかと考えた。廻《まわ》り道をする気にもなれなかったので、ぼくは乱暴に垣を乗りこえようとした。すると、半ズボンのすそが杭《くい》にひっかかり、もんどりうって向う側へころげおちてしまった。それでもぼくは夢中で起きあがり、垣で区切ってあるよその墓をふたつほどくぐりぬけた。一刻も早く、あの見慣れた小ぢんまりした墓に行きつきたかったのだ。

「おおい」と従兄の声がきこえた。それが地面の下で鳴く地虫の声のように、ひどく遠くから伝わってきたので、ぼくはおどろいてふりかえった。ちょうど木柵をくぐろうとして片膝《かたひざ》をついたままの恰好《かっこう》で。

高い墓石がぬっと頭のうえにおおいかぶさっていた。横手のほうにも卒塔婆《そとうば》の群がすっかり視界をさえぎっていた。なんだか世界のほんのひと隅《すみ》につくられた秘密の小部屋に閉じこめられたような気がした。すると突然、得体の知れぬ痺《しび》れがぼくの体内のどこからか湧《わ》きだし、みる間におしひろがってぼくをつつみこんだ。自分の身体がなくなったかのようで、一瞬ぼくはぼんやりしてしまったらしい。

やがてぼくは、のろのろと手足をうごかし、木柵をくぐり、並んだ墓石のあいだをすりぬけた。それは非常にゆるやかにやってくる失神の径のりを歩いているのに似ていた。――気づいてみると、ぼくは「お墓」の前に立っていて、なじみぶかい墓石のわきにすべすべした樹の幹が灰色にくすんでいた。

「おおい」と右手から声がした。従兄が廻り道をしてやってきたらしかった。ぼくはそのほうへ五、六歩走った。

「ばか」――ぼくの前までくると彼はかすれた声でいい、息をはずませた。かなり怒っている様子だったから、ぼくは大いそぎで言った。

「お墓があったよ」

「墓なんか見たってつまらねえや」

彼はそう言いながらも、うしろから尾《つ》いてきた。

「ここさ……」

ぼくは指をのばし、それからひょいと目をやった。家《うち》の墓とはまるきり違っていた。狼狽《ろうばい》してぼくはとなりの墓へ走った。そのとなりも、またその次も、——どれも見知らぬよその墓であった。ぼくは足をとめ、こわばった首をぎこちなくうごかして四方を見まわした。あちこちの木立や墓のなかから、〈夜〉がもくもくと首をもたげ、ひくく地面を這いよってくるように見えた。救いを求めるようにぼくはすこし離れた従兄の顔を見た。その顔はもうぼやけていてどんな表情をしているのかわからなかったが、そのあたりから、奇妙なほど低い声がきこえてきた。

「たしかに、ここなのかい?」

ぼくはうなずいて、ややおくれて「うん」と言った。

「さっき、本当にあったのかい?」

「うん」

今度は彼の言葉が消えないうちに追いかけるように答えて、ぼくはあまり早く言いすぎたような、とんでもない大それたことをしてしまったような後悔を覚えた。ぼくは〈死〉のことを思いだしていた。従兄が身うごきしたらしく、足元で小石と下駄がすれあうような不透明な音がした……。

ぼくはここいらで、あのふしぎな、蠱惑《こわく》にみちた鱗粉《りんぷん》の光彩について物語らねばなるまい。

＊＊＊

……それはどこかの山中の温泉に滞在していて、付近の滝を見物に行ったときのことであった。ぼくのかたわらには父がいた。記憶のなかでは、ねずみ色の服をきた猫《ねこ》背《ぜ》ぎみの父の背中が、ぼくの前をゆらゆらしていたことしか浮んでこない。それから母もいた。たしか洋装をしていたが、それがどんな色のどんな服であったかはやはり思いだすことができない。ぼくと姉はひとところにじっとしていて、案内人がその滝についての伝説を父母に話しているのをきいていた。姉は滝の落下する音がこわいらしく、片方の手でぼくの手につかまっていた。実際、滝壺《たきつぼ》のあたりはこまかい飛沫《しぶき》がたちこめて白く霞《かす》み、風にのってつめたい微粒子がぼくたちの立っている箇所へ吹きつけられてくるのだった。足元の岩からにぶい地ひびきが伝わってきた。あたりの植物はすっかり濡《ぬ》れしょぼれ、こまかい葉をぶるぶるとそよがせた。すると、その濡れた緑がそこから溶けだして、白く霞んでいる滝壺のほうへ流れだしてゆくように見えた。

案内人の声は奇妙な声であった。おしつぶされたような、それでいてよく透《とお》る声で、それは滝のひびきのあいだから、次々にとびだしてきてぼくの耳を打った。ぼくはそれに興味を覚えてじっと耳をかたむけた。声は冷たい風のなかからも生れてくるようだったし、小刻みにふるえている羊歯《しだ》の葉かげや、足下の濡れてつるつるした岩からもとびだしてくるようであった。しかしぼくが案内人の顔をみるたびに、その口はやっぱりぱくぱくうごいていた。——それにしても、滝壺からふきよせる冷気は、ぼくの首すじや腕をひやしすぎたものだから、ぼくはそっと姉の手をふりほどいた。彼女はそれに気づかないもののように、案内人のほうを見たり、母の顔を見あげたりしながら、生真面目《きまじめ》な表情をしてじっとしていた。

ぼくはすべりやすい岩のうえを歩いて、すこしばかり離れた茶店の裏手へでた。そこから川にそった谷間に、一面にわさびが栽培されていた。もちろんぼくはそこに生えている植物の名なんぞ知らなかったが、それでも針金をはった柵《さく》につかまって、下のほうをのぞいてみた。そこにはもう滝壺からの冷気もやってこなかった。

そのうちに、ぼくはふと上を見あげた。ぼくの背後におおきな樹木があり、その枝がちょうどぼくの頭上におおいかぶさっていた。枝葉の隙間《すきま》から斑《まだ》らにこぼれおちてくる日光に気をとられたぼくは、しばらくのあいだそのまま仰向いていたのだ。それはあたかもなにかの啓示のようであった。なぜなら、次の瞬間、くらい枝葉の繁《しげ》みのあたりから、キラキラする、ちいさなまばゆい物体がぼくの目の前にとびおりてきたからだ。しばらくぼくにはそれが何であるかわからなかった。ただ背筋がぞくっと痺れたのを覚えている。さきほどの滝壺の飛沫よりも、もっと凍るようにつめたい触感がぼくの内奥《ないおう》をつらぬいた。それは恐怖でもなく喜悦でもなく、極度に強い幻惑であった。

ぼくの身体は硬《こわ》ばった。そして一心不乱に、その銀白色のひらひらするものを見守った。——それはどうやら一匹の小型の蝶《ちょう》のようで、そうとわかってみれば何のことはないのだが、それでも幻惑は去らなかった。すぐそばを相かわらず敏活にとびまわっている蝶を、ぼくはほとんど恍惚《こうこつ》として見つめていた。翅《はね》のうごきは迅《はや》すぎて、ただきらびやかな銀白の光彩がちらちらと行ったり来たりした。蝶はどうやらぼくの腕にとまりたかったらしい。そう気がついたので、ぼくはやや前にだした左手をじっと保たせ、どうかここにとまるようにと念じつづけたのだ。するとどうだろう！　蝶はその上膊《じょうはく》の内側にそっと翅をやすめた。銀白色のとがった翅をぴったり上にあわせて、じりじりとぼくの腕のうえを這《は》いながら、ほそい吻《くちさき》をのばした。そのこそばゆい触感がぼくに与えた感動は非常なもので、ぼくはふるえだすのを辛《かろ》うじてこらえることができたほどだった。ぼくは右手をそっとのばし、いきなりきらめいている翅のうえにおおいかぶせた。それは単に子供の所有慾《しょゆうよく》というよりも、そうしなければ息苦しくてたまらなかったというほうが当っていたかも知れない。指先に、ばたばた騒ぐやるせない触感がきた。それでもその不思議な蝶を捕えたということがまだ本当にできなかったほどだ。あまり夢中につかんだので、蝶は半死となって、最後のあがきのように、四枚の翅をぼくの掌《て》のうえで半開きにしてみせた。その翅は――翅の表面は赤かった。くすんだ、かつ光沢ある褪紅色《たいこうしょく》で、端のほうは黒みがかっていた。ところでその蝶は、さきほど飛んでいたときも、またぼくの腕にとまったときも、そんな紅色を露ほども見せなかったのだから、ぼくはまたしてもへんな気持になった。いつか母が絨毯《じゅうたん》の模様でつかってみせた魔法と同じような気がしたのだ。

まじまじとぼくは掌の蝶を見守った。翅の裏はたしかに銀白色で、あまつさえぼくの指のそこここにその鱗粉はなすりつけられ、きらきらと輝いていた。おそらくぼくはうっとりとしてしまったのにちがいない。思わず掌がゆれて、それとも川風が吹きつけたのだろうか、蝶の身体はくるくると舞いながら、針金の柵をこえてわさびを栽培してある谷へ落ちていった。慌《あわ》ててのぞきこんでも無駄《むだ》であった。一面の緑の葉が、きららかな鱗粉の輝きを一瞬のうちに呑《の》みこんでしまった。ぼくは呆《ほう》けたようにしばらく下をのぞいていた。それからあらためて指を眺《なが》めた。なごりの銀白の粉は、あまり光りすぎたので、じきにぼくは不安になった。足下に生えていた雑草の葉でそれをぬぐいおとした。しきりと惜しいような気がしたにもかかわらず。

ぼくたちの泊っていた宿は渓流《けいりゅう》のふちにあった。夕食がおわって、外が暗くなってしまうと、ひときわ谷川の水音が高まった。ぼくは部屋についている小廊の手すりにつかまって、木立をとおして点《とも》っているよその灯《ひ》が、谷川のひびきとなにか関係あるかのようにまたたくのに気をとられていた。うしろで母の声がした。

「まだ憶《おぼ》えている？　じゃあ、ママに話してちょうだい」

母は姉に、昼間きいた滝壺の伝説を話させようとしているのであった。

「あのねえ、はじめ……」

姉は羞《は》ずかしそうに、籐椅子《とういす》にかけている母のわきに立って、もじもじと身体ばかりうごかした。

「木樵《きこり》が」と母が手助けをした。

「木樵がいたの。すると、蜘蛛《くも》の糸が足にからむの。それが……蜘蛛……なんて蜘蛛だっけ」

「女郎蜘蛛よ」

「その蜘蛛が、滝の下に住んでいたの……」

姉は助けられつつ、目を上方に瞠《みは》り、手だけぶらぶらさせながら、抑揚のない口調でつづけていった。それがぼくに、昼間きいた案内者の声をひょっこり思いださせたのだ。あの奇妙な声はぼくの身体の奥ふかく沁《し》みこんでいて、それが姉の話とともに、すこしずつ表面にうかびだしてくるらしかった。それでなければ、姉よりもさらに幼いぼくが、おぼろげにしろその伝説の輪郭をつかめた筈《はず》がない。……木樵は息子に、けっして滝壺に近よってはならないと遺言をするのだった。しかしその息子は大きくなってある日のこと、うっかり滝壺に斧《おの》をおとしてしまう。禁を冒して滝壺へくぐった息子は、水底《みなそこ》の洞穴《ほらあな》のまえに機《はた》を織っている女精――その滝壺の主をみるが、やがて彼の屍《しかばね》は斧とともに川下にうちあげられる……。

「その蜘蛛の精はきれいだったの?」と姉がいった。

「とっても綺麗《きれい》だったのよ」と母がこたえた。

ぼくはその女郎蜘蛛の精のすがたを、自分なりにさまざまに想像した。

やがて床がのべられ、まっ白なおおきな蚊帳《かや》がつられた。いつも家でつる青蚊帳とは感じがちがったので、ぼくと姉はすこしはしゃいだ。しかし姉はやがて枕《まくら》を抱くようにして、横ざまになってもうかるやかな寝息をたてていた。姉はいつもそうであったし、また母もそうであった。ただ父だけがスタンドをつけて寝ながら本をよみはじめた。ぼくは寝つかれぬままに、白くたれた蚊帳をながめながら、みんなから仲間外れにされたようにしょんぼりしていた。ときどき、開けはなされた川に面した窓から、灯をしたって羽虫がとんできた。大抵は蛾《が》のようなものであったろう。蚊帳の外側につかまって羽ばたいているのだが、内側からはよく色恰好は見わけられなかった。そのうちに、昼間みた銀白色の鱗粉のきらめきを、ぼくはもの恋しく思いだした。あの蝶がやってくればいい。ぼくはそう念じながら、その神秘な色あいを一度しっかりとつかんだ自分の指先を、うつうつと見直したりした。

半睡のうちに、ぼくは滝壺のまぼろしを見た。そこはゆらゆらと淀《よど》んだうす明るい場所で、ぼくの想像どおりの女精がうずくまっていた。まばゆく輝くうすい銀白色の衣をきて。その顔は妖怪《ようかい》だけあってうつくしいなりに怖《おそ》ろしかったが、どこか母の顔にも似ていた。またまぼろしがとおのいて映像がちいさくなると、それは姉の姿を思わせた。

夜中にぼくはいつものとおり何度か目ざめたが、いつ目ざめても父のスタンドはまだ点っていた。半ばうとうとしながら、頁《ページ》をくる音さえぼくはききとった。そうした模糊《もこ》とした視野には、白くたるんだ蚊帳の波はさながら水底の景色のようで、ぼくはどこか満足だった。蚊帳のそとには、相変らず何匹かの羽虫が翅を休めていたが、あの銀白色の蝶はとうとうやってこないらしかった。……

それにしても、そのときの曖昧《あいまい》な父の印象は、ぼくにとって最後のものとなった。東北のある河の船着場として昔さかえた辺鄙な町が、彼の終焉の地となった。弟子のような立場にあった人がまとめた父に関する小冊子によると、持病の狭心症が命とりとなったのである。限りなく苦しみながら、父は心の底でひそかな愛慕をよせていたらしいこの世に別れを告げたのだ。

家のなかがひとしきり騒がしかった。元来ひっそりとしていたうす暗い湿気の多い家は、そういう騒がしさを殊《こと》さら際《きわ》だたせた。と思うと、これ以上のしずかさもあり得ないと思うほどの沈黙を示したりした。階段が、小廊下が、書棚《しょだな》のたたずまいが、隅につもった古い塵《ちり》が。

……ぼくは書物の群のなかにひとり佇《たたず》んでいた。うすい日ざしが窓からさして、床に積まれた本の皮表紙をにぶくひからせ、埃《ほこり》についた指跡をひっそりうきあがらせた。無数の本たちはいつものとおりおし黙っていた。そのなかに立って、ぼくは目をこらしてあたりを窺《うかが》った。もしや〈死〉の影を見つけられるのではないかと思って。そんなものは見える筈がなかった。ぼくはひくひくと鼻孔から息をした。すると、ある匂《にお》いが——むしろ臭気とよんでいいある匂いが鼻をついた。それは非常にはっきりした記憶で、たとえば原っぱの雑草のはく匂いなどとは比すべくもなく明瞭《めいりょう》なものであった。それは古い部屋の、無数の本たちの、埃の、黴《かび》の匂いにちがいなかったが、同時に父の匂いとも言えるものであった。父は特有の体臭をもっていた。彼の机の周囲にゆくとそれを感じたが、ぼくの記憶としては本たちの匂いとほとんど区別することができない。

とにかくぼくは父の匂いを感じた。するとその瞬間、たとえようのない懐《なつか》しさと落着きとがぼくの内部にわきあがってきた。〈死〉が旅先の父をかくしてしまったことをぼくは知っていた。父はもうどこにもいないのにちがいなかった。そのくせあたりには彼の匂いが漂い、そしてちいさなぼくがかつて彼のいた場所に立っていた。意味ありげな錯覚が、あたかも酩酊《めいてい》のようにぼくを領した。それはぼくがいま、父と同じものであるという確信であった。

ぼくは生れてはじめて、それまで実際にはある疎遠《そえん》感をもっていた書物のひとつを手にとってみた。片手でやっとかかえられるほど大きな固い表紙の画集であった。湿ってくっついた写真版が、めくるたびにぱりぱりというごくかすかな音をたてた。そしてさきほどの匂いが、汚染《しみ》のある古い厚ぼったい紙からあたらしく漂ってくるように思われた。ぼくは無意識に父の姿勢をまねていた。猫背ぎみに、首をやや左にかしげ、ぎこちないいらだたしさで頁をめくった。中世紀めいたさまざまの人の姿や、暗《あん》鬱《うつ》な風景をぼくは見た。ごしゃごしゃと複雑にいりくんだ戦場の場面では、人や馬などの姿態を見わけるのに骨が折れた。ちょうど母の部屋の絨毯から、なにかの形を見わけるときのように、ぼくはしばらくその仕事に熱中した。やがてぼくは画集をとじ、高いすすけた天井に目をやりながら、ぼくがおおきくなったらこの部屋を貰《もら》い、姉は母の部屋をもらうようになるのだなと、なぜか沈んだ、しんとした気持で考えた。

しかし母の部屋の魅力は、ぼくにとっていささかも減じたわけではなかった。むしろ以前よりもその力はつよくなったように思われた。ただそのころから、あの大鏡はどうもぼくの気質にあわなくなったようだった。それはマホガニーの化粧台を、母のうつくしい衣裳《いしょう》を、母自身を、また可憐《かれん》な姉のすがたを映す道具であって、たまたまやってくる外来者は、そこに映しだされると、自分がどんなにこの部屋と縁遠い者であるかをあらためて宣告されるのだった。

あるとき、なにげなくその部屋にふみこんだぼくは、大鏡に映しだされた見慣れぬ姿に気づいて、思わず足をとめた。――それは母であった。ただ上半身がほとんど裸体であった。彼女はついぞそのような姿を子供にも見せたことはなかった。すくなくともぼくの記憶には見あたらなかった。ぼくはずっと牛乳で育ってきたし、乳房という概念をほとんど知らなかったらしい。婆《ばあ》やはしなびた自分の乳房をさわらせてくれたが、ぼくはすこしも興味を覚えなかったのだ。母の上半身はいぶかしいほど白く見えた。そのなだらかな線と隆起は見ていて快かった。ほどけたすこし茶がかった豊かな髪が、懶《ものう》げにうねりながら肩のうしろにまでたれかかっていた。

ぼくはいつもの習慣から、その目新しい像《すがた》を心に留めた。珍しい植物や虫をはじめて見つけたときと同じように。

⁂

父がいなくなってから、母も不在の日が往々にしてつづいた。するとぼくたちはお互いにこころぼそさを隠そうとして、わざといろいろなおいたをするのだった。あるときは客間のかくし戸棚をあけて洋酒のびんを取りだし、お客ごっこをしたりした。そういうとき、ぼくはできるかぎり従兄《いとこ》の真似《まね》をして快活にふるまったものだ。たとえば琥珀色《こはくいろ》の液体をグラスにそそぎ、いかにも物慣れた調子で、姉にどうぞと言うのだった。彼女は辞退するように首をふったが、ふいに悪戯《いたずら》っぽくはしゃぎこんで、その液体をすこし嘗《な》め、見ていても気の毒なくらい顔をしかめた。ぼくは、今度は血液に似た葡萄酒《ぶどうしゅ》を、道化師の首のかたちをしたコルクの栓《せん》をぬいて、くろい重い罎《びん》からほかのグラスにそそいだ。そしてまずぼくがのんでみせた。毒をのむように目をつぶってぐっと飲んだ。姉はとてもうれしがって、ちいさな喉《のど》もとをひくつかせて笑った。ぼくは酔ってみせなければいけないと思い、わざとふらふらと立ちあがり、千鳥足で歩いてみせた。そんなことをしているうちに、ぼくは本当に酔ってしまったらしい。敷居につまずいてあやうくころびそうになったので、ぼくははじめて自分がとろけそうな目をしていることに気がついた。なにもかも無闇《むやみ》とけだるかった。しかしその状態は、言いようもなく気楽にも感じられた。常々ぼくはあらゆることに気をくばっていなければならなかったから、そういう気づかいから解放されたことがうれしかったのかも知れない。

夜には、玄関のとなりの八畳間に二人だけで寝た。蒲団《ふとん》をくっつけると、部屋がばかにおおきく広がってしまうので、二人はすこし離れて寝るのが習慣となっていた。電気が消されてしまうと、〈死〉が彼女をよびよせるのか、姉はすぐ眠りこんでしまった。一方、ぼくは目をひらいたまま、〈夜〉となじみになれるまで起きていた。せい一杯目をあけていると、〈夜〉は遠慮なくぼくの目のなかにはいりこんできて、しまいにぼくのなかに一杯に満ちてきた。するともう夜もこわくなかった。〈夜〉とぼくとは一緒になってしまったのだから、ぼくは安心して口を半びらきにして眠りにおちることができた。

……ある冬の夜、寒かったからたしか冬だったにちがいない。おそらくは真夜中をすぎていたのではなかろうか。ぼくはふいに目をさまし、半ば夢のなかでわけもなくきき耳をたてた。玄関で人声がきこえた。それから婆やがぼくたちの部屋をとおりぬけてゆくのがわかった。姉がむっくり起きあがったので、ぼくもすぐ真似をしてとびおきた。すると身体《からだ》が倒れそうになり、踏みだす足が雲をふむようにあやふやであった。身体じゅうがとても疲れているようだったし、夢だか何だかわからなかった。しかしぼくたちは、いつの間にかちいさな手をつなぎあっていた。二人とも寒くてがたがたしているようだった。明りの洩《も》れている玄関へゆくと、はたして母が立っていた。

「ママだわ」と姉がいった。

「ママだ」とぼくもいった。そして声のでたことをふしぎに思った。

母は婆やになにか言った。婆やは母のコートをうけとろうとしたが、母はそれをさえぎってまたなにか言った。婆やはむこうへ行ってしまった。ぼくは母のいうことがちっとも聞きとれないので、いらいらした。母ははじめてぼくたちのほうに向きなおり、非常にしずかに、非常にやさしく、二人の頭に手をおいて、「風邪をひくから、もうお休みなさい」と言ったようであった。しかしぼくはなんだかわくわくしてしまって、両手で母の手にすがりついたのだが、その手が氷るように冷たかったので、弱りきってしまった。ぼくはその冷たい手をはなしたものか、それとも自分の手であたためたものか、判断することができなかった。急に眠気がおそってきて、あたり一面がものうくなった。そのとき、ふいにぼくたちは抱きしめられたらしい。あまりそれが強かったので、息をつくことができなかったほどだ。ぼくはいくらかぼうっとなり、またしてもこころから疲れてしまった。今でもそうなのだが、ぼくは自分で判断することがむずかしいことに出会うと、すぐに疲れてしまうのだ。それから、母が二人からはなれて階段をのぼっていったとき、ぼくたちはなにか黙契でもあるかのように、几帳面《きちょうめん》にならんで立ってそのあとを見送った。いつしか、ぼくたちはまた手をつなぎあっていた。

母が自分の部屋にはいってしまったから、ぼくたちも寝ることにした。しかし、怖いような嬉《うれ》しいような気分がこころを擽《くすぐ》って、どうしても眠られないばかりか、しまいにぼくはくすくす笑いだしたのだ。すると隣の床のなかからも忍びわらいがきこえてきた。それだからぼくはますます笑ってしまった。隣の床から半身をのりだす気配がして、無理に笑いをおしころしたような姉の声が、わらったりしてはいけない、とこましゃくれた調子でぼくをとがめた。ぼくは、なにをいってるんだいというような ことを言い、腕をのばして姉の蒲団を打とうとした。だが拳《こぶし》は蒲団にとどかずに、つめたい畳にさわっただけであった。それなのに姉は悲鳴にちかい声をあげて、ママにいいつけてやると言いだした。ぼくも負けずに、ぼくこそいいつけてやると言い、とうとう二人ともまた蒲団から一緒にぬけだしてしまった。

階段の下の部屋にはまだ電燈《でんとう》がついていた。二人は階段の下にならび、しかめ面《つら》をしてじろじろ相手の顔を窺いあった。ようやく姉はうえにむかって低い声でよんだ。

「ママ」

その声はすぐに階段のうえからたれさがってくる闇が吸いとってしまった。

そこで今度はぼくが呼んだ。できるだけ低い声で、ささやくように呼んでみた。

「ママ」

しかし、上のほうはしんとしていた。ぼくたちは顔を見あわせて、意味もなくわらった。ことに姉はまるで喉をくすぐられるような声をだした。二人ともパジャマ姿のままであったから、そろそろ寒くなっていた。ぼくたちはもう争うことなんかやめてしまって、ぴったりと寄りそって声をそろえて呼んだ。

「ママ!」

はたから見たら、二人はちょうど小猫《こねこ》のような小動物がかたまりあっているように見えたにちがいない。

返事がなかったので、もう一度、今度は不安にたかまった声で一緒に呼んでみた。

「ママ！」

すると、階段のうえに母があらわれた。音もなく、ふっとあらわれて、なにもかも心得たようにゆっくり落着いた動作で、右手をあげてぼくたちを制するような恰好《かっこう》をした。指先が妙な具合に暗闇を泳ぐのが見えた。母の姿全体がぼうっと白っぽかった。きっといつもの白いガウンを羽織っていたのだろう。ただ憶《おも》いだすたびにふしぎに思うのは、その姿がへんにはっきり見えたことだ。階段のうえはほとんど闇が領していたのに、たしかにぼくはその表情まで憶いうかべることができるのだ。ほどけた髪が柔かくうねりながら、肩のうしろにたれさがっていた。異様にほのぐらい瞳《ひとみ》がこちらを見下ろしているのまでわかった。そして母は、ものうげな、おぼつかない微笑をうかべ、どこか困惑をかくした仕種《しぐさ》で右手を二、三度上下にゆらしてから、口をひらいてなにか言ったようだった。だが、なんにも聞えはしなかった。だから、映画の発声装置がこわれてしまって、登場人物が唖《おし》になってぱくぱく口をうごかしているのを見るように、ぼくは急に不安を感じだした。それまでぼくはまるっきり自分の意志をうしなってうっとり母の姿を見あげていたのだ。それはおぼろにうつくしく、熱にかもしだされた半睡にうかんだ映像のように目にうつっていたのだから。それでも姉には母の言葉がきこえたのかも知れない。おずおずとぼくの手をとって、もう寝ましょうと言った。ようやくぼくはその声で、寒くてたまらないことを思いだした。

二人は逃げるようにして寝床にもどったのだが、ぬくもりの懐しさにくるまりながら、ぼくは母があんなしずかなものごしで、まだ長いこと佇んでいるにちがいないと想像した。なんということもなしに、ゆるやかに波うってくる眠気が、すきまなくぼくをとりかこんでいた。それにしても、どうしてぼくはあんなに早く、しかも安らかに寝こんでしまったのだろう。

あくる朝目ざめたときには、もう母はいなかった。婆やはまた旅行にいらしたのだと言った。だが、母は帰ってきはしなかった——それから永久に。

ぼくたちはなんでも知っているような顔をしていた。だから大人たちにはなんにもきくことはしなかったが、ときどき二人だけでそっと話しあったりした。そういうとき、ぼくたちはわざとくすくす笑ってみたり、あるいはばかにおどおどした目つきで話すのだった。一度、姉がふっと「ママの幽霊」という言葉を使ったことがあった。ぼくはそれがひどく気にかかり、とてもいけないことのように思えたので、しっと目顔でそれを知らせた。姉にもそれが通じたのだろう、それからは二度とそんな言葉を使わなかった。

やがて、ぼくと姉は伯父の家に、父の兄にあたる伯父の家にひきとられた。その姉にしても、すぐと〈死〉の手にゆだねられてしまったのだが。

第二章

ぼくにはほとんど不可解であった。そのとき自分の周囲にひらかれている自然の相《すがた》が。

目に映るすべてのものは新鮮で、植物と土と光の匂《にお》いがした。次第に傾斜の急になってゆく道の両側には、すこしずつ濃淡の変化をみせた若葉青葉がもりあがり、咲きこぼれた灌木《かんぼく》の花には、蜂《はち》や虻《あぶ》の一群が花粉にむせかえっていた。ところどころ粗朶《そだ》のこぼれている道からは熱気が蒸発していたが、蔭地《かげち》に入ると冷やっこい山の涼気が漂ってきた。――いまこの瞬間にも、末期《まつご》の様相をおびた戦争はいよいよ激しくつづけられている筈《はず》であった。つい数日前までぼくのいた東京とかそのほか多くの土地には、爆音と砲声がたちこめているにちがいなかった。いや、昨夜だってこの信州の山のうえをも、新潟《にいがた》の港に機雷を投下しにゆくB29の一隊が飛んでゆきはしなかったか。それにしても、いまここに見る万物は新鮮で、そうしたことにあまりにも無縁であった。そしてぼくにはほとんどふしぎであった――このように生々《いきいき》とした〈自然〉のすがたが。

お伽話《とぎばなし》の、呪《のろ》いをうけた深い睡《ねむ》りから目ざめるとき、あるいは人はこんな気分を味わうのかも知れない。眠っていて断続的に見ていた夢が本当なのか、今ようやくはっきりしてきた視界が本当なのか、奇妙な戸惑いのなかで目をこすってみることだろう。ぼくの少年期は終ろうとしていた。なるほど少年時代というものはむしろ一種の睡眠、精神的には休息の時期であるというのもあやまりで、幼年期に吸いとった貴重な収穫をそっと醗酵《はっこう》させるためにこそ、外見、退屈な類型の眠りを必要とするらしい。そのうえぼくには戦争があった。それはよくいわれるように終りのない休日に似ていて、未熟な魂にまことにのんびりとした場所と必要以上にながい睡りを与えてくれた。そこではうつろに身をまかせていればよく、少年たちが背たけと年齢ばかり増しながら、どれもこれも似かよってきたのももっともなことだ。

あたりには落葉松《からまつ》の幹がすなおにのび、あたらしく伐採された切株から木屑《きくず》の匂いがながれてきた。こまかい針葉のあいだをくぐりぬけてきた青みがかった光のなかを、ちらちらと忙しくセセリチョウのたぐいが飛んでいた。あたかもその微細な濃褐色《のうかっしょく》の翅《はね》はその漉《こ》された陽光をうけるために存在し、また陽光もこの地味な鱗粉《りんぷん》にたわむれるためにふりそそいでいるように思われた。油ぎった灌木の若葉には、葉蜂の幼虫が丸まっており、長い奇妙な頸《くび》をふりたてたおどけた象鼻虫——宝石に似た光沢をもつオトシブミが、わが仔《こ》の揺籃《ようらん》にするため柔かい葉をひっぱっていた。すべての営みが、澄みきった大気、軀《み》に沁《し》みるしずけさのなかで行われ、それらのひとつひとつがぼくにしっとりと働きかけた。

それは太平洋戦争も終末にちかい六月のことであった。ぼくは十八歳になっていて、その年ここの土地の高等学校に入学していた。だが、おし迫った戦局のため上級学校への進学は延期となり、そのまま中学の動員先で働かねばならなかった。ぼくがつい数日前信州にやってくることができたのは、五月末の空襲で東京の伯父の家も動員先の工場も灰になってしまったからだ。——たしかにわずかに時間をずらしてみれば、半月前までぼくのまえには切削油の臭《にお》いがあった。鋭い光をはなつバイトと切屑《きりこ》の渦《うず》があった。疎開《そかい》のためうちこわされる建物の群があった。そして不気味なサイレンの唸《うな》りと、縞《しま》をなして天空を横ぎる飛行雲と、夜空をいろどる曳光弾《えいこうだん》と、すべてを焼きつくす厖大《ぼうだい》な火焰《かえん》とがあった。それは恐ろしい混乱というよりむしろ整然とした破壊であり、たとえばあの巨大なジュラルミンの怪鳥は、もっとも洗練された、なにか恍《こう》惚《こつ》とさせるような姿態を、サーチライトの光芒《こうぼう》の中に浮びあがらせはしなかったろうか。しかし今ここに見る自然——ひとつの葉、ひとつの土くれ、ひとつの陽光の美は、もっと落着いた、もっとなにげない、もっと根本的のもので、いわばむこうが〈個〉の美であるなら、こちらは〈種〉についての自然の思想を想《おも》わせた。それはかえって心をつつき、心を痛ませ、眠っていたものを呼びさました。

空腹と未知の風景につかれ、ぼくは路傍につまれた薪《たきぎ》のうえに腰をおろした。朝にうすい雑炊をすすったばかりだったから、腰から下にまるきり力がはいらなかったのだ。そうやって坐《すわ》っていると、微風にゆれている葉の繁《しげ》みや、純白の樹皮がすこし剝《は》がれている白樺《しらかば》の幹のうえを、ごくかすかながら刻《とき》がうごいてゆくのが感じられた。ぼくの離れてきた焼跡のつづく瓦礫《がれき》だらけの街では、時間は先へ先へと慌《あわただ》しく進行していたようだった。しかしこの山中では、時間はためらったり戯《たわむ》れあったりしながら、ゆっくりと循環しているようにも思われた。

ぼくはぼんやりと軀《からだ》を休めたまま、あくまで澄みきった空の色を見、梢《こずえ》を移ってゆく小鳥の姿を目で追った。そこらの葉の群が、あるかないかの微風にさざめくのを聴き、林の奥でなにかが落ちるもの音に耳をすました。いろんな山の匂いが、陽光とまざりあっているなかに、自分の汗の匂いもした。ぼくはだるい足をぶらぶらさせながら、周囲のかすかな呟《つぶや》きと、疲れて気抜けしてしまった自分の肉体とを等分に感じていた。けだるい当惑するような、ずっと忘れていた気分であった。一匹の虻がぼくの腕にとまった。なにげなくもう一方の手で追おうとしたとき、だしぬけに、もしかしたらこの手がうごかないのではないかという奇妙な観念が、ひょっこりと浮んできた。それでも手はいつの間にか動いていて、虻は逃げ去ったが、そうした自分の腕をみても、まるで他人のもののように見え、なんだかぼくの意志とはとびはなれて動くようであった。その瞬間、ぼくは理由のない懐《なつか》しさを覚えたのだ。どういう訳かわからなかったが、言いようのない懐しさが湧《わ》いてきて、たゆたって、そして消えた。〈刻《とき》〉が悪戯《いたずら》をしたのかも知れなかった。〈刻〉はふいに速やかに逆流して、また何喰《なにく》わぬ顔をして白樺の幹のうえを這《は》いずっていた。

ぼくはなにか声をかけられて、顔をあげた。粗朶を背おった中老の山びとが前に立っていた。どうしたのかと尋ねられて、ぼくがどうも腹がへっているらしいようなのだと答えると、彼はいかにも皮膚の厚そうな手を腰の袋にいれ、赤褐色のかたまりをとりだして差しだした。高梁《コウリャン》の粉でつくったぼろぼろしたパンであった。ぼくはそれをあまり急いでほおばったので、しばらく息をすることができなかった。

「王ヶ鼻の頂きまでは……そうせ、あと二時間ほどだんね。おらは先へゆくで、まあ、ぼつぼつ行きましょ」

ぼくの問にこたえて彼はそういいながら、背の粗朶をゆりあげてゆっくりと登っていった。ぼくはだまって頭をさげ、彼がひと足ひと足うごかしてゆく後姿をしばらく見送った。そのゆるやかな歩調にあわせて、ぼくは半ば無意識にとおい過去のことをまさぐっていたのかも知れない。そのうち歩こうとする気力がもどってきたのでぼくは腰をあげ、彼のやったようにのろのろと登りはじめた。

小径《こみち》はじきにじぐざぐに曲りくねった急勾配《きゅうこうばい》になってきた。喘《あえ》ぎながら、それでも疲れたぼくの足はひとりでに登ってゆき、ぼくのこころは一層しんとなってさまざまのことを考えているようだった。ぼくの目はそのうちにも次第に変ってゆく自然のありさまをとらえていた。小径が小石まじりとなり、灌木の茂りがしばしば行手をさえぎった。エゾアカヤマアリの大きな巣にいくつか出くわしたが、強い匂いのする蟻酸《ぎさん》をはくこの蟻《あり》は、道ゆく者の足にしつっこく這いのぼってくるのだった。するとぼくの手はべつに命じなくても、その邪魔者をはらいおとしたり、つかまえて目の前に差しだしてみせたりした。

とうとうぼくは、岩ばかり畳まっているなかにわずかに黒土の露出した山頂にたどりついた。中央に平たい石がうず高く積まれていて、いくつかの石像が祭られてあった。その背後には、美ヶ原《うつくしがはら》とよばれる高原がゆるやかな起伏をみせて続き、そしてぼくの登ってきた方角には、松本平の盆地をはさんで、はるかに波濤《はとう》のようにつらなっている北アルプスの山脈《やまなみ》が望まれた。疲れきり、しかし動悸《どうき》しながら、石像の下に坐って、ぼくは見た。見わたすかぎりひらけた視界のなかに、白く水脈のひかっている和かな盆地のひろがりを。とおくうす蒼《あお》く、ところどころ残雪の化粧をのこしながら、一連のけだかい壁となって峙《そばだ》っている山容を。こまやかな陰影の凝集と、複雑な起伏とをあいあつめて、魅するような重量のある姿を横たえているアルプスの峰々を。

空は澄みすぎてむしろほのぐらいくらいであった。かぎりない深さが翳《かげ》をおとしているのかも知れなかった。その奥ぶかい空の青みは、遠い山々にかぶさるあたりが白みがかっているばかりで、極度に浄《きよ》らかに非情にひろがっていた。

ふかい静寂があたりをみたしていた。身じろぎもせずぼくも坐っていた。何も考えず、また何も考えようとせず、足を投げだしたまま長いことそうやって坐っていた。もの音ひとつしなかった――ぼくの吐くかすかな息と、とおくの山脈から伝わってくる漠《ばく》とした感じのほかは。そしてその息や聞えぬ山の呼び声は、しずかにぼくのまわりにたゆたい、ひそひそとぼくのそばに寄り集まってくるようだった。ふいに、それがぼくになにごとかを囁《ささや》いた。同時にぼくのくちびるから、それと同じの、まったく思いもかけぬ言葉がもれた。

「ママ」

ぼくは自分がなんと呟いたのかわからなかった。もう一度くちびるをうごかしてみて、その意味を知り、その語感を味わってからも、ぼくのこころは徒《いたず》らに戸惑うばかりであった。ながい間使ったことのない、とうに忘れさられていたこの言葉が、どうしてこんなときにひょっこりととびだしてきたのだろう。その言葉はぼくの体内にふかく沁みいり、やがてたとえようのない寂寞《せきばく》感となって戻《もど》ってきたようであった。もともと肉親もなく、今まで共に暮していた人々とも遠くはなれて、見知らぬ嶮《けわ》しい山頂にひとりぽつねんと坐っていたためばかりではない。明日をもわからぬ戦局のためばかりではない。人がはじめて突きぬけた孤独を覚え、自分自身に尋ねようとする時期にぼくは達していた。無限にひろがる〈自然〉にとりかこまれながら、陳腐な、だが永久にけっして尽きることのない問を自分に課した。このぼくは一体どこから生れてきたのだろう？

能《あた》うかぎりの努力で、ぼくはおぼろに霞《かす》む昔のことを引きよせようとした。はじめて小学校へ行って簡単な身体検査をうけたこと、青組をあらわす緑のリボンを胸につけてぎしぎしとなる廊下を歩いていったこと、自分の教室がわからなくなって泣きべそをかいたことなどを、かなりはっきりと憶《おも》いだすことができた。ところがぼくの記憶のフィルムは、そこいらから先で、ぷつりと断《た》ち截《き》られていた。うすら明りのあやふやの道のむこうはまるきりの暗黒であった。誰《だれ》にしても幼年の記憶はおぼろげで、ところどころ断片的なかけらを所有しているにすぎないだろう。しかしぼくの場合には、伯父の家に移る以前の記憶が完全に空白になっていた。次第にかぼそくなる径がふいに深淵《しんえん》に突きあたって行きどまりになるのと同じように。もちろんぼくは、父や母や姉のこと、昔の家や付近の風物についての観念だけはかすかにもっていた。しかしそれらはまったくの観念であり、ひとかけらの具象性も有していなかった。姉の死んだときのことはどうにか憶《おぼ》えていたが、父や母のこととなると、どんな些細《ささい》な映像すら残っていなかった。それでも父のことは伯父たちから聞かされていたし、アルバムの写真を見せられたおぼつかない記憶もあった。ただ母に関しては――あの母がいなくなったことについては秘密があるらしく、大人たちはかたく口を閉ざしていた。ぼくにしても無意識ながらそれを避けていたのではなかろうか。にもかかわらず、ぼくは母がもうこの世にいないということを知っていた。いつ知ったかということも定かでないほど、いつとなく、受動的に、しかも確実に。そういった種類のひそかな報知は、ゆっくりと皮膚から沁みこんでくる温度にも似ている。しかしながら、すべての古い記憶が失われていることに変りがなかった。ぼくの幼年期は消え去ってしまっていた！　ぼくはなぜかひたすらに、はるかな過去の影を、殊《こと》に母の面影《おもかげ》を求めたが、なんの映像もよみがえってこなかった。いくつかの観念にしても、ずっと昔にきかされたお伽話、いつか知らぬが本屋の店頭で見かけた書物の挿絵《さしえ》、それら以上にぼくにとって無関係のように思われた。

今まで立っていた地盤がふっとかき消えたときのように、ぼくは急に不安をおぼえだした。自分自身が影みたいに曖昧《あいまい》になる感じがこのとき強く襲って、ぼくは頭をふった。耳の奥でなにかがじいいんと鳴っているらしかった。しかしぼくには、耳の奥でそれが鳴っているのか、とおくの山脈から聞えてくるのか判別することができなかった。山々だけは相変らずいかにも壮麗に連なっていたが、その無縁感はそれだけにひとしおぼくを悲しませた。ようやくぼくは腰をあげ、三角形をなしたアルプスの前衛のむこうに雄大にせりあがって見える槍ヶ岳《やりがたけ》の尖頂《せんちょう》を眺《なが》めながら、はなはだ愚かしいことを心に呟いた。

「もしあそこに四十糎《サンチ》の砲弾が命中したら、あの頂きは折れてしまわないだろうか?」

そのとおりぼくの幼年期は消えてしまっていた。このことを単純な忘却の作用と呼んでも差支《さしつか》えはあるまい。だが子供がちいさな大人でないように、幼児もまた決してちいさな子供ではないのだ。そこにどんな神秘的な法則がはたらいているか、誰が明らかに答えられよう。しかし、次のことだけは言えるだろう――幼年期というものは、ただ育つことと大きくなることだけが目的なのだと。それならば、彼らが自らの成長にとって妨げとなるすべての体験、あらゆる記憶を、体内のどこかにじっとおし隠してしまうということだってあるかも知れない。ちょうど侵入した結核菌のまわりを、石灰の壁がおのずからおしくるんでしまうように。しかしこうして、ひとりの人間は目に見えぬ影を背おうようになる。すなわち、それが〈無意識界〉なのだ。その影は主人の死に絶えるまで、次第にふくらみながらどこまでもつきまとってゆく。

もしそうならば、この山頂においての完璧《かんぺき》な記憶の欠如をいぶかしく思うにはあたらない。ぼくにあってはこの過程が、このうえなく巧妙に、このうえなく見事にやりとげられたのだ。後になっての病気がなかったとしたら、あの奇妙な発掘がなされなかったとしたら、ぼくはおそらく気持のうえではどこまでも伯父の家に生れてきたものと信じこんでしまったかも知れない。そして、なぜぼやけた墓石が、ふしぎな絨毯《じゅうたん》の絵模様が夢にあらわれてくるのか、どうしても理解できずに過したかもわからない。

ともあれ、当時のぼくが明るみにひきだすことのできたもっとも古い過去、ぼくの少年期についていくらか記しておこう。

＊＊＊

大おじ――伯父のことを婆《ばあ》やはこのように呼んだ――は東京の郊外にかなり大きな外科病院を経営していた。彼はほとんどが医者である一族の者をひきいて、自宅から半町ほど離れた二棟《ふたむね》の病棟《びょうとう》のある病院をもりたてていた。彼の父がこの大家族主義の源であったが、祖父は三人の息子のうち二人を医者にしたて、二人の娘にもかたくなに医者の婿《むこ》をむかえさせた。唯一《ゆいいつ》の例外がぼくの父であったのだ。

その古びた大時代のだだっ広い家屋には、使用人をのぞいて二十名以上の人間が暮していた。誰がどういう血族であるのか見当がつきかねる有様であった。ちかごろの〈家〉という概念にはほど遠かったし、それぞれの人は勝手に自分の領分を守って、親しみをみせたり妙によそよそしかったりした。家屋にしても、無理に建てまされ、渡り廊下でつなげられて、初めての人には帰り途《みち》がわからなくなるほどであった。ほとんど朽ちかけた黴《かび》くさい部屋のとなりに、木目も真新しい小ざっぱりした居間があり、そうかと思うと凝った調度の洋間の隅《すみ》には、塗りのはげた安ピアノがおいてあったりした。誰かが病気になってまた癒《なお》ってしまうまで、ほかの者が気がつかないなどということがここでは平気で行われた。わずかばかりの変化なんぞ、この家はあっけなく呑《の》みこんで、そしらぬ顔をしてみせた。

ましてや小さな姉やぼくはこの雰囲気《ふんいき》のなかにすっぽり受けいれられて、さざ波ひとつ立てなかったといってよいだろう。大人たちは新来者の子供のことを、あれこれと心配するでもなく、そうかといって冷たくあつかうでもなく、要するにほっておいてくれた。この家では、たとえ親子のあいだでも、おおらかな、きっぱりとした、得体の知れぬ距離感があって、それがぼくたちの立場をいっそう目立たなくさせた。もちろん大きくなるにつれて、特殊な境遇にあるぼくがそれ相応の心情を覚えたことは事実であるが、それを語るのはこの物語の本質ではない。

そのうちに、すぐと姉が死んだ。姉が並はずれて可愛《かわい》らしい子であったことを、ぼくはもう書いたであろうか。

たとえば、生きるために生れてくるのではなく、むしろ死ぬためにのみ生れてくる人もいるように思われる。しかもそういう〈死〉に選ばれた人にかぎって、ことさらやさしく、ことさら繊細に造られているもののようだ。さながら〈死〉が〈生〉に対して自らの優位を示そうとするかのように。

ぼくの姉は、たしかにそういうひとの一人だったにちがいない。あとあとになってからも大人たちはぼくの容貌《ようぼう》のおかしなことを言うのに、かならず彼女を引合にだしたものだ。「姉さんはあんなに可愛かったのに」と祖母は老年に特有の客観性をおびた調子でいうのだった。「お前はどうしてそんなにムサビに似てるのだろうね」祖母はなにか動物の名をもちだす癖があったが、悪口をいうたびにそれが変化した。おかげでぼくは蛙《かえる》にされたり駝鳥《だちょう》にされたりしたが、もとより不服を言えるものではなかった。姉の姿には、しなやかな、きわどく脆《もろ》い、丹念につくられた人形を思わせるものがあったのだ。

そういう彼女を、まだ少女にもなりきらない年なのに、〈死〉は仮借ないすばやさで連れていった。〈死〉は、そのために彼女をそのしめやかな冷たい手で愛撫《あいぶ》し、並はずれて優雅に育てあげたのだろう。だから彼女を召そうと思いこんだ〈死〉のやり口には、敬虔《けいけん》なまでに装飾された謐《しず》かさがあった。ある朝、みんなが騒ぎたてたときには、もう彼女はぐったりとなって、まったく口もきけなかったのだ。大人たちは疫《えき》痢《り》だと診断したが、おそらく〈死〉がじきじきに迎えにきて、憂鬱《ゆううつ》な、多少悲しげな目つきで、横たわっている彼女の姿をじっと見守っていたのにちがいない。

リンゲルがうたれた。ぼくは部屋の隅に坐《すわ》って、きちんと膝《ひざ》をそろえて、伯父やよばれてきた医者のふるまいを見つめていた。硝子《ガラス》の容器から、透明なリンゲル氏液がゴム管をとおり、おおきな注射針をとおって、姉の腿《もも》に注入されてゆくさまを、みじろぎもせずに見つめていたのだ。針をさされるとき、彼女の顔はほんのすこしゆがんだ。軀《み》をまかせていた夢から目ざめたときのように、どこかうっとりとした、もの珍らしげな頰《ほお》のゆがみであった。そしてちいさく閉ざされた、紫いろにかわったくちびるから、たったひとこと、「いたい」という言葉が洩《も》れた。それきりだった。針がさしこまれてしまうと、彼女はふたたび眠ってしまったようだった。その言葉にしても、はたして本当に苦痛をうったえたものかどうかわからない。ひとつの吐息が口から洩れ、ふるえた空気がゆるやかに波うって言葉を形造るまでに、かなりの時間がかかったように思われる。みんなが勝手に、「いたい」と言ったのだと想像してしまったのかも知れない。それほどこころよい、むしろなまめかしいひびきがこもっていたのだ。

注射がすむと医者は蒲団《ふとん》を直すのを手伝いながら、とてもむずかしい顔をして片手で顎《あご》をなでた。それから伯父としかつめらしい外国語をやりとりした。ぼくにはそれがたまらなく滑稽《こっけい》に感じられた。蒲団の模様にけばけばしい牡丹《ぼたん》の花が染められてあるのも、不似合でやりきれなかった。わらいだしたりすると叱《しか》られると思ったので、ぼくはそっと部屋をでた。

ちょうど梅雨の季節であった。たれさがった灰色の空の一隅《いちぐう》がちょっぴり切れて、さわやかな水色がのぞきさえすればもう初夏がくるのに、それでもどうしても雲がひらかないという、あの抑制されたおもくるしい季節のひと日であった。裏庭にでてみると、垣根《かきね》のそばにある大きなミズキの老木の周囲を、白っぽい蛾《が》の群が、ひらひらと数限りなく舞っていた。彼らが群れとんでいるさまは、ちょうど無数の紙片をこまかくちぎって投げつけたように見えるのだった。その後ぼくは毎年きまって同じ季節に、この昼間とぶ蛾が羽化してくるのに出会った。彼らの幼虫はミズキの葉を食べて大きくなる。なにかミズキに悪意でも抱いているかのように、寄ってたかって葉という葉を喰《く》いつくしてしまうのだ。

一匹の蛾が、ミズキのかさかさに荒れた幹に静止していた。白っぽい翅《はね》を半びらきにして、腹をひくひくと蠢《うごめ》かしながら卵をうみつけているところであった。近づいてぼくは仔細《しさい》にながめたが、蛾の顔は気味がわるかった。ちいさな黒褐色《こっかっしょく》の複眼は、すでに物質のかがやきしか帯びていなかった。死んでゆくのだなとぼくは思った。姉もまたすぐに死んでゆくのにちがいなかった。ぼくは思いだしたようにひくひくうごく蛾をながめながら、〈死〉のことを極めてひたむきに考えた。〈死〉はどうやら母や姉たちに親しいもののように思われた。母は遠くへ行ったのだときかされていたが、ぼくはもちろん〈死〉が連れて行ったのだと信じていた。彼女らはたやすく〈死〉に召されることができるのに、父は大変な苦しみのあげくようやくのことで死ぬことができたのだった。そう考えると、おそらく〈死〉がぼくを相手にしないだろうことが、むしろ悲しいことのように思われた。やがてぼくは臆病《おくびょう》な手つきで蛾を地面にはらいおとし、力をこめて下駄《げた》で踏みにじってしまった。黄いろい汁《しる》が白い腹を汚し、そのうえを泥土《どろつち》が汚した。蛾の形がすっかりなくなってしまうと、ぼくはようやく安堵《あんど》したような気になった。

とにかく、それから半日とたたないうちに、姉が死んでいったのは事実である。彼女は眠っているうちに死んでしまったので、どこまでが眠りでどこからが死だったのか、人々は見わけることができなかった。ぼくは二、三の人が泣きはらした目をしているのを見た。それはちょっと見ると醜い感じがしたが、よくよく見ると涙にぬれた眼球は実にうつくしくうるおっていた。そんなやさしいひかりをまだ見たことがなかったので、ぼくはひどくびっくりした。

「きっと〈死〉はやさしいものなのにちがいない」

おおきくなるにつれて、次第にぼくはそんなふうに思うようになった。

姉がいなくなってしまうと、このだだっ広い家はぼくにとっていよいよよそよそしく、まるであの広大な墓地のように得体のしれぬ場所になった。ただぼくに安心できるもの、それは婆やであった。彼女はぼくが小学校にゆくようになってもまだ傍《かたわ》らに寝てくれた。昔この家の女中頭をしていた婆やは、ぼくたちに対する溺愛《できあい》から、ふたたびここに奉公するようになっていたのである。あの書物にうずもれた家とそこに暮していた人々への彼女の愛着が、いまはすべてぼくひとりに注がれた。それはいかにも柔かな、彼女のにこやかに太った身体《からだ》全体から発する愛情であった。そういえば彼女の動作はどこか柔和な印度象を思わせた。

ぼくはよく病気をした。寒い季節ばかりか、気候の変り目にはかならずといってよいくらい熱をだした。そうなると婆やは大仰におろおろして、部屋の前を足音たかく通ったりする者を誰彼の別なく叱りつけたり、氷嚢《ひょうのう》をうえから手でじっと抑えていてくれたりした。彼女は近代医薬をあまり信じなかったので、その代り何時間も米から煮たどろどろした重湯《おもゆ》をこしらえた。それに真紅の梅干をのせて、熱にうかされたぼくにすすめるのだった。やがて病いが癒《い》えてからも、彼女はなかなかぼくが起きることを許さず、なお数日のあいだ粥《かゆ》を食べさせた。白菜の漬物《つけもの》で粥をまるく巻いて、ぼくが小鳥のようにあけている口のなかに差し入れてくれた。そのたびに婆やは、ひとつひとつの白菜巻きをあれこれの人間にみたてて、ぼくをひどく嬉《うれ》しがらせたものだ。

「これはやせているから、千代叔母さま。……今度のは太っているから、大おじさま」

「嘘《うそ》だい、婆やだい」とぼくはいった。

学校にいくことをあまり好まなかったためばかりでなく、病気そのものにぼくはなにか親しみを抱いていた。熱っぽいけだるさや、しくしく痛む身体もそれほど嫌《いや》なことではなかったし、稲妻形《いなずまがた》に上下する体温表の赤線とか、白い粥のうえに鮮紅色を滲《にじ》ませていく梅干の色とか、沁《し》みるような氷嚢の感触とかにぼくの心は惹《ひ》きつけられるのだった。なによりもぼくは〈死〉にあこがれていたのではなかったろうか。その見えない手が連れていってくれる場所は、なんの心配も危惧《きぐ》もない、平安に淀《よど》んだ肌《はだ》ざわりのよい水底《みなそこ》のように想像された。またそのころぼくはしょっちゅう悪夢におびやかされていたようで、夜中にふいに目を覚ましては、寝床のうえに起きなおってどもどもと訳のわからぬ声をだした。そのたびに婆やはやさしくぼくを抱きよせ、あやすように身体をさすってくれた。「なんでもありません、なんでもないんですよ」と、彼女はぼくの頭を撫《な》でながらくりかえした。それからぼくが次第に落着くと、大抵こんなふうに言った。「坊ちゃまのはむしですよ。またマクニンを飲まなくっちゃ……」

外にでるとよくぼくは、家の裏手にある池の水に両足をひたしてじっとしていた。

生ぬるい水はいつもうすぐろく淀んで、あちこちに浮いた睡蓮《すいれん》の葉のあいだに、ときどきなにかのガスがぷつぷつと泥ぶかい底のほうから湧《わ》きあがってきた。ぼくが足の指先をひらひらとうごかすと、うす汚れた水をとおして、その指はふしぎな生物みたいに絡《から》みあったり戯《たわむ》れたりした。真剣にそれを覗《のぞ》きこんでいると、そこにうごいている白いぼんやりしたものが、はたして自分の足であるのかどうかあやふやになってくる。それはぼくの意志からはなれて、ひとりでゆらめいたり静止したりするように思われた。ときには、手足ばかりか胴体までが自分と別種の生物に思えることもあった。この試みは特に気のめいっているとき、なんべんか首をこくこくやったあとでは一層成功するようだった。目をつぶって頭を上下にゆらすことは、ぼくにとって一種の自己催眠に似た作用を示したらしい。うまくゆくと、いくら足をうごかそうとしても無駄であった。と思うと、ぴくんと関節がうごいたりした。同時にそのころ、ぼくは目をつぶるだけでさまざまの幻影を画《えが》きだす能力をもっていた。自己分離の遊びにもあきると、ぼくは思いつくままの動物や植物の像をちらつかして時間を過したものだ。

だがそのうちにも、刻《とき》はぼくのうえを容赦なく、意味ぶかく過ぎてゆき、ぼくをひとりの可逆性ある少年に成長させた。いつということなしに、だだっ広い家も大勢の住人も、ちょうどあの謎《なぞ》めいて見えた原っぱから見知らぬ翳《かげ》が薄れていったのと同じように、ぼくの目になじみぶかい確かなものとして映るようになった。ぼくは次第に昔のことを忘れ、ぼくの幼年期はこうしてしずかに音もなく溶け去っていったのにちがいない。すくなくとも表面上の記憶のうえでは。

⁂

いつの頃《ころ》だったろうか。

夏にはちがいなかった。とにかく蟬《せみ》のなく季節であった。なぜか蟬の仔虫《こむし》に、ぼくは異常な好奇心をもった。

黄昏《たそがれ》がおとずれるたびに、ぼくは誰《だれ》にも知られぬ秘密におののきながら、そっと家をぬけだしたものだ。家の裏手にある樫《かし》や楢《なら》の林がその採集地であった。夕闇《ゆうやみ》がおしせまって、ニイニイゼミの低い沁みいるような声も次第にとだえ、ユスリカの群が藪《やぶ》のうえに蚊柱をたてるころ、蟬の終齢幼虫は地上に姿をあらわしてくる。

むろんのことぼくは人一倍臆病だったが、蟬の仔虫の魅力が、その恐怖をもおしのけてくれた。ぼくはうす闇に目をこらしながら、太い樫の根本々々を見てまわった。彼らの這《は》いでた穴はいくらも見つかるし、脱殼《ぬけがら》もそこここの樹《き》の幹についていたが、まだ蟬の脱《ぬ》けでていない幼虫はそう簡単に見つけられるものではなかった。ときどき、しずかに幹をよじのぼっていく姿や、長い地下生活を終えてはじめて地面に這いだし、いぶかしげにためらっている姿を見いだすたびに、ぼくのこころはぎくっと締めつけられたものだ。

ひとつふたつ、力強い前肢《まえあし》で掌《て》のひらをひっかく彼らをとらえると、ぼくはようやく我にかえった。すでに闇があたりをつつみ、樹々のたたずまいが化物じみてぼくをおびやかした。昼の眠りから覚めた金亀虫《こがねむし》が、楢の枝にぶつかりながら不気味な翅鞘《ししょう》の音をたてていた。するとぼくは無性におそろしくなり、藪ごしに明るく灯《ひ》のともっている母屋《おもや》へ、夢中で逃げかえってゆくのだった。

自分の六畳の部屋を閉めきって、ぼくは蟬の仔をはなしてやる。（もうぼくはひとりで寝ていたのだ。）蟬の仔は勝手にかさこそと障子や柱にのぼってゆき、暗くしておくと適当な時刻に背中がわれて、みずみずしい若蟬が生れてくる。それがたいてい真夜中であった。それまでぼくは我慢づよく起きていた。眠ったとしても、夜半に何遍となく目ざめるぼくはそのたびにそっと電燈《でんとう》をつけて彼らの様子をうかがった。

殻のなかからはじめてでてくる蟬が、どれほどの妖《あや》しい美しさを持っているかは、実際に見た人でなくてはわかるまい。消えいりそうな軟弱さ、ちょっと触れても霧散してしまうはかなさ——陽《ひ》のひかりの下では生れ得ぬ、きわどい脆《もろ》い美を彼らは所有していた。茶褐色のアブラゼミの翅も、生れたばかりには純白であった。しっとりと濡《ぬ》れた、魅するような純白であった。身体も白かった。なにか妖気《ようき》じみて、お伽《とぎ》の国の生きもののように思われた。上半身が殻からぬけると、このういういしい生物は仰向けにそりかえる。身体の重みで下半身を殻からはなし、しずかに起きなおると、なよなよとした青白い全裸の姿で殻にしがみつく。——その動作を、ぼくは目をこらして見つめていた。切ないほどの緊張になにもかも忘れ、あたかも魂を抜かれたように……。

やがて蟬の仔虫だけでなく、もっと多くの虫たちもぼくの心を惹くようになった。つまらない虻《あぶ》の翅脈や金亀虫の翅鞘にしても、巧緻《こうち》をきわめた線であり鏤刻《るこく》であった。草むらに寝ころびながら、ぼくは捕えた虫たちを仔細《しさい》に点検した。天鵞絨《ビロード》のような肌ざわりがあった。ちくちくと刺立《とげだ》った感触もあった。なにか意味ぶかげな模様、秘密をかくした彩文もあったし、目をうばうきらびやかな光沢もあった。あるものは鱗粉《りんぷん》の跡を指にのこし、あるものは快いかすかな羽音を耳につたえ、あるものは甘ずっぱい匂《にお》いを発して掌《てのひら》を這いずった。そういったものの触感を、形態を、色彩を、ぼくはむさぼるように求めて飽かなかった。

草むらのとぎれた乾いた土のうえを、橙色《だいだいいろ》の翅をふるわせて大きな蜂《はち》がせかせかと行き来していた。陽光の加減でその翅は緋色《ひいろ》になったり、ときには炎のように燃えたった。また灌木《かんぼく》の葉にはサファイアに似た金属光沢をもつ甲虫がいて、手をだすとぽろりと下にころげ落ちて死んだ真似《まね》をした。彼らは露みたいにごく自然にこぼれ、落ちても痛くはないらしかった。子供が鉱石や虫類に魅惑されたり欲しがったりする心には、彼らに似てみたい、同じものになってみたいという願望がひそんでいるものだ。ぼくは、自分が冥府《めいふ》のしるしを翅に織った夜蛾となって暗闇を心おきなく飛びまわったり、いかめしい甲冑《かっちゅう》に身をかためたカブトムシになって、ざらざらした櫟《くぬぎ》の幹を悠《ゆう》然《ぜん》とよじてゆくさまをよく空想した。だからときたま心を満足させる特異な虫を捕えると、ちいさな硝子《ガラス》びんにいれてしまっておき、彼らが死んで乾《ひ》からびてしまってからも、ときどき取りだしてはそっと眺《なが》めたりするのだった。

そのころ、ひとつの抽斗《ひきだし》がやはりぼくを誘った。それは二階の小ぢんまりした洋室の窓際《まどぎわ》におかれた時代物の机の大抽斗で、その部屋の主人が不在がちのことから、内容をとりだしたり掃除されたりすることは滅多になかった。それを開けると――博物館とか神秘な隠者のところでなければこんなものは見られないとぼくは思ったのだが――外面だけ華やかな、あるいは重々しい奇術の道具が一杯つまっていた。くねくねと曲った色硝子の管、だんだらに朱や緑にぬりわけた棒、あくどくひかる硝子玉、縫いとりのある絹のハンカチ、瘤《こぶ》だらけの仕掛パイプ、蛇《へび》の彫刻のある黒ずんだ木箱などが。それらはその主人から絶対に手をふれてはならぬと厳命されている大切なもので、ぼくはひそかに指をふれて唾《つば》をのみ、彼らのもっている妖しい神聖な力が発揮される日がくるまで、眺めるだけで我慢をしなければならなかった。

いよいよその日がやってくる。その部屋の主人が休暇で帰ってくるのだ。が、べつに大した人物ではなくて、京都の医学部に行っているその若い叔父は、手品道楽にしか能のない少なからず間のぬけたお人好《ひとよ》しにすぎなかった。だがぼくの目にそうは映らなかったのはもちろんである。なにしろ彼は、外見的には輪郭のするどい顔と印度人にちかいほど浅黒い色をもち、途方もない瘋癲《ふうてん》病《や》みみたいな声をだしたもので、万能の術をさずかった魔術師であることは疑いようがなかった。なにか幻妙な影が彼の背後にはつきまとうようにさえ思われた。彼の耳には随意筋が発達していて、自由自在にそれを動かすこともできた。「ほうれ、見ろ」と彼が嗄《しわが》れ声《ごえ》でいうと、その並外れて突き出した耳はぴくぴくと動いた。また自然にその耳はひくつくこともあった。たとえば彼がひどく立腹したときとか、ひどく上機嫌《じょうきげん》のときなどに。

「ほうれ、見ろ」と彼は言い、ものものしい身ぶりと共にさっと腰をひねると、もう彼は何色もの色つきハンカチを手にして得意げにうちふってみせるのだった。それから瘤だらけのパイプを口にくわえ、おもむろに一服したが、吐きだされた煙のなかから金色の鎖がとびでてきた。しかもそれは煙と一緒にふわふわと宙を漂っている！　だが見物のなかにはむかしぼくの家によくきたおませの従兄《いとこ》がまじっていて、目ざとく手品の種を見破ってしまい、さも莫迦《ばか》にしたように「なんだ、紐《ひも》がついてらあ」と言うのだった。すると魔術師は年甲斐《としがい》もなく地団駄《じだんだ》ふんで、もの凄《すご》い嗄れ声をふりしぼった。「紐があるって？　どこにあるのだ、この罰当りめ。そんなことという奴《やつ》は悪霊《あくりょう》に目玉をつぶされてしまうぞ。紐があるって？　一体どこにそんなものがあるのだ。罰当りの、法螺《ほら》吹きの、悪魔野郎め！　紐がどこにあるか言ってみろ。俺《おれ》にだってちっとも見えやせんぞ」――従兄が舌をだし、片目をつぶってウィンクみたいな真似をして逃げていってしまうと、彼はがっかりしたように腰をおろし、大事なパイプを撫でながらひとりごとをいった。「あいつはきっとろくなものにならん」こんなとき、横のほうに不恰好《ぶかっこう》に突きでた彼の耳は、いつまでもひくひく動いていてとまらなかった。

魔術師の叔父がなぜかぼくを特に贔屓《ひいき》にしてくれたのは、この腺病質《せんびょうしつ》の甥《おい》がほかの子供のように自分をばかにせず、うまくたぶらかされて心服しているのを見極めたからにちがいなかった。彼はぼくひとりを部屋によび、なおもぼくをしっかりと虜《とりこ》にしてしまうつもりか、いろんな話をしてきかせてくれた。その出鱈目《でたらめ》な童話ともなんとも言いがたい彼の物語に、ぼくはそれでも半ば身をよじって真剣に聞き惚《ほ》れたものだ。彼に物語の才能なぞあろう筈《はず》がなく、もっと困ったことには語り手が前の筋を忘れてしまうので、一人息子にいつの間にか兄弟ができていたり、魔法の玉のおかげで不死身の筈の英雄が、ごく簡単にライオンに喰《く》い殺されてしまうなどは朝飯前のことなのだ。おまけに彼は殺伐なことが好きで、筋がゆきづまると誰《だれ》でもかまわず打殺してしまったものである。

「魔法の玉はどうしたの。死なない魔法があるんでしょう？」と、ぼくは息をころしながら、それでも不満のあまりそう訊《き》いた。すると真面目《まじめ》くさった彼の浅黒い顔に、おろおろしたような、手品の種を見ぬかれたような困惑のかげがうごき、それをおし隠すような嗄れ声がしぼりだされた。

「そうだとも。それに気がつくとはなかなかえらいぞ。そうだなあ――王子さまはうっかり忘れていたんだよ。そう、彼は死んでしまってから、ひょっくり魔法の玉のことを想《おも》いだしたんだ。そこですぐにポケットの玉をさすりながら願をかけた。するとどうだろう、なんともはや摩訶《まか》不思議なことに……」

「だって死んだ人が手を動かすことができる？」

魔術師の叔父は顔をしかめた。不機嫌げに目顔で黙っていろと合図をし、ひとしきり思案のあとで、さてこう言った。

「そこが魔法の玉の魔力なんだよ。いいかね、それは考えもつかないような妖しい力なんだ。とても不可思議で、そういうことはこの世にちょっぴりあるだけなんだが、それはそれは考えもおよばないような……」彼はつまずきながら同じことを繰り返したが、聞手の子供の顔にわずかでもあきあきした色がながれるのを見ると、あわてて話をとばした。「止っていた王子の心臓はまたゴトゴト音をたてた。初めのうちは、とぎれがちで、たとえば絶対性不整脈、いいかね、これは羅甸語《ラテン》でアリトミア・ペルペトラというんだよ——そんなふうな音だったが、今はもう普通に鼓動しはじめた」

彼はそのようにむずかしい医学用語を話に挿入《そうにゅう》したものだが、それは彼自身の試験に際しての復習のためであり、もうひとつはそうやって罪のない子供を驚かせ尊敬させる魂胆でもあった。確かにぼくにとって、そのため物語全体にさも価値ありげな重々しい光沢が加わったことも事実であったのだが。

「王子さまはそのまま火星に飛んできた。火星というのはしょっちゅう火が燃えている星で、寒い月世界からやってきてみると……」

ぼくは訂正した。「王子様は今まで金星にいたんだよ」

「そうだ、金星でもべつに差支《さしつか》えない。さて、火星にきてみると、ここにはろくろ首がうようよしている。王子様はそいつの長い首をつかまえて、そう、ここんところだよ」と、彼は自分の首すじを指した。「ここの筋肉は羅甸語でもやっぱり長い名前がついている。いいかね、ムスクルス・ステルノクライドマストイディウスというんだ」

話しおわると彼はほっとしたように煙草《タバコ》に火をつけ、なにげないふうに、「どうだ。面白《おもしろ》かったかい？」とか、「叔父さんは色んなことを知ってるだろう？」とか訊くのであった。ぼくが素直に――事実こんな偉い人はいないと思っていたので――うなずいて肯定的な返事をすると、彼は満足げにぼくの頭をなでた。「大きくなったら、お前はきっと偉くなれるぞ。きっと立派な絵かきになるぞ」それはぼくが図画がとびぬけてうまく、展覧会に出品されていくつもの賞状を貰《もら》っていたことをさしていた。「そうだ、きっとセザンヌのような、ゴッホのような……」と若い叔父は言ったが、本当のところ、彼はこの両者の区別さえつかなかったのである。

だが、こうした魔術師の背負った威厳にみちた光彩も、ある年のクリスマスの夜にあらかた消えてしまった。はじまりが見事であっただけに、それはこのうえなくぶざまな事件で、ほとんど取返しのつきようがなかった。大勢の観客の前に、彼は古風なマントをつけ、祖父の遺品であるシルクハットをかぶって登場したが、そうした姿はなんだか蝙蝠《こうもり》にも似ていて、本当に神秘な能力が隠されているとしか思えなかった。助手として例のおませの従兄がついていたが、そういうことをやらせるに似つかわしい子供が他《ほか》にいなかったからだったろう。すこし酔ってはいたものの若い叔父は、トランプと蛇の木箱の手品をかなり巧妙にやりとげて喝采《かっさい》をあびることができた。だが助手の小さな甥のほうがもっと奇抜な身ぶりで、もっと観客を喜ばせたことは誰の目にも明らかだった。人のよい大学生はちびの小学生にしてやられるのが不満でたまらぬらしく、なにかと手ぶり身ぶりで皆の視線をひきつけようとしたが徒労であった。

「さて、次に演じまするは」しまいに彼は咽喉癌《いんこうがん》みたいな声をはりあげ、勢いこんでどこからか金緑色にかがやく硝子の玉をひねくりだした。それは林檎《りんご》くらいの大きさで、きらきらと眩《まばゆ》く光を反射して、この世にもし魔法の玉があるのだとしたらそれこそそうなのだと思わせる輝きを放っていた。

「これなる珠玉のごとき緑の玉。かように手を放しますれば、たちまち床におちて粉《こな》微塵《みじん》ともなりましょうに、見事にこれを空中にぴたりととめて御覧にいれまあす！」

「それは危いよ。やめたほうがいいよ」と、従兄が忠告がましく大人ぶって言った。

「なにをいう、このチビ！　そうら、このとおり！」

そして彼は手をはなした。ところが次に起った現象はまったく予期に反したことで、その立派な硝子玉はぴたりととまるどころか、凄《すさま》じい勢いで落下して本当に粉微塵になってしまったのだ。魔術師の慌《あわ》てようは見るも気の毒なくらいだった。しかしようやく落着きをとり戻《もど》した叔父は、今度は金属製のコップをひとつとりだし、見物席からぼくを招きよせて、大薬罐《おおやかん》一杯の水をそのなかに注《つ》ぎこむように命じた。「今度はこわれる心配がない」と不埒《ふらち》な助手が言った。「罰当りの、悪魔野郎め」と魔術師はしきりにマントの中でもぞもぞやりながらうめいた。ところで水はもう溢《あふ》れかけてくるし、コップを捧《ささ》げている叔父の顔に目をやると、狼狽《ろうばい》したような、途方にくれたような表情が一杯にひろがってくるので、ぼくは水をつぐ手を何度かためらった。「こぼれる、こぼれる」と従兄が誰をもハッとさせるような切実な声をはりあげた。「なにを」と魔術師はうめき、「もっと注げ、もっと注げ、不思議なコップだぞ。三リットルの水を飲みほすぞ。悪魔野郎のいうことなんかきくことはないぞ」実際水は次第に減ってゆくようなので、ぼくは叔父の能力を信じた。どういう仕掛なのか、コップの水はこぼれそうになってはふたたび減ってゆくのだった。と、突然たいへんなことが起った。叔父の胸のあたりでにぶい破裂するような音がしたと思うと、たちまち大量の水が彼のズボンにそって流れおち、次の瞬間にはコップが傾いてマントの上にざっと溢《こぼ》れかかった。すべてが一瞬の間におわり、観客のとめどない哄笑《こうしょう》の渦《うず》のなかに、魔術師はびしょ濡れの哀れな姿で水浸しの床のうえに立っていた。その耳が猛烈な勢いでひくつき、自分がどんなみっともない姿なのかもわきまえず、彼は憎々しい従兄を掴《つかま》えようととびかかった。しかし相手はずっと敏捷《びんしょう》に椅子《いす》をとびこえて逃げ、きんきんした声で叫びつづけた――「耳のお化けやーい。下等動物やーい」

それ以来というもの若い叔父はひとしおぼくに親切になり、つくしの胞子や蝶《ちょう》の鱗粉を顕微鏡で見せてくれたり、折畳式の捕虫網などを買ってきてくれたりした。しかし神秘な魔術師の影はもう永久に帰ってはこなかった。それでもぼくは、この若い叔父を子供に特有な一徹さで尊敬していたので、彼の知らないことを自分が探りだすことに、ひそかな誇りと愉《たの》しみをおぼえた。それゆえぼくは、枸橘《からたち》の垣根《かきね》のまわりを飛びかう鳳蝶《あげはちょう》や蝸牛《かたつむり》の殻《から》のなかに首を突っこんでいる歩行虫《おさむし》のおこないを、ひとり眺めていつしか半日を過してしまうことも稀《まれ》ではなかった。そして自分の見つけだした驚異をそのままに彼に打明けたものだが、大人の知識のあやふやなことを知らされるにすぎなかった。

「なんだって？　そのサイカチっていうのは聞いたことがないね。そりゃカブトムシのことだろう」

「ちがうよ。カブトムシには角が一本、にゅっとあるだけだよ」

「そうだ、カブトムシには角が一本ある。サイカチだってそうだろう？」

「ちがうよ。サイカチには角が二本さ」

「なんだって？　角が二本？　俺《おれ》はそんな面妖《めんよう》な虫は知らんぞ。そいつは摩訶不可思議だ」

　そこでぼくがサイカチの実物を捕えて持ってゆくと、彼はやっぱりこれこそカブトムシに相違ないと断言するのだった。「だって、これは角が二本あるじゃないの」「それもそうだなあ。俺が小さいころは大抵一本だったがなあ」それから彼ははたと膝《ひざ》をうち、これは「突然変異」というものであると説明をして、ごくわずか耳をひくつかせた。


　伯父の家では、毎年、山や湖畔の手ごろな家を借りてひと夏をすごすのが習わしとなっていた。学校から解放され、都会をはなれて暮す夏休みのひと月、それはどんなにか官能を満たす天国のような日々だったことだろう。

　山には平地に見なれない変った動植物が豊富であった。杉林《すぎばやし》にはいると、濃い油のような脂《やに》が樹皮をしたたりおちて、楢《なら》や櫟《くぬぎ》の林とは似ても似つかぬ湿った匂いをたてた。下草のあいまに露出した黒土には、輪をなして首をもたげる奇妙な茸《きのこ》が目についた。山百合《やまゆり》の花には、平地にいる黒い鳳蝶よりさらに大きな鳳蝶が典雅に舞いおりて蜜《みつ》をもとめたが、その厚ぼったい漆黒の四翅《しし》には金緑にかがやく砂粒がまきちらされていた。真紅の花粉が、その肢《あし》とか触角とかをなまめかしく色どった。夜半に目ざめると、障子のかげで茶立虫が、かすかな消えいるばかりの音をたてていた。この虫の正体はいつになってもわからなかった。まるで障子の紙が鳴いているようにもきこえたし、どうかすると、すりきれた畳のへりが鳴いているのだとも思われた。また窓からさしこむ月の光にてらされて、糸のように細い長い肢をのばしのばし、盲蜘蛛《めくらぐも》が壁をまさぐりながら這《は》ってゆくさまも窺《うかが》われた。そのたびにぼくは、山の夜の冷気が目からしのびいるのを感じながら、ぱっちりと目を瞠《みひら》いて、半ば怖《おそ》ろしく半ば楽しいお伽《とぎ》の世界に軀《み》をひたすのだった。茶立虫の声がとぎれがちに形造る雰囲《ふんい》気《き》のなかに、ゆっくりとすすんでゆく盲蜘蛛がほそい肢先をふみいれることがあった。そこでは音と物体とがお互いに溶けあっても、すこしも矛盾にはならなかった。のろのろとまさぐる肢先が、かすかな音とふれあい、愛撫《あいぶ》しあい、やがて一緒にゆらいでかすれて見えなくなった。それと共にぼくは眠ってしまうらしかった。ながい夜の末に山の端《は》が白み、ひぐらしと山鳩《やまばと》の声が一日の始まりを知らせるころまで。

……そうしたある一日、ぼくは捕虫網を片手にさげて山路を歩いていた。盛夏の午後の日ざしが思いきり樹々《きぎ》の陰影をふかめ、草のいぶきが汗のなかにとけこんできた。と、目のまえを、なにか輝かしいまばゆい物体がすばしこくよぎった。蝶だ！　なにかわからぬが珍しい蝶々だ。そう経験がぼくに教えた。それにしても、どうしてぼくの膝は、捕虫網の柄《え》をにぎった手は、あんなにもわななないたのだろう。

ふたたび銀白の翅《はね》の渦が目にとびこんできたとき、ぼくは狂おしく網をふった。うまくやった！　はたはたとあえなく騒ぐちいさな四翅が寒冷紗《かんれいしゃ》の網をすかして見てとれた。ぼくは網のそばに膝をつき、ふるえる指先をのばして、未知の獲物をおさえた。胸ははげしく鼓動した。いま、可憐《かれん》な鱗粉の天使は、死んでぼくの掌のうえに横たわっていた。ぼくはまじまじと目を瞠いて、それを見た。銀白色の鱗粉が翅の裏をきらきらと光らせているのを。そして、くすんだ光沢ある褪紅色《たいこうしょく》の鱗粉が、あざやかな対照をなして翅の表を彩《いろど》っているのを。

一瞬ぼくはぼんやりと首をかしげていた。心の奥を、なにかしきりと突つくものがあった。それはくすぐったいほどかすかな痛みだったかも知れない。あらためてぼくは獲物に目をやった。たしかにこんな蝶は見たことがなかった。しかも空想の世界の蝶そのままにうつくしく優雅であった。どこからどこまでぼくの好みにあっていた。早まって殺してしまったのが残念であった。硝子の容器にでもいれて、微妙にひらめく光彩に見とれたかったのに。ぼくはかなりの悔いをおぼえながら、竹でつくった籠《かご》から半死の蜻蛉《とんぼ》をだして、そのなかに翅をとじてうごかない蝶の屍《しかばね》をいれた。

ここの山では、濃い霧のわきだすことが稀ではなかった。夕刻、家路をたどりながら、付近の谷間から白い霧のながれでるのが認められた。霧は木立のあいだを縫い、別荘の垣をこして生きもののように迅《はや》くながれた。みるみる早すぎる暮方がおとずれた。あちこちの杉林から、ひぐらしの合唱がそれに和し、その杉林もやがて白いヴェールのなかにかき消されてしまった。ぼくが慌《あわ》てて走ったせいか、家についてみると、籠のなかの大切な蝶の姿は消えていた。

夕食がすむころに雨となった。山じゅうを覆《おお》いつくしたこまかい霧の粒子が凝りかたまって降ってくるかと思われる、ほそいしめやかな霧雨《きりさめ》であった。

「早くお風呂《ふろ》におはいりなさい」と伯母がいった。

「もうはいっちゃったい」と従兄が口をつきだしてこたえた。

彼はぼくが虫とりに余念のないあいだ、木の枝で手製のパチンコをこしらえていた。これでカラスをとるのだと言った。烏は無理だとしても、これで蟬《せみ》という蟬を一匹のこらず殲滅《せんめつ》してやると言った。そうなればやかましくなくなっていいが、お前がとる蟬がいなくなって困るだろうと言った。あげくの果、的をつくって蟬をやっつける練習をすると言いだした。ぼくたちはそれから二時間くらい、伯母があきれかえって叱《しか》りつけるまで、部屋のなかでパチンコを射《う》った。

ちいさい子供たちはすでに眠っていた。数人の大人たちは近くの家へ話に行っていた。伯母がどうしても風呂にはいって寝ろというので、ぼくはすこし怖ろしかったが、ひとり渡り廊下を伝って湯殿にはいった。裸電球のうす暗い光にてらされて、湯口から黄いろい硫黄泉が寂しげな音をたててながれおちていた。とっぷりと湯にひたると、自分以外のものがひとしきりしんとした。湯気はものうく湯殿一杯にたちこめ、湯の面《おもて》がかすかな音をたててさざめくと、けげんそうに舞いおりてきたりした。やがて、しめやかに降る雨の音が耳についた。

「あの蝶々はどうしたろう」とぼくは考えた。「きっとあの坂道のへんで落したのだ。もう雨にうたれて泥《どろ》まみれになっているにちがいない」

失われたものがたとえようなく貴重なものに感じられた。毎日のように歩きまわってもついぞ見たことのない蝶だけに、二度と捕えることができるかどうか危《あや》ぶまれた。失望と後悔が大きすぎたので、ぼくはながいことうつろな目つきで湯にひたっていた。

湯からあがると、往々あることだったが、かるい貧血におそわれてほとんど倒れそうになった。ようやくパンツをはき、粗いタオルを肩からかけたまま、ぼくは朽ちかけた渡り廊下をたどって母屋《おもや》へはいった。廊下は濡《ぬ》れていたので足の裏がつめたかった。ベランダの籐椅子《とういす》に腰をかけ、明るい電燈《でんとう》の下で、丹念にタオルで足をふいた。どうやら伯母も寝てしまったようであった。

ベランダの硝子《ガラス》窓にはうす汚れた白いカーテンがひいてあったが、その隙間《すきま》からちらと緑いろの光沢が見えた。ちょうど魔術師の叔父のもっていた硝子玉のような色であった。いくらかそれが気にかかったので、ぼくは立っていってカーテンをまくってみた。なんのことはなかった。この山に多いありふれたコガネムシで、灯《ひ》を慕って硝子戸の桟《さん》にしがみついているのだった。毎夜見られる種類で、珍しくもなんともなかった。しかしふと気づいてみると、そのコガネムシの横のほうに、斑《まだ》らのある黒色のカミキリムシが、もののしげにながい触角をゆりうごかしていた。そればかりか、さらに横のほうには数匹のコガネムシがうずくまり、なかの一匹が翅鞘《ししょう》をひらいてバサッと下にころげおちるところであった。硝子戸のうえのほうには気味のわるいほど腹の太い蛾《が》が、褐色《かっしょく》の水玉模様の翅の裏を見せながら、硝子を腹の綿毛でこすっていた。ぼくは次のカーテンをひらいてみた。すると、ごっちゃな色彩と動揺とが、いっぺんに目のなかにとびこんできた。そこには無数のこまかい蛾たちがいた。どれもこれも、黄や赤や土色の鱗粉《りんぷん》によそおわれた翅をうちふって、硝子から内に入ろうとけんめいにもがいていた。また一群の女王のような水色の巨大な蛾が、桟のうえをそろそろと這っていた。そうするうちにも、にぶい翅音《はおと》をたててコガネムシがとんできて、硝子にぶつかって仰向けにひっくりかえった。夜ごと灯《あか》りにさまざまの虫があつまってきたものの、これほど多くの夜の使者を見たことはかつてなかった。おどろいてぼくは次々にカーテンをすべてあけはなった。まるで打ちあわせてあったかのように、どの硝子戸にも多彩を極めた虫たちの、とめどない耽溺《たんでき》が、目もあやな饗宴《きょうえん》があった。

しばらくのあいだ、ぼくは茫然《ぼうぜん》とこのきらびやかな光景に見惚《みほ》れていた。酔ったようにうつうつと定まらぬ視線で一匹々々の虫たちの動作を追っていた。窓をあけてそのうちの好きな奴《やつ》を捕えることなんか考えようがなかった。それほど圧倒的な輪舞であり、眩《まば》ゆすぎる狂乱であった。なおもあとからあとから新しい参加者が、濃い霧の帳《とばり》をやぶってこの祭典に加わってくるのだった。

そのうちにぼくは、この数えきれぬ虫たちのなかから、自分がもの恋しくなにかを捜そうとしているのに気がついた。いうまでもなく、昼間とらえたあの銀白色の蝶の姿をである。蝶が灯にやってこないことをもうぼくは知っていたから、そんな自分がすこしおかしかった。ぼくはいくらか余裕をとりもどし、すっかり冷えてしまった身体《からだ》を意識しながら、もう一度硝子戸のそとにつどう来訪者に目をやった。コガネムシの多くは、雨にぬれしょぼれた翅鞘をたたんだまま、身じろぎもせずうずくまっていた。ただその目が不気味にかがやいた。いったん目に気づくと、蛾たちの目はいっそう妖《あや》しい光をはなつのだった。小刻みに翅をふるわせながら、紅玉のような、緑玉のような、妖しく燃えたつ複眼がこちらをじっと睨《にら》んでいた。半ばおびえて、ぼくはひと足さがろうとした。足がいうことをきかなかった。ふいに、こまかい火花のように、無数のかがやく目がぼくの目のなかにとびこんできた。昏《くら》くなった視野のなかで、光と色彩とがちかちかとくだけちった。同時に、うっすらと気がとおくなり、限りなくのろのろと自分が膝を折ってゆくのが感じられた。

非常にとおいところから、囁《ささや》くような声がきこえてきた。なんだろう、なにを言っているのだろう、と覚めかけたぼくの頭のひとすみが考えた。囁きは次第に近づいてくるようだった。急にぼくは自分の名が呼ばれているのに気づき、思いきってあたりを見まわそうとした。水底《みなそこ》のようなうすら明りのなかに、ぼんやりした形態がいくつもいくつも重なって見えた。段々とそれがはっきりしてきて、ひとつの顔に——伯父や伯母の顔になった。ぼくは帰ってきた大人たちの手で抱きおこされていたのだった。

「なんでもない、なんでもない」と誰《だれ》かが言った。寝巻が着せられるあいだ、魔術師の叔父はぼくの手首に指をあてながら、眉《まゆ》をひそめて首をかしげていた。そして「プルスは……」と言いかけたが、「お前なんかにわかりゃしないよ」と言われて手をはなしてしまった。

自分でもなんのことやらわからぬまま寝床につれてゆかれたとき、ぼくは隣の寝床に従兄《いとこ》がいかにも一生懸命眠っているのを見て、すこしわらった。彼は枕元《まくらもと》に殺生《せっしょう》なパチンコを飾り、片腕を思いきり横ざまにのばして、半分あけた口からゆたかな鼾《いびき》をもらしていた。

⁂

家の周囲の垣根《かきね》のそば、裏の草むらのなかなどに、春から夏へかけてかなり大きな野生の植物が目についた。大きいのは大人の丈くらいあって、切れこみのある心臓形の葉がついていた。変っているのは、白い粉をふいているその茎を折りとると中空になっていて、柔かな髄から薬品めいた黄褐色の汁《しる》が滲《にじ》みでてくることだった。

「これはヨジウムの原料だぞ」と従兄は教えて、すりむいて血のでたぼくの傷口に汁をすりつけてくれた。そうやると本当に痛みがうすれてゆくような気がした。本物のヨジウムのように沁《し》みることもなかったし、この方がよほど上等のように思われた。しかし従兄は、傷の手当をすましてしまうと、むりにおし殺した、おびやかすような声で囁いたものだ。

「黙ってろよ。こんなこと見つかると牢屋《ろうや》に入れられるから」

そして、これは禁じられた行為であり、なんとなればこの辺の草はすっかりヨジウム会社に買い占められているからだと説明した。こうした乱暴な治療でも軽い傷はうまい具合に癒《なお》ることも多かったが、あるときはかえって化膿《かのう》してしまって、痂皮《かさぶた》ができかかったままなお奥へ奥へと侵入してゆくようだった。それでもぼくは徒《いたず》らに中空の茎を折りとって黄褐色の汁をなすりつけ、これで癒ると信じていた。ところが事態は一向に好転せず、しまいに傷のまわりは赤黒く腫《は》れあがり、押すと乳白色の膿《うみ》がじくじくと滲みでてくる有様だった。ついにぼくは秘密を大人たちに見つけられ、叱られながら病院の治療室に連れてゆかれた。そこでようやくぼくの傷は鋭く光るメスで切開され、甘ったるく匂《にお》うヨードフォルムの粉をふりかけられ、清潔なガーゼでおおわれることができた。が、それは従兄の罪にはならなかった。すべてはぼくの無知のせいで、彼は興味ぶかげに、涙をためて切開をうけているぼくの様子を仔細《しさい》に観察していた。なにしろ彼の口やふるまいは巧妙で、大人たちにも尻尾《しっぽ》をつかまれることは滅多になかったものだから。

「火星にろくろ首なんかいるものか」――従兄は鼻先でわらって、棒の上で皿《さら》をくるくるとまわした。実際それは軽業師《かるわざし》そこのけの技術で、魔術師の叔父の手品のように種や仕掛があるわけではなく、まったく彼の健康さと運動神経の賜物《たまもの》であった。「火星には蛸《たこ》みたいな火星人がいるんだい。火なんか燃えてやしないさ。運河があるんだよ」それから彼はまだ宙にまわっている皿を器用に片手でうけとめ、ひとしきり卑俗なメロディを口笛で吹いてみせた。その口笛にしても、交叉点《こうさてん》の巡査の呼笛《よびこ》よりもよくとおると威張っているだけの巧みさを有していた。そのほか彼は動物の鳴声を真似《まね》るのもうまかったし、粗野な口調で大人たちを笑わすのも心得たもので、鉄棒や細工物や逆立ちのまま三メートルを歩く術にも秀でていた。おまけに鼠小僧《ねずみこぞう》と称して自分の手足を帯やら紐《ひも》やらでぐるぐる巻きにさせておき、さて奇妙な具合に身体をくねらして縄目《なわめ》から抜けだすのは最も得意とするところだった。脱出に成功すると、彼は鼻の頭に皺《しわ》をよせて言ったものだ。「やい、木っぱ役人め、そんなことでこの大盗賊を牢につなげるものか」

それなのにぼくの腕は鉄棒に身をまかすにはあまりに細く、皮膚は白いというより不健康に褪色《たいしょく》していた。小刀を使うと指を切らないですむのが不思議なくらいだったし、口笛を吹こうとして、全肺胞をしぼりつくした挙句《あげく》がすうすうと息の音ばかりがした。ぼくは躍起となって口笛の稽古《けいこ》をしたが、しまいに口がとがってきたので、高齢のため発音が不明瞭《ふめいりょう》になっていた祖母が、いつもの癖でまわらぬ舌を動かして言った。「お前はだんだん狐《きつね》に似てきた」

このように従兄と比較して自分ができ損ないであることが明らかになるにつけ、彼のようになりたいという願望は次第につよくぼくの内部に根をおろした。たとえ従兄が無性に学課ができなくて、二年も上のくせに屢々《しばしば》自分の宿題をぼくにやらせるなどということがあったにしても、こうした生身に密着した願望の前には、どんな自らの優越さえもがみじめに色あせて見えるものだ。だからぼくは皮膚を黒くするため能《あた》うかぎり日ざしをえらんで歩いたり、学校では強《し》いて乱暴そうな遊戯に加わって、あっちこっちを精をだしてすりむいたり怪我《けが》をしたりした。また家のそばの空地で行われていた子供野球にもお情けで入れてもらったものの、大抵は補欠で、ボールが草に隠れて見えなくなったときにだけ狩り出される役目に甘んじなければならなかった。

ところが、ほんの偶然のことからこの経過が変った。その偶然というのはひとりの人物の姿を借りてやってきたのだが、はじめのうちは人物どころかまことに影の薄い存在にすぎなかった。有体《ありてい》にいえば二十をいくつか越したくらいの恰好《かっこう》だけ大きな新聞配達夫で、彼は空地の前を通りかかるたびに、かならず脂肪ぶとりの顔にせい一杯愛想笑《あいそ》いをうかべて近づいてきたものだ。

「な、頼むから一本だけ打たしてくれ、な」

こちらはまたかというように、突っけんどんに答える。

「駄目《だめ》だい。いま、大事なところなんだから」

するとむこうはますます表情筋をやわらげ、この世の虐待《ぎゃくたい》を一身に背負ったような情けない声をだす。

「いいじゃないか。ほんの一本だけだよ。たった一回バットを振ればいいんだよ。な、これをやるからな」

そしてポケットから鉄砲玉とよばれる飴《あめ》をつかみだし、ひとつずつぼくたちにくばるのだった。ついに彼は子供たちをなだめすかして試合を中止させ、肥満した身体に子供用の細っこいバットをひっさげて、バッター・ボックスにたち、威勢よく「さあ、ゆくぞ！」と叫んで腰をぶるぶるとふるわせた。だが、しくじってピッチャー・ゴロなどを打ってしまうと、またこのうえなく卑屈な態度にもどり、「な、頼むから、もう一本」と、つづけざまにお辞儀をした。

ところがこの人物は、日がたつにつれいつということもなく、空地にあつまる子供たちをすべて手なずけてしまい、自ら子供チームの総監督におさまったものだ。そうなるともう滅多にお辞儀もせず鉄砲玉もくれず、ちいさい選手たちを顋《あご》でこきつかい、失策なぞしようものなら邪慳《じゃけん》にどなりつけた。どういう訳でそんな具合になってしまったのかわからぬが、やはりそこが、人物であったのだろう。

ある日総監督は一同をあつめ、これからは他流試合もしなくてはならないし、それには投手がもっと必要であるから、その選出をすると申しわたした。

「さあ、俺《おれ》が受けてやるから、みんな十球ずつ投げてみろ」と彼は子供たちを威厳にみちて眺《なが》めわたした。その試験はおそろしいもので、一球ごとにこんな罵《ば》声《せい》がとんでくるのだった。「なんだ、どこに投げているのだ！　そんなことで投手がつとまると思うか！」

やがてぼくの番がきた。ぼくは投手なんかやったことがなかった。おそるおそるミットをめがけて、力一杯投げつけた。球はほとんど真中にはいるかと見えたが、スッと右手にながれた。次の球もまったく同じコースをたどった。すると総監督が立ちあがったので、ぼくはひやりとした。ところが彼はこう言ったのだ。

「お前、シュートが投げられるじゃないか。よし、こんだあ直球でいい」

しかしぼくはあきれたことに真直《まっすぐ》のボールが投げられなかった。アウト・コース以外は全部シュートしてしまうのだ。

「お前のは、ナチュラル・シュートだな。でもかえって打ちにくくっていい。コントロールもいいから、よし、お前がエースだ」と、あやしげな言葉をまじえながら彼は言った。

解散するときに、なおこの総監督はもったいぶった厳《いか》めしさで、思いもかけぬ光栄にすっかりぼうっとしてしまっている痩《や》せこけた主戦投手に、注意を与えるのを忘れなかった。

「これからは肩を大事にしろよ、肩をな」


それはそれとして、学課のうえでのささやかな自負がぼくを訪れることもないではなかった。だが、それはあくまでも湿っぽい憂鬱《ゆううつ》な自負にちがいなかった。もしも従兄の持っている才能のひとつと引換えができるのだったら、ぼくは喜んでそれらのすべてを放棄したことだろう。ただ図画に関しては、ぼくはかなりおおらかな気持で自分の能力をうけいれていた。なにも沢山の賞状を貰《もら》ったからではなくて、さまざまのものの形の魅力、一色とも見える単純な色合のなかにも含まれている微妙な色彩の混合、そうしたものを識別し把握《はあく》すること自体がぼくを娯《たの》しませたからである。

投手に抜擢《ばってき》されたころのある日、ぼくは掃除当番であとにのこったことがあった。教師の点検もすみ仲間もかえってしまうと、列をなして並んだ几帳面《きちょうめん》な机と椅子《いす》のうえに、教室特有のがらんとしたしずけさがながれた。ぼくは運動靴《うんどうぐつ》の紐をなおしながら机に腰かけ、見るともなくあたりを見まわした。うしろの壁には優秀な図画や習字が貼《は》られていた。四重丸をつけられたものがすべて貼りだされ、やがて貼る場所がなくなると、特に上手なのを一枚か二枚のこしてとりはずされるのだった。ちょうどそういう整理が行われたあとだったので、そこには六種類の図画が都合十枚だけのこっていたが、そのなかにぼくの絵が六枚あった。

ふいに、いかにも子供っぽい、だがぼくにとっては得体の知れぬ憤《いきどお》ろしさにちかい感情が、胸の底からわきあがってきた。

「この組には六十人もいるが」とぼくは考えた。「ぼくひとりのほうがその六十人よりうまいんだ、ぼくたったひとりのほうが……」

上半身をのばし、それらの絵をじっと眺めているうちに、ぼくは自分のなかにひそんでいる何者かが、皮膚をむずがゆくさせるのを感じた。そいつをごまかしてしまうことは不可能らしかった。そいつはしきりとぼくをうながし、さあ描《か》いてみろ、いっぺんお前の力をだしきってみろと囁《ささや》くのだった。その日の午後に図画の時間があった。

ぼくたちは花瓶《かびん》をパステルで描かされたが、時間がおわると教師はその花瓶に百合《ゆり》の花をさしていた。おそらく次の時間に上級のクラスがそれを描いたのであろう。

あやつられたように、ぼくはランドセルを片手でさげたまま、ひっそりとしたもの寂しい廊下をたどり、二階の図画教室をのぞいてみた。やはりがらんとした教室の四つの台のうえに、百合の花弁がしずまっているのが窺《うかが》われた。そっとぼくは足をふみいれ、いそいでランドセルから画用紙をとりだすと、ひとつの花の前に座をしめた。図画の教師に見つかったとしてもおそらくぼくならば叱《しか》られまいという気持が、とうとうぼくを大胆にした。落着いてゆっくりとデッサンをとった。不満足だったのでそれを捨て、次の紙にはぶっつけに花弁から描きはじめた。ひとつの花弁は実物よりずっとねじくれてしまったが、そのほうがどうしてもぼくの心にかなった。気ままにかなり無雑作に、ぼくはやわらかいパステルをあやつった。白くぬられた花弁を爪《つめ》でひとところぐっとこすると、にぶい光沢がうまれてきた。いつかの展覧会にだしたぼくの枇杷《びわ》の絵に、図画の教師はそうした技法をほどこしてくれたのだった。そのうちに、ときたま廊下をとおる跫音《あしおと》も、かすかに校庭から伝わってくる放課後の遊び声も、すべて気にかからなくなった。熟れきった花粉嚢《かふんのう》を描いたころから、ぼくは次第に我をわすれた。花瓶や茎や葉はごくざっとなぞっただけだったが、それがすこし歪《ゆが》んで大きすぎる花自体を巧みにつよめてくれるようであった。ぼくは花にだけ熱中した。花弁の白さのなかに、たそがれの光線が、雄しべ雌しべのかげが、バックの濃緑の布が微妙な色あいを映していた。そういう捉《とら》えがたい陰翳《いんえい》をなんとしてもあらわしたかった。窓からながれる光が弱まるにつれ、そのさゆらぐかげは刻々に変化した。描いているぼくのほうも変化するようだった。それゆえ、たかぶったやるせない努力はいつになっても終りがなかった。ときどき訪れる呪縛《じゅばく》から解きはなされたひとときに、ぼくは自分の絵が、台のうえの百合とはまるきり異なった、妖しい歪められたものになってゆくのを見た。花弁の色はもう白いとはいえなかったし、百合の花と見えるかどうかも危《あや》ぶまれた。それでもぼくは、自分の描きだした奇態な像に執着した。たしかにそのほうが底の知れぬ魅力をたたえていた。実際本物の百合の花が、またどんなにつまらなく見えたことだろう。ぼくがあの鳳蝶《あげはちょう》なら、もちろんこの絵の花にとびつくにちがいなかった。そして何色ともつかぬ花の香にむせ、くろずむまでに真紅の花粉のなかをころげまわるにちがいなかった……。

どのくらいの刻《とき》がながれたかはわからない。ふと放心から覚めてみると、教室のなかはすっかり暗くなっていた。身体《からだ》じゅうがふぬけたようにくたくたとなり、つみ重なった疲労が節々を痛ませた。ぼくは重たい頭をふり、すこしばかり伸びをして、ほとんど無関心に自分の絵を眺めやった。ただうすぐろい色の混合が雑然と見えるばかりで、さきほどの興奮はどこかへ行ってしまった。それでも仔細《しさい》にながめると、この出鱈目《でたらめ》な絵にはなにかぼくを満足させるものを含んでいた。ぼくは絵を二つに折り、パステルとともにランドセルにしまいこんだ。

また、なんという心身の疲れようだったろう。廊下にでるとそのまま坐《すわ》りこんでしまいたかったし、空虚な後味がしきりにした。窓辺に立ってぼくは外を見た。空はまだ明るかったが、校庭はすっかり昏《く》れてしまっていた。人っ子ひとり見えなかった。昏れのこった空の澄明《ちょうめい》さが、それを一層寂しげに見せた。ぼくは自分が絵に憑《つ》かれていたあいだ、ほかの子供たちが、おそらくはどんなに活潑《かっぱつ》にたのしく遊んでいただろうかを考えた。ぎくしゃくとランドセルを背負いなおして、ぎしぎしときしむ階段をおりてゆきながらも、ふしぎな悔いが身をせめたてた。それはこうぼくに告げた。

「つまらないことだ。益のないことだ。絵なんか、もう嫌《きら》いになれ」

ぼくは思いだしたように口笛をふこうとして口をとがらせた。すうすうと息の音ばかりがした。

子供がもつ豊かな可能性が、やがて次第にぼくをひとりの少年の類型に変えていった。そのために払った努力も並々ならぬものがあったが、他の元気のよい少年たちからぼくを区別するものは、すくなくとも外見的には見つからなかったろう。ぼくはすでに従兄《いとこ》のもつ各種の能力を模倣することができたし、子供チームの投手もつがなく勤めていた。ほんのときたま、一種の覚醒《かくせい》のような瞬間が訪れることがあったとしても。

……そのときぼくが転んで怪我をしたのは、むしろぼくが勇敢で敏捷《びんしょう》な少年であったからだ。みんなは付近の丘で「陣地とり」をやっていて、ぼくだけ一人で抜駈《ぬけがけ》の功をたてようと、径《みち》もない笹藪《ささやぶ》のなかを大廻《おおまわ》りして敵方を急襲しようとしたためであった。つまらない目的に夢中になってちょっとした窪地《くぼち》をとびこえたとき、草の蔓《つる》が足をすくい、ぼくをその場にうち倒した。おそらく尖《とが》った石かなんかに当ったのだろう、膝頭《ひざがしら》がじいんと痺《しび》れたまま、ぼくはしばらく起き直ることもできなかった。辛《かろ》うじて半身を起し、感覚のなくなった部分に目をやると、泥《どろ》によごれた傷口から新鮮な血がふきでていた。血は泥とまざりあい、それからゆっくりと臑《すね》のうえに模様をつくった。ハンカチをだして押えたが、離すとまた、見る間に新しい血が盛りあがってきた。しかしその血の色は、いままでの気分とはまったく違った気持をぼくの内部に醸《かも》しだした。病院の薬局に遊びにゆくと、よく赤葡萄酒《ぶどうしゅ》と無色のシロップを割ったものをふるまわれ、ぼくはその甘い飲物が血液に似ていると思ったものだが、そのときぼくの膝頭からながれでてゆくものはそんなものでなく、外界にないもの、絵具をまぜあわせただけでは決してできないもののように思われた。すると、倒れている自分、目の前にある手足、そうしたものまで特殊な個別的なものとして実感されてきた。この身体は、あたりにある草や石ころとは異なっているばかりか、彼方《かなた》で叫び声をあげている多くの子供たちとも判然と区別されるもの、つまり自分自身なのだということを、漠然《ばくぜん》とぼくはさとったらしかった。ここから起き上っていって、彼らのなかにまじったとしても、どこか疎遠《そえん》な溶けこめないものが残りはしまいか。ぼくはようやく激しくなってきた疼痛《とうつう》をこらえ、ハンカチを押しあてたまま、ながいことそうやってうずくまっていた。丘にゆうぐれの気配がしのびより、見あげると、それと気づかないほどに空が色を変え雲が色を変えていった。

だが、それは夕映よりもはかないいっときのもので、血がとまり仲間の遊びに加わったとき、ぼくはもうそんなふしぎな心情のことなどあらかた忘れてしまっていた。威勢のよい格闘をやり、勝負のきまったあとで隠しておいた菓子を食べ、どすぐろく血のかたまったさきほどの傷を勲章のように自慢したりした。――現在でもぼくはときどき真面目《まじめ》に考えるのだが、もしもこのまま月日がながれていったなら、ぼくだって職業選手かせめては曲馬団の花形くらいにはなれたのではなかろうか。ぼくはもう以前のように、ぼんやりと梢《こずえ》の葉ずれに耳をかたむけることもなかったし、何事かを暗示するような甲虫の翅紋《しもん》に眺めいることをも忘れてしまっていた。

しかし、ひとつの病気がすぐにぼくのまえに待ちかまえていた。それはあたかも運命そのもののように思われた。それはしめやかな手でぼくの手をとり、その馴染《なじみ》ぶかさゆえにぼくが遁《のが》れたがったもうひとつの世界にひきもどした。運命というものは、むしろはじめから人々の体内をめぐる血液のなかに含まれているのかも知れない。

＊＊＊

わけもなく葉に穴をあけている蚕が、ときおり不安げに首をもたげてみる。それは人間の言葉で彼らの意味とはちがうにしても、人は生涯《しょうがい》に何度か、それに似た時間をもつもののようだ。ある季節、高原の大気が異常に澄みわたってくるように、そんなときわれわれの感覚は非常に敏感に、過去と現在のかげのなかから、自らの存在の意味を探りだすまでに高められるだろう。今までさりげなく見すごしてきた物のすがたが変様し、実はこのうえなく貴重な、かりそめに過ぎ去ってゆくものでないことが感じとれる。きびしい認識というものではなくて、ある予感、ある啓示、ある疑惑がそこでは寄りそってくるのだ。

しばしばそれは病いというもの——死に通ずる匂《にお》いをもち、あらゆる省察の母体である病気に伴われてやってくる。高熱にうかされながら、人はふいに未来の形を垣間《かいま》見ることもあるし、はげしい痛みが通りすぎると、病人の瞳《ひとみ》がいつの間にか奥ぶかく澄んできたりもする。また発汗と衰弱のなかにあって、死というものは、ずっと彼方まで続いている生の涯《はて》にひそむものではなく、実は生の裏側につながっているのだということが理解されてくる。そこでは〈死〉はいつも〈生〉と一緒で、ときたまひょっこり生のうえにも首をもたげたりもする。こうした肉体や精神の変調の下で、人間を形造るもろもろの要素は、かえって純粋なすがたを現わしてくるものだ。

しかしながら、その冬にぼくにやってきた病気は、人をおどろかすような激しさとか、意味ありげな異常さとかいう形態はとらなかった。それはごく平凡になにげなくやってきた。発熱も昏迷《こんめい》も苦痛もなく、その代り時間をかけて着実に、その役目を果していった。急性糸球体腎炎《じんえん》とよばれるその病気は、治癒《ちゆ》するまでに数週間から数カ月、ときには年余にわたることも決して稀《まれ》ではない。

それにしても発端から、どうも様子がいつもの風邪なんぞと変っているようであった。蒲団《ふとん》があたたまるまで、ぼくはなじめない冷たさのなかでじっときき耳をたてていた。ひどくだるくて、身体をうごかすのも大儀だった。そうしているうちに、ぼくはなにかわからぬが、今度の病気が並々ならぬものであることを直感した。「死ぬのかしら」とぼくは唾《つば》をのみこみながら考えた。そのとき姉の死んだときのことを憶《おも》ったかどうかは定かではない。しかしだるいばかりで、苦しくもなければ熱もないらしかった。死にゃしないな、とぼくは口のなかで呟《つぶや》いて、なんだかそれを情けないことのように思った。

冬休みも間近いころのその朝、数日来のけだるさが殊更《ことさら》にひどく登校をためらっていたぼくから、最初に病気を見つけだしたのはよりによって魔術師の叔父であった。彼はその年卒業試験をうけることになっていて、休暇で帰宅してからも書抜きのノートを後架のなかまで持ちまわっていたが、案外そのノートが偶然の功名を立てさせたのかも知れない。ともあれ、すでに浮腫《ふしゅ》のきている甥《おい》の瞼《まぶた》に目をとめたとき、医学生はかつてない真剣な表情をした。どんな混みいった奇術をやる場合にも、おそらく彼がこれほどの期待と危懼《きく》を抱いたことはなかったろう。すぐさまぼくに尿をとらせ、床をのべさせておいてから、彼はもっと実力のある医師をよびに家の病院へ走っていった。

白衣を着たままの大おじがやってきて、念入りにぼくの身体を診察した。足のすねだの手の甲だのを指で幾度も押し、ものものしく血圧計の帯を腕に巻きつけたりした。一方、魔術師の叔父は、白い沈澱《ちんでん》が底のほうにたまっている試験管を手にしてはしゃいでいた。はしゃいでいるといって悪ければ、すっかり興奮していた。彼は医者の卵である自分が病人をひと目見て診断をつけてしまったので、すこしも落着いていることができなかった。そこで何遍も坐《すわ》りなおしたり耳を動かしたり、ぶつぶつと外国語を呟いてみたり、集まってきた女子供を「しずかに！」と叱りつけたりした。静かにしていないのは自分一人であったのに。

「お昼にはお粥《かゆ》を煮ますか」心配のあまりさきほどから坐ったきりの婆《ばあ》やが尋ねた。

「まあ、食べんほうがいいな」と伯父が言い、「安静第一だ」と、聴診器をまきながら看護婦に手渡した。

「お粥にしてもね、梅干も鰹節《かつおぶし》もいけないんだ。塩辛いものや肉や魚は駄目《だめ》だ。つまりだね、むずかしくいえば塩分と蛋白《たんぱく》とを極度に制限する」すぐさま魔術師の叔父が、ほとんど浮々と、耳をひくつかせながらつけ加えた。そのとき、人々の背後から物珍しげに覗《のぞ》いていた従兄（もう中学生になっていた）が、「アンセイって、なんだ？」と訊《き》いたので、さすがにみんなが失笑した。

うとうととぼくは眠ったらしかった。それはむさぼるように休息を求める眠りでもなく、夢と現実との間をうかされたように行き来する眠りでもなく、なにか意味ぶかい謐《しず》けさの支配する、けだるく包みこむような眠りであった。そこでは我々の自我の深部がゆるみ、ものしずかな移動が行われ、意識と無意識、獲得されたものと本来のものとが交錯し、やがて各自の官能がはじめて形造られてくるのかも知れない。ときおりぼんやりと外界のもの音を知覚したようにも思ったが、はたしてそれが外界の音であったかはわからぬし、すぐにおしよせてくるしめやかな眠けに身をゆだねた。夜にさえよく眠ることのできないぼくが、夕方までまどろみつづけた。その睡《ねむ》りはしずかに、ぼくが苦労してわがものにしかけた付着物を洗いおとした。ぼくのたましいが息づくようになるまで、ぼくの身体を眠らせておくらしかった。目ざめたとき、あたりは昏《くら》く、窓の外にどんよりとした薄明があった。なんと世界は静けさにみち、未知の新しい気配が漂い、時の流れは危ぶむように淀《よど》んでいたことだろう。ぼくはそっと枕《まくら》をきしらせ、自分がまるでちっぽけな赤ん坊になってしまったような気がした。もしも世界にぼくひとりきりであったなら、ぼくはとおく忘れさった事柄《ことがら》を、消えさったいくつかの過去を憶いだしたかも知れなかった。

しかし、すぐに明りがつけられた。婆やがぼくの顔をのぞきこみ、お粥を食べるかどうかと尋ねた。ぼくがうなずくと、彼女はスプーンでひと匙《さじ》ひと匙、うすい重湯《おもゆ》のような粥を口のなかに入れてくれた。粥はほの暖かった。それきりであった。なんの味もしなかった。ぼくはその朝の若い叔父の言葉を思いだした。あまりお腹《なか》もすいていなかったので、ぼくはじきにスプーンをおしやった。吸飲《すいのみ》で番茶をのませてもらいながら、それをおいしいと思い、これが塩水だったらどんなによかろうと考えた。塩辛いものがいけないのだと思っただけで、もうそれにこがれてしまったのだ。考えてみるとぼくはもう二年ほど風邪もひかなかった。白い粥のうえに鮮紅色をにじませていく梅干の色がなつかしく思いだされた。婆やにもういいと顔で知らせ、ぼくは目をとじた。

人の気配がして、魔術師の叔父が枕元に坐っていた。

「どう?」

彼は目をあけたぼくに非常にやさしくささやいた。

おそらく彼はさきほど自分が有頂天になりすぎて、病気の甥自身のことを少しも考えなかったことを、心から後悔していたのにちがいなかった。しかも卒業試験のため明日には発《た》たねばならないので、親切に看病してやることもできないのを気に病んでいるようであった。顔つきや口ぶりでそれがわかった。ぼくは笑ってみせようと試み、それからそっと尋ねた。

「いつになったらウメボシを食べられる？」

彼はなんとなくぼくの頭に手をおいた。

「さあ、……病気が重ければ、すこし長いかもしれない」

「どのくらい？　半月？」

「そうだねえ、……十日くらいかな」

ぼくの目はたやすくそれが嘘《うそ》であることを見てとった。ぼくは了解した、半月やそこいらでは梅干は食べられないのだと。ぼくはこっくりとうなずいて、すすけた天井の波形をした木目に目をやった。


窓のそとには何度か雪の降るのが見えた。雪はおそろしくのろのろと降り、ときにふわりと空に舞いあがったりすると、なにか逆流してゆく刻《とき》にあやつられているようにも思われた。限られたぼくの視野にある窓ごしの風物——かたい線の塀《へい》の上端、むこうの家屋の屋根の一部、それからすっかり裸かの枝をむきだした銀杏《いちょう》の樹《き》のうえなどに、雪は旋回したり垂直になったりしながら降りつもった。あるときは粉雪が、あるときは牡丹雪《ぼたんゆき》が、あるときは霙《みぞれ》になったりして。これほど雪の多い年をぼくは知らなかった。雪がやむと万象は変化し、塀や屋根に白いふっくらとした堆積《たいせき》をつくった。殊に銀杏の枝には、空想的だったり童話めいていたりするあらゆる結晶や脹《ふく》らみの跡を残した。それはたまさかの日ざしをあびて眩《まばゆ》く反射したり、黒藍色《くろあいいろ》の夜空を背景にしてきびしく凍《い》てついてみせたりした。もっと大雪が降りつもると、しばらくの間すべての動きがとどまり、あらゆるもののうえに深い静かな眠りがおとずれ、刻も歩みをとどめるのではないかと思われた。

しかし時間は、きわめて単純に平らかにではあるが、とにかく過ぎてゆくらしかった。室内にはなんの変化も見られなかった。ぼくにしても痛みもなければ熱もなかった。火鉢《ひばち》にかけられた鉄びんは終日単調な湯のたぎる音をひびかせ、見あげる天井には変りのない木目があった。ぼくは日に何回もその木目をかぞえ、そのいくつかが動物や人の形を示しているのにわずかに気をまぎらした。短い淡い日ざしが障子をゆっくりと移るのをも眺《なが》めつくした。ぼくはただ仰向けに寝て、そして見ていた。鉄びんの湯気のつかのまの形態を、空模様によって陰影の異なる銀杏の枝の身ぶりを。そのようにして時が移り、日が重なり、週が積もっていった。

けだるさが次第に去ると三度の食事だけを待ちこがれた。しかし相かわらず、食事は塩気のないものばかりであった。腎臓病のために無塩醬油《しょうゆ》というものがあったが、ただへんな薬品の味だけがした。さらに奇妙なものに無塩塩《むえんじお》というものが売りだされていたが、こまかい白い粉末は徒《いたず》らに塩とはほどとおい刺戟《しげき》を舌に与えた。

　婆やは昔のように粥を白菜でまいてくれたが、それとても味なく煮られたものにすぎなかった。彼女はそれに無塩塩をつけ、小鳥のようにあけたぼくの口のなかに入れてくれるのだった。「これは太っているから大おじさま、これはやせているから……」ぼくは彼女を心配させたくなかったので、けっして梅干のことは言いださなかったけれど、その酸《す》い味の憶い出は寝ても覚めてもぼくを悩ました。従兄《いとこ》ははじめのうちこそおとなしくしていたが、日がたつにつれ労《いた》わりのないことを口にしだした。「今夜はライス・カレーだったぞ。いや、カレー・ライスというのかな」そして目をくるくるとまわし、ひどく真剣に婆やに尋ねた。「ねえ、ライス・カレーか、カレー・ライスか、どっちだ？」すると婆やは腹を立てて彼を追いはらった。

　ぼくの病気はかなり重いようだった。尿はいまだに試薬にあえばたちまち乳白色の混濁をしめしたし、検鏡すればかなりの赤血球が見られるとのことであった。やがてぼくは刺戟ある味にも諦《あきら》めを抱くと、今度はきらびやかな色彩にあこがれた。その色彩は頭のなかで、夏の日ざかりに咲く百日草の花となり、夜を鳴きとおすウマオイの透きとおった翅《はね》となり、芝生のうえにたわむれる甲虫の姿となった。

ぼくは先年の夏、学校の宿題としてつくった昆虫《こんちゅう》の標本のことを思いだした。それは野球や皿《さら》まわしに熱中していたころとて、ぼくとしてはかなりいい加減のものではあったが、それでも二つの標本箱のなかには、大《おお》あごをひろげたサイカチもいれば、瑠璃《るり》色《いろ》の小灰蝶《しじみちょう》も紅色の下翅《かし》をもつ天蚕蛾《やままゆが》もいる筈《はず》であった。それらの虫の形態が、鱗粉《りんぷん》のきらめきが、この世のものならずみずみずしく思いだされた。すぐに婆やに頼んで、押入れから標本箱を探しだしてもらった。胸をときめかせて、床に仰向いたままつめたい硝子蓋《ガラスぶた》のなかをのぞきこんだ。しかし、たとえようない失望を味わわねばならなかった。蝶も蛾も甲虫もみじめに黴《かび》につつまれており、胴体が虫に喰《く》われていたりした。こちらでは触角が折れ、こちらでは翅がやぶれていた。ぼくは眉《まゆ》をしかめて考えた。「これはひどい。ぜひ新しく採集して、きれいな標本をこしらえなくちゃあ」だがすぐまた思った。「今は冬だっけ。……それにぼくはまだ起きられないのだな」ぼくは首をかたむけて、どんよりとした雪もよいの空をのぞかせている窓を眺めた。それからまたおとなしく頭を枕につけ、天井に目をやった。そこには、もう暗記している木目が陳腐な模様をかたちづくっていた。

ある日、それは堅く澄みわたった冬空が窓からのぞかれる日だったが、この日にはいろいろと嬉《うれ》しいことが重なった。尿の蛋白が減ったため、これからは白身の魚を食べてもよく、またすこしは床のうえに起きあがってもよいという許しが与えられたのだ。それから、卒業試験にいそがしいらしい若い叔父から小包みがとどいたが、あけてみると一見固くるしい感じの本があらわれた。それは昆虫図鑑——とりどりの虫たちが目ざめるような原色写真になっている昆虫図譜であった。ぼくはふるえがちな手で頁《ページ》をくって新鮮な印刷インクの匂《にお》いをかぎ、珍奇な昆虫の姿態に長いこと見いった。なによりもぼくを喜ばしたのは、図版にある種類のかなり多くがぼくにとって周知のものであったことだ。水色の大きな天蚕蛾もあった。蜘蛛《くも》をひきずってゆく黄赤色の翅をした蜂《はち》ものっていた。しかもそれらにはちゃんとした和名がつけられ、ぼくにはわからぬ学名の横文字が記されてあった。ほとんど上気しながら、ぼくは今まであまりによく見知っていながらその名を知らなかった虫たちの名称を、むさぼるようにうけいれた。山百合《やまゆり》の花をおとずれる美麗な鳳蝶《あげはちょう》は〈ミヤマカラスアゲハ〉であった。若い叔父と議論したサイカチはクワガタムシの類であった。燃えるような翅をふるわせて赤土のうえを行き来する狩猟蜂は〈キオビベッコウ〉であった。いつも初夏のくるたび家の裏手に無数に発生する昼間とぶ蛾は〈キアシドクガ〉であった。その面影《おもかげ》のみがながく心に刻みつけられていた少女たちの名が、はじめてそのつつましい唇《くちびる》からもれるときのように、この書物はぼくのあこがれをしっくりと満たした。

ふと図版のひとつをめくったときに、今までにも何度か経験したふしぎなおののきがぼくの背すじにつたわった。忘れもしない、あの小型の蝶の姿がそこにあったのだ。あの銀白色のきらつく裏面図とともに、あざやかな褪紅色《たいこうしょく》のとがった翅をひろげた姿が。〈ウラギンシジミ〉とその名は記されてあった。べつに珍しい種類でもないようだった。はじめのおどろきと歓《よろこ》びがすぎると、かすかな失望がぼくの胸をかすめた。このうえなく貴重に思っていたものが、普通種と記されてあったせいもあるだろう。また精巧な写真版も、あのいきいきとした鱗翅のきらめきにはほど遠かったせいもあったろう。それとも、知ってはならぬものを知ってしまったのかもしれなかった。識《し》るということは、ときとすると残忍なことのようだ。それは未知の隠秘にまつわる光輝を半ばおおいかくしてしまう。

それはそれとして、くりかえしぼくは昆虫図譜を見た。どの頁もほとんど空で憶《おぼ》えてしまうほど眺め暮した。ある形態が、ある色彩が、ことさらぼくを魅することもないではなかった。そういうとき、ぼくはぼんやりと何事かを感じ、何事かを考えようとしている自分に気がついた。おそらくぼくは、自分の生れてきたほのぐらい母体を、自分を形造ってきた影ぶかい大気を、無意識ながらも、まさぐっていたのかも知れない。そのうちにも、しずかにゆっくりと刻《とき》がながれた。それはどこへながれてゆくのかわからなかったにしろ、ぼくの尿を次第に澄ませ、ぼくの顔色をととのえてくれた。

三月ほども経《た》ってようやく起きられるようになると、ぼくは退屈しのぎに家のなかを歩きまわり、殊《こと》にひとりの従姉《いとこ》の部屋にはよくはいりこんだものだ。彼女は女学校の上級生で、ぼくたちと遊ぶのを嫌《きら》ったから、その留守の間を狙《ねら》うのである。彼女はたいそうな読書家で、その本棚《ほんだな》にも押入れにもぎっしり本がつまっていたが、彼女は常にその一冊をひろげながら、大きなチョコレートをすこしずつ惜しみ惜しみ齧《かじ》っていた。チョコレートを齧るために本をよむのかも知れなかった。

ぼくは好き勝手に押入れのなかから、童話のたぐいをひっぱりだして、きれいに色どられた口絵をながめた。文字をよむことはあまり好まなかったから、絵や写真のある本ばかりを探しだすのだった。ときどき騎士や姫君や妖怪《ようかい》の姿に気をとられて、小一時間をすごすこともあった。虫の形態同様に、魔物の棲《す》むくずれかかった城のかたちが、なぜか心を惹《ひ》きつけたりした。見おわると、元のとおりに本をしまいこんで、そそくさと部屋を逃げだした。

あるとき、ぼくは押入れの奥のほうに首をさしいれていた。ひと重ねの雑誌が乱雑につまれてあったのを苦労して取りだしてみると、それは従姉が以前熱中していたらしい少女歌劇の雑誌であった。気ままに半ば無関心に頁をくると、それでも面白くないこともなかった。腰蓑《こしみの》をつけた黒ん坊がおおぜいで踊っている写真もあったし、剣をさげた王子が本物の馬にまたがっているところもあった。そのうちに、そういうグラビアの片隅《かたすみ》に、あどけない少女の顔が目にとまった。それはほんのちいさな円形の写真で、少女は首から上をだして人なつこそうな黒目がちの瞳《ひとみ》をむけていた。顔の片がわはたしかに愉《たの》しげに笑っており、小さなうえにも小さな靨《えくぼ》が見てとれるのに、もう片がわの顔は生真面目《きまじめ》な様子をしていた。なんだか憂鬱《ゆううつ》そうにさえ感じられた。その顔を、ぼくは好ましいと思った。ちょうど手にした虫をながめているうちに、その微細な彫刻や模様が次第に心をひきよせるときのように、ぼくはその写真に熱中した。眺めれば眺めるほど気にいった。はじめて見る顔だちなのに、よく見知っている顔のようにも思われた。そう気づくと、しきりに心のなかにしまいこまれてあるなにかの顔のように思えてならなかったが、記憶をさぐっても無駄であった。

非常な罪の意識にとがめられながらも、とうとうぼくは大それたことを敢《あえ》てした。鋏《はさみ》でその写真だけ切りぬいたのだ。ところどころ従姉の手で切りぬかれた箇所もあったから、気づかれる心配もなかった。うすい丸い紙片を手にすると、今度はそれをどこに隠したものかと案じられた。自分の机の抽斗《ひきだし》から一冊の古い日記帳をさがしだした。二年ほどまえぼくははじめて日記帳を買ってもらったのだが、ひと月つけるかつけないかの始末で終ってしまっていた。その間にしても大抵「遊びと勉強」とだけ記されてあった。ぼくはその鉛筆書きの「遊びと勉強」のうえに、少女の写真をそっとのせ、首をかしげながら焦茶色《こげちゃいろ》の表紙を閉じた。

それからのち、ぼくはときどき日記帳をとりだしては、ちいさな丸い写真をはさんだ箇所を開いてみるのだった。なにもわからずなんの目的もなく、かつて心に適《かな》った虫を硝子びんに入れ、飽かず眺めやったのと同じように。

第　三　章

夜は冷たくあたり一面にひろがっていた。単なる暗闇《くらやみ》というよりも、なにかしら〈夜〉という生物《いきもの》が、城下町のなごりをのこした古い家々の軒にうずくまり、またぼくのとぎれとぎれの跫音《あしおと》のなかからも新しくたちのぼってきた。それは凍《い》てついた地上をゆるやかに這《は》いまわったり、ひとかたまりとなってひしめきあったり、街燈《がいとう》の裸電球の頼りない光のまわりに群がって、なんとかして灯《ひ》を消そうとたくらんでいるようであった。

すでに寝しずまっている街はかぎりなく音をひそめ、重くるしい息苦しさがあたりをみたしていた。ぼくはできるだけ跫音をしのばせたが、それでも〈夜〉は耳さとくそれを聴きつけ、そこここからぼくのまわりに集まってくるらしかった。……うす汚《つ》れた白っぽい犬がふいに横町からあらわれると、寒そうに尾をたらしながらあとを尾けてきて、ぼくの足跡を嗅《か》ぎ、首を上にむけて口を二、三度ぱくぱくさせた。腹をすかせた犬は、逃げていこうとする跫音を食べたかったのかも知れない。

ぼくはいつの間にか堀《ほり》ばたを歩いていた。わずかばかりの水がすっかり凍ってしまっている堀のなかに、ぼくの跫音は空虚に反響した。いやそれよりも、もっと重く大儀そうな、ひきずるような跫音がきこえはしなかったか。ぼくは闇をすかして、ひとりの老婆《ろうば》が腰をかがめ、踏みまようようにこちらに近づいてくるのを認めた。五、六歩あるくと、彼女はちょっと立ち止って顔をかしげて片手の杖《つえ》をにぎりなおした。それがなにかしら微細なもの音にきき耳をたてているように窺《うかが》われた。

とっさにぼくは祖母のことを、数年前に世を去った祖母のことを考えた。たいへんな高齢のため、しゃべることも聞くこともほとんどできなくなってしまい、半ば屍《しかばね》のようになって暮していた晩年の祖母のことを——。彼女はすでにひとの悪口もいわなかった代り、長生きしすぎた生物のうす気味わるさを人々に与えたのであった。染料にかぶれるようになって白髪染《しらがぞめ》を用いなくなってからというもの、彼女の髪はこのうえなく見事な白髪となったが、それがぼくにある種の毛虫の長毛を連想させた。祖母はもう笑うことをしなかったし、といって怒るということもなくなった。ときどき口のなかでなにかぶつぶつ呟《つぶや》いたが、ずっと世話をしていた派出看護婦のほかはその意味をくみとることはできなかった。縁側の籐椅子《とういす》のうえで何時間もじっとしているのを好んだが、そういうとき、彼女は吸飲《すいのみ》で果物のジュースを飲ませてもらいながらも、なにかのもの音に心をうばわれていたのだ。そしてお気に入りの看護婦に、きこえてくる妖《あや》しいもの音のことをぶつぶつ教えてやったそうである。それからまたぼくは、祖母の棺のまわりに漂っていた嗅ぎなれない臭《にお》いのこと、〈死〉の匂《にお》いのことをも憶《おも》いだした。それはおびただしい花の香りの間をぬって、大人たちのうしろに立っていたぼくのところまでながれてきた。ぼくはその匂いをたしかめようとして身体《からだ》をうごかした。身体のどこかで骨のきしるような音がした。もし祖母にまだ息があったのなら、そんなかすかな音にも気がついて、じっと耳をすませたにちがいなかったろうに。

　そのあいだにも、さきほどの老婆は近づいてきて、やがてぼくのすぐ横をとおりすぎていった。すれちがいながらも老婆はひたむきに前方を見つめていて、なんだかまるきりぼくに気がつかない様子であった。そのことがいくらかぼくを不安にした。そのころぼくは、自分自身があたかも影のように曖昧模糊《あいまいもこ》としてしまい、まったく現実性を失ってしまうような感じにときとすると襲われたものであったから。ぼくはあわてて空気を吸いこんでみた。それはたとえようなく冷たくいがらっぽく、まじっていた〈夜〉が喉《のど》のあたりにひっかかった。そっと首をまわして老婆の後姿を窺うと、彼女の折れまがった背のうえには、どうやら〈夜〉が一杯這いのぼっているようであった。ひょっとするとそのなかには、いくらかの〈死〉もまじっていたかもわからない。

老婆が闇のなかに消え、ひきずるような最後の跫音がどこかに凍りついてしまうと、あたりはますます冷たく、際限なく暗くなった。ぼくはぎこちなく首を仰むけて星を探したが、救いのようなそのとぼしい光も、今夜はひとつだって見つかりはしなかった。そこにもただ〈夜〉が跳梁《ちょうりょう》しているばかりであった。〈夜〉が意地わるく触るのか、耳たぶが切れるように痛かった。そのとき自分の吐く息が白く凝りかたまって、一瞬ある姿を形造るのをぼくは見た。するとそれと一緒に、なにかがぼくの内部からのがれていったようだった。すでに残っているぼくはうつろな脱殻《ぬけがら》となり、ぼくにはもうそれが自分であるのかどうか考えてみる力さえなくなっていた。このようなとき声をだしてみたとしても、なにか動作をしてみたとしても、それはどこかの他人がやるのと大差がないといってよかった。またあの病気がはじまったのだ、とぼくはわずかに残った心のひとすみで考えながら、ただ無気力に佇《たたず》んでいるより方法がなかった。

ふいに、かたわらの樹木に散りのこっていた枯葉が、乾ききった、しわがれたひびきを立てた。となりの樹《き》がきしんで軀《み》をふるわせた。風がでてきたのである。それは松本平《だいら》特有の木枯しであった。凍りついた夜半のおとずれるたびに、とおく幻覚のように連なっている雪と氷につつまれたアルプスの峰々から吹きおろしてくる木枯しであった。あたかも巨大な魔神が街のうえにとびきたって、ほしいままに翔《か》けずりまわり、夜明けとともに引きあげてゆくといった感じのする、異様にすさまじい突風であった。前ぶれが通りすぎたと思うと、たちまちのうちに、きしむ音、ざわつく音、そして夜空を翔ける音がぼくをつつみこんだ。すりきれたマントは、骨の髄までしみとおる寒気をどうすることもできなかった。しかしその寒気は、自分がまだたしかに生きているということをぼくに伝えてくれた。ぼくはけんめいに両手でマントをかきあわせ、ようやく自分のものとなってきた足を小刻みにうごかしながら、ほそい露路をたどった。もしも自然の暴力がぼくをうちのめし、反面ぼくをよみがえらせてくれなかったとしたら、おそらくぼくは一晩じゅう〈夜〉におびえながら、足のむくままに暗い町なかをさ迷っていたことだろう。

そのうちに今度は突然ぱったりと風がやんでしまった。どんな些細《ささい》なもの音も、どんな些細な動揺も、地上から消えうせた。ついさっきまでの騒擾《そうじょう》も、今となっては嘘《うそ》としか思われなかった。静かであった――鼓動さえもがまぎれもなく聞きとれるほどに。夜はぼくをとりまきながら、無表情に、おし黙ってひろがっていた。その奥から、にぶい無数の目がこちらを窺っている気配が感じられた。

なんというばかげた妄想《もうそう》に囚《とら》われていたことだろう。いつからぼくは、まるで石器時代の蛮人のように、夜を不気味なものと、怖《おそ》ろしいものと感じはじめたのだろう。

いや、どんな時代がめぐってきたにしても、頑是《がんぜ》ない幼児の瞳《ひとみ》には、〈夜〉は永久にその神秘性を失わぬのかも知れない。それにしても、ぼくはそんなちっぽけな子供なんぞではなく、数え年では二十歳に手のとどこうとしている高等学校の生徒であったのだ。

どこをどのようにして歩いてきたのか定かではなかったが、とにかくぼくは下宿の部屋にたどりついていた。部屋のなかは戸外よりさらに暗く、密度のこい闇が頰《ほお》をなでた。また襟《えり》くびにまつわりながら這いずるらしかった。ぼくはそろそろと手をのばしてスタンドを探した。ほそい凍えた指先が、しきりに暗闇をまさぐってゆくのがはっきりと心のなかに見え、その指先に今にもなにか思いもかけぬ感触がふれそうな想《おも》いがぼくを一杯にした。これと似かよった感情を、いつか、どこかで、すでに経験しているようにも思った。あれはどこであったろう。またいつであったろう。おそらくは遥《はる》かなとおい昔、ひょっとするとまだ生れてこぬ先の話であったかもわからない。ようやっとのことで明りがついたとき、心のすみずみまで疲れはてながら、とりちらかされた万年床がいかにもしらじらしく冷えきっているのをぼくは見た。そのなかで足をちぢこめ、浅いながらもいくらかの睡《ねむ》りをねむろうとあがく自分のみじめな姿が想像された。たとえ不気味に彩色された陰鬱《いんうつ》な悪夢であれ、訪れて欲しかった。夢は眠りの結果であったから。わずかばかりの眠り、それにぼくはどんなにか渇《かつ》えていたことだろう。

その当時——破滅にちかい戦局のさなかにひとり信州にきて間もなく、終戦から食糧難の秋冬にかけて、ずっとぼくは〈病気〉であった。少年期にぼくを訪れた半年間の腎炎《じんえん》が肉体の病いであるならば、ようやく青年期にはいろうとするぼくをおそったこの不安定な症状は、純粋に精神の病いと呼んでよかったろう。

あのような街なかの風景もまたぼくの内部に由来していたのだろうか。

人々はどれもこれも生気なく曖昧におぼろに見えた。そしてさもせわしげに、町角を折れたり、なにも売っていない店先をちらと覗《のぞ》いたりして行き来していた。ただせかせか歩きまわるためにのみ足をうごかしているようであった。ときどき、その反対にひどくものうげな人間も目についた。彼らはだらしなく首をかしげていたり、あるいは道端にたたずんで眉《まゆ》をひそめて爪《つめ》をかんでいた。それがどんな味がするのかぼくは知らない。しかしその男はとにかく爪をかんでいたのだ、深刻げに眉をひそめ、片手をポケットにつっこんだまま。また一人は怠惰に身体をうごかしながら、すばやく視線をすべらして、蚤《のみ》かなんぞがいるみたいに肩をもぞもぞさせた。蚤とは別の、なにか大事なことを考えているな、とぼくは思った。しかし彼はゆっくりと体をかがめて、路上から外国兵のすてた煙草《タバコ》の吸いさしを拾いあげた。と思うと、頭に怪我《けが》をしたのだろう、白い布を頭じゅうにまきつけた老人が、あやうい足どりでやってきた。若い女のひとに手をとられていたが、彼女はすこしも怪我人のほうを見ず、まっすぐ前方をほそい眠たげな目でみつめていた。そうしなければなにか凶事がおこるのだと信じているかのようだった。老人は手をひかれて、前にのめって、やっとのことで足をはこんでいた。鉛かなにかでできている異常に重い足だったのにちがいない。するとと見ているぼくの足まで、急に感覚がにぶく、硬化してずっしりと重たくなってきた。

ときとすると街なかを歩いているとき、自分が生きているのか死んでいるのかわからなくなるようなことさえあった。いつしか夜になっていて、うす闇がひたひたと押しよせ、ぼくの身体をしずかに浸しはじめた。とおくから舞ってきたらしいいくつかの雪片が、そこらをちらちらしていた。すると突然、自分というものの実感がおぼろになってきた。なにかしらぼくのようなものが存在していることは理解できたが、はたして本当の自分なのかどうかあやふやであった。誰《だれ》かが代りに立っていてくれても、一向に差支《さしつか》えなさそうに思われた。

「もしもし」と、ぼくは自分に言ってみた。はたして声がでるかどうか不安だったので。

「もしもし」と誰かが言った。その声もぼくの身体からでたものにちがいなかった。ぼくは漠然《ばくぜん》と、自分のなかに巣くっているらしい〈死〉のことを考えた。

たしかに〈死〉は、幼児とともに青年になろうとしている人々に親《ちか》しいものに相違あるまい。戦時中、誰もが自分のなかに隠れている〈死〉のことを忘れていた。〈死〉とは縁もゆかりもない金属の破片が、自分の〈死〉をほじくりだしてくれるまで気がつかなかった。うっとうしい平和が訪れると、人はまた自分の〈死〉のことを憶いだしたのだ。旧制高等学校の黴臭《かびくさ》い雰囲気《ふんいき》は、それを醸《かも》しだすのに適していたにすぎない。

ある朝ひとりの若者が床のなかで冷たくなっているのが発見された。友人たちは、なにか黙契でもあるかのように、ごく静かにあつまってきた。そして、ただ一様に曖昧な仮面をつけ、枕元《まくらもと》にじっと坐《すわ》っていたり、低いこえで話しあったりした。なにげない調子で死者の噂《うわさ》をしたが、実はその友人のことよりも、誰もが彼のもっていた〈死〉のことばかり考えているようであった。ただそのことを〈死〉に気づかれないように、妙にまわりくどい表現をした。ひとりは一見滑稽《こっけい》に鼻のあたまに皺《しわ》をよせていたが、それがなにか人間のもっている、異常に古い、貴重な、尊厳な、本能のように見えた。ひとりはまだるこい微笑をうかべて、唐突に、灼熱《しゃくねつ》した陽光の下での戦いの話をはじめた。かたわらにガーゼで顔をおおわれ、硬直して横たわっている彼もまた、かつては太平洋の珊瑚礁《さんごしょう》のうえで敵とむかいあっていたのだった。自分自身の死にも気づかずに、生命にあふれて。枕元の机のうえには、薬のいれてあったらしい硝子《ガラス》の容器がおいてあったが、誰も注意してみようとはしなかった。それはこの場に関係のない、とるに足らぬ、つまらない物品のように見えた。こうしたことは遠い未来までいつまでも繰り返されてゆくことだろう、柔かかった皮膚がこわばり、身体の内部のことなどには疎《うと》くなる年齢を重ねるまでは。

ぼくはひとことも口をきかなかった。そうでなくてさえ誰とも話らしい話をしたことはなかったが、そのときは殊《こと》さら口をひらくのが億劫《おっくう》であった。ぼくはひとりで鼻孔から〈死〉の匂いをかぎ、そこをでた。頭は相かわらず重かったが、首をうわむけると、白い太陽が薄靄《うすもや》のなかにぼんやりと浮んでいるのが見えた。二すじ三すじの直線光がそこから洩《も》れて、ときどき位置を変えながら奇妙になまめかしく流れていた。

ぼくは自分の病んでいることを知っていた。それどころか誰もが病んでいることにも気がついていた。それなのに、ぽつねんと坐っている店番の女も、電車のなかで不器用に自分の膝《ひざ》をかかえている男も、案外平気な顔をしているのをふしぎに思った。ちいさな子供たちだけが、自分のなかに隠れているものを敏感に嗅ぎだすことができるようだった。ときどきぼくは暮れどきの路上で、彼らのおびえたような、拒むような、とぎれとぎれの声を耳にした。すると、ずっと昔になじみであったにちがいない或《あ》る〈怖ろしいもの〉がよみがえってきた。それは昔、手の甲にうきあがったほそい静脈のあたりを這っていたり、血の気のない爪の先にこびりついていたり、あるいは扉《とびら》のかげとかふと目ざめた枕元に佇んでいたりしたものだ。そうした事柄《ことがら》を大人たちはもう忘れてしまっているのだろうか。背たけばかりずいぶんのびたぼくひとりが、いつまでもそんなことを憶《おぼ》えていてよいものだろうか。

　ぼくは思いだしたように登校して、ストーヴもない教場の固い椅子《いす》に腰かけ、やはり腹のすいているらしい教授が、独逸《ドイツ》語らしいものを教えているのを聞いたり、黒板に書かれた高等数学らしいものを機械的にノートに写したりした。あらゆる能力は退化したように思われた。一緒に学んでいる若者のなかには、いわゆるカントよりも哲学的な、ホメロスよりも詩的な、テオフラストスよりも能弁な者もいて、難かしそうな書物を読んでいた。そこでぼくも本をひらいた——少年冒険雑誌の宇宙戦争なぞのたぐいを。それによると火星には、もとよりろくろ首はいなかったし、蛸《たこ》に似た火星人もいなかった。その代り蟻《あり》の進化した蟻人（アント・メンとルビまでふってあった）という高等生物が棲息《せいそく》しているとのことであった。彼らは宇宙艇をとばして地球を襲い、人間たちをさらってゆく。しかし地球人もさるもの、ロケットのなかで暴動をおこすのだ。可笑《おか》しなことに、科学力を誇る蟻人たちが、もうすこしましな近接兵器をもっていてもよさそうなものなのに、彼らは武器といえば熊手《くまで》しか持っていなかった。蟻人は子供くらいの大きさしかないので、この肉弾戦はまさに地球人の勝利に終りそうになる。だが見よ！　かなたの軽金属の扉が音もなくひらくと、今までの三倍もあろうかと思われる一群の蟻人、つまり兵隊蟻が、今までの五倍もあろうかと思われる大熊手をふりかざして躍りだしてきたではないか。さすがにぼくはわらい、ひさびさに自分の声を意識すると共に、なるほど人は笑うこともできるのだったなと、妙に憂鬱に考えたりもするのだった。

　またぼくは校庭を畠《はたけ》にする作業にもできるかぎり加わった。それがすむと街にでて足のむくままにほっつき歩き、用ありげに路《みち》ゆく人々や闇市《やみいち》にたかる人々をながめた。小さかった頃《ころ》、自分も大きくなったら、あの人たちの仲間に加わることができるのだとよく考えたものであった。しかし、ようやくその年齢にちかづいてみると、彼らとの疎遠《そえん》感はむしろかぎりないものと思われた。ぼくは重くるしい頭を堪えながら足早にあるいた。なにかあやつられた人形のように、——この気分をぼくは知っていた。子供は夜がこわいくせに暮れ方まで凧《たこ》あげに熱中している。それも自分の身体にちかいくらいの大きな凧なのだ。つめたい風が衿首《えりくび》にまつわると、子供ははじめて気がついて、夢中になって星にとどきそうだった凧をひきおろす。それから押しよせてくる夕闇を片目でうかがいながら、大いそぎで糸を巻きはじめる。糸は枯草にからまっているかと思うと、また意地わるくもつれていて、そのうえ巻いても巻いても涯《はて》がない。ばかにだだっ広いくろい地面のなかから際限なく湧《わ》きだしてくるように思われる。それでも子供は泣きそうになりながら、下くちびるをかんで糸を巻くのだ。せかせかと、いらだたしく、まるであやつられた人形のように。なによりも、うごいていること、手足をうごかしていることが大切なのだ。

あきらかに肉体も衰えているらしかった。一寸《ちょっと》した傷も化膿《かのう》しがちで、ガーゼを取り代えるたびに、痂皮《かさぶた》のはがれた湿った患部は悪化してゆくようであった。薬も手に入らぬところから、どろどろした黄褐色《おうかっしょく》の漢方薬をぬっていると、むかし従兄《いとこ》が教えてくれたヨジウムの草のことが憶《おも》いだされた。ぼくは膿《うみ》に汚れたガーゼを火のなかに投げいれ、ぶすぶすとくすぶる嫌《いや》な臭《にお》いをぼんやりと嗅《か》いでいたりした。すると、言おうようない味気なさがぼくを満たした。なにか蝕《むし》ばまれた快感に通ずる味気なさが。

やがて、不眠のおもたくのしかかる夜が訪れる。よくぼくは夜半に窓をあけて、凍えきった闇のいろを見た。かすかな星かげの下に、物象が身をこわばらして佇《たたず》んでいるのが認められた。闇の濃さ冷たさも、ぼくにとって似つかわしいものではなかったか。そうした夜には、生きているものが好んで死んだふりをするし、また死んだものがよく生きているふりをするのだ。

＊＊

……ひどく広々とした荒れはてた野であった。おぼつかない光が空に漂い、森に続いている涯のほうは霞《かすみ》にぼやけてよくわからなかった。水気を宿した雑草の群が一面に生い茂っていたが、どの草も異様に背が高く、手足にふれるとその葉から酸漿《ほおずき》くらいの露がこぼれて砕けちった。草の波はどこまでもしっとりと濡《ぬ》れて続き、それを手でかきわけたり踏みしいたりしながらぼくは歩いてゆくのだった。手足は軽いようでだるいようで、ちょうど水底《みなそこ》をあやうい足どりで辿《たど》ってゆくのに似ていた。ふとぼくはかがみこんで、足元からひとつの石のかけらを拾いあげた。白っぽく形のいい石で、割に柔かそうで、すりあわせれば容易に粉が落ちそうだった。見まわすと、あたりにはそんな石が沢山散らばっていた。灰白色のもあれば赤味がかったのもあり、土のなかに半ば埋れているのもあった。三つ四つ好きな石を拾ってから顔をあげてみると、思いがけなくも、巨大な城のような建物が前に立ちはだかっていた。むかし見た童話の口絵にある魔物の棲《す》む城のようだったが、目をしばたたくうちに、もっと貧弱な、崩れおちた煉瓦《れんが》の建物の外廓《がいかく》のように思われてきた。靄に似たものがするすると暗く口をあけた入口へ流れこんでゆき、誘われたように、そのあとからぼくもつづいた。ふしぎな酔ったような気分で、ぼんやりと視界に入る物象は、間断なく移ろい、とりとめなく変化していった。いつしかぼくは広間の入口に佇んでいて、ずっしりと黒ずんだ大机とか、多くの器物や装飾品がかすかな灯《ほ》かげの下にうずくまっているのが認められた。一方の壁に嵌《は》めこまれた大鏡はにぶく光を反射し、ぶ厚く床に敷かれた絨《じゅう》毯《たん》には変幻に富む模様が染めだされていた。すべてが色彩がないようでいて、実は緻《ち》密《みつ》な、一種独特な、ルドンの初期の絵を想わせるような色彩があたりを満たしていた。むこうのほうに、部屋の一隅《いちぐう》の一段高くなったところに、白い朦朧《もうろう》とした影がうかびあがった。その影は奇妙なほどぼくを惹《ひ》きつけたが、近寄ろうとしても足がいうことをきかなかった。目をこらして窺《うかが》うと、どうやらそれは薄い銀白色の衣をきた白い裸身であって、ちょうど若蟬《わかぜみ》が殻《から》からぬけだすときと同様、仰向けに身をのけぞらせているのだった。と思うまに、その姿もなくなってしまい、ぼくのまわりで一切がゆらぎはじめた。固い外形がやぶれ、壁も調度も霧のように消えたり変様したりした。ただ大鏡だけは残っていて、冷たい表情でこちらを窺っているように思われた。ぼくはその澄みきった硝子のおもてを覗きこんだ。自分の姿は映らなくて、なにか模糊《もこ》としたまぼろしがゆらゆらと動揺しているばかりであった。あたりは次第に暗く、森閑とした厳粛な気配がたちこめてきた。同時に、ゆらいでやまぬ影が、水の面《も》の波紋がおさまるように静まってきて、陰鬱な風景が見えはじめた。巨大な樹《き》が峙《そばだ》っていたり、いりくんだ迷路を生垣《いけがき》がしきっていたりした。墓石や卒塔婆《そとうば》のようなものがいくつも立っているところを見ると、ここは墓地なのかも知れなかった。中央の辺にぼうっと薄明りがさしていて、鉄柵《てっさく》のうしろの高い石柱に、誰かが寄りかかっていた。はじめ、それは彫像かそれとも死人のように感じられたが、よく見るとそうではなかった。近よって覗きこんだとき、ぼくの目はその顔から離れなくなってしまった。見知らぬ人ではあったが、これほど完璧《かんぺき》な、これほど心底から惹きつけられる顔立ちを見たことがなかった。どういうふうに美しいかというよりも、その小ぢんまりとした細おもては、ぼくのために特に造られたとしか信じられない、ある限られた線、ある特殊なふくらみ、ある微妙な陰影とから成り立っていた。年齢も性別も定かではなく、女らしいところと少年めいたところがまざりあっていたが、肩の下までたれさがっている豊かな髪とすらりとした背恰好《せかっこう》が少女であることを示していた。古代の聖画にでもありそうな、きびしい、超現実的な様子で少女は石柱をはなれた。土の中からよみがえったような、うち沈んだ、蒼《あお》ざめた顔をしていた。しかし、それはいっときで、みる間にその頰《ほお》に血の気がさすと、いきいきとした、彫《ほり》のふかい微笑がその顔にあらわれた。ぼくはすぐ前に立って、彼女の異様にほのぐらい瞳と、ちいさな靨《えくぼ》と、半ば開きかけた、柔かそうにふくらんだ、あぶなげな赤い口元とを覗きこんだ。忘れかけていたわななきがぼくをふるわした。ぼくは相手の名を呼ぼうとしたがなんと呼んでいいのかわからなかった。するとほんの一瞬、冷たいもの悲しい気分が心をとおりすぎた。そのうちにもぼくの内と外で、ものみなが息づき、もつれあってさざめき、波うちながら流れた。……気がつくと少女はもういなくなっていて、その代り薄暗かった場所にどこからか光がさしはじめ、段々とあたり一面が明るくなった。ここは緑の蔭《かげ》濃い森のなかで、優美な獣や鳥や蝶《ちょう》などがたわむれていた。若芽はほころびかけて冠毛を落し、かすかに伝わってくる小鳥の啼声《なきごえ》は、どこかで聞いたような半音階的な楽の音を思わせた。古いなじみのものを再び見出《みいだ》したよろこびが、ぼくの胸にも新鮮な眺望《ちょうぼう》のなかにもあふれていた。ぼくは一本の老樹に近づいて、痘痕《あばた》みたいに荒れた幹に身をもたせかけた。するとそこに、一匹のコガネムシがしがみついていて、青緑色の翅鞘《ししょう》が光線の加減で宝石のように輝いた。まぎれもなく、かつて一刻も忘れることのできなかった名称不明の種類にちがいなかった。緊張にふるえながら、ぼくはそれを捕えようと腕をのばし、そのため覚めたくない夢から解きはなされた。

目をあけると、凍えきった漆黒の闇だけがぼくの前にあった。氷点下何度といういつもの下宿の部屋で、さきほど垣間見《かいまみ》た光景はなにもかも消えうせてしまっていた。それでも、夢のなかからひきつづいた心のおののきだけは保たれていた。「たしかにあの種類だった。あの Anomala にちがいなかった！」ぼくはまだ暁方《あけがた》にはほど遠そうな闇のなかで、思わず独語した。ちょうどあの頃《ころ》の——あの小さな六脚虫の世界に没入していた頃とそっくりそのままの、たわいもない、だが純粋な感情につつまれながら。

長かった腎臓《じんぞう》病が恢復《かいふく》してから、ぼくは本式に昆虫《こんちゅう》を蒐《あつ》めだしたのだった。闊葉樹《かつようじゅ》の梢《こずえ》に飛びかう小灰蝶《しじみちょう》を追うとき、山路の繖形《さんけい》科の花に群がる花天牛《はなかみきり》を捕えるとき、採集は喜悦であり陶酔そのものであった。だがそれからが大変で、気ままな娯《たの》しみというよりも、おしつけられた義務と忍耐と苦痛とにちかかった。明日の予習もすまぬままに、夜ふけて微細な鞘翅《しょうし》類をセルロイド板に貼《は》り、入念にラベルを書きこんでいる折々、なんのためにこのような苦労をしているのかわからなくなることがよくあった。こうした犠牲と喪失の代償として、ぼくの標本は次第にその数を増していったが、なかでも熱中していた金亀虫《こがねむし》科のものは、およそ三十箱のドイツ型標本箱のなかに属《ジーナス》や亜属《サブジーナス》にまで分類されて、少年の蒐集品《しゅうしゅうひん》としては立派すぎるほど整然と並んでいたものだ。ある日のこと個体変異を調べるため、数十匹のサクラコガネ Anomala daimiana を調べていると、そのなかにいくらか毛色の変ったものが見つかった。注意してみると明らかに別種で、しかも Anomala 属の近似の種類ともたしかに異なっていた。これは新種かも知れない、とぼくは思った。新種！ それは素人《しろうと》の昆虫マニヤにとって、どんなに輝かしい言葉であったろう。あいにくと雌であり、特有な雄性生殖器のかたちを検《しら》べることもできなかったし、また一匹しかないために専門家に送って同定を頼むこともためらわれた。ラベルの産地が奥多摩となっていたので、それ以来何度その種を得ようとむなしくその地にでかけていったことだろう。

しかし、それはあくまでもかつての話であった。暦のうえでの年数にくらべてその何層倍も過去の話であった。太平洋戦争のすすむにつれて昆虫採集どころの話ではなくなったし、忘れもしないあのジュラルミンの怪鳥が殊《こと》さら間近く通りすぎていった夜、伯父の家は灰燼《かいじん》に帰し、ぼくの標本もまた完全に消失した。とどまることを知らぬ火焔《ほのお》のあれくるった一夜があけたとき、焼跡にひろがっているまだ熱気のこもった灰のなかに佇んで、ぼくはいたずらに目をさ迷わせた。そこは倉庫代りに使われていた奥まった十畳ほどの洋間の跡だったが、その部屋のなかに、父の遺品である数多《あまた》の書籍(大部分はすでにある図書館に寄贈されていた)と、百箱にちかいぼくの標本が積まれてあったのだ。だが、いま見えるものは、灰白色にひろがる一面の灰の堆積《たいせき》ばかりで、窓の鉄格子《てつごうし》が焼けただれて埋もれているほかは、珍貴なコガネムシもなにもかも、すでにひとすくいの灰になってしまっていた。露出した水道管から、ちょろちょろとわずかばかりの水がこぼれおち、焦土のうえをいくすじかの縞《しま》をなしてながれていた。……大人たちに声をかけられて、ぼくは足元にころがっていた鉄兜《てつかぶと》の残骸《ざんがい》をひろいあげて歩きだした。そのときぼくの心をよぎったのは、悲しみとか嘆きとかいうよりも、もっと乾いたきっぱりとした、単純ながらも肉《しし》むらに密着したこんな考えであった。「これですんだ。もうなにもかも済んでしまった。なにかに熱中したり心をかたむけたりすることは、すくなくともぼくにとっては、ただ負目になり重荷となるだけなのだ」

我々の内奥《ないおう》においては、〈刻《とき》〉は時計の針のように規則正しくすぎてゆくものではない。ときには非常にゆるやかに、ときには極めて速やかになる。金亀虫の憶《おも》い出《で》は、このときのぼくにとって事実上忘れられようとしていたとおい過去の話であった。それゆえ、ほんの夢のひと齣《こま》からありありと浮びあがってきた記憶の波は、ひとかたならずぼくを驚かせた。半ば反射的に、ぼくはかすれ去ろうとするいま見た夢の全貌《ぜんぼう》をひきよせようとし、無意識ながらもそこに隠された謎《なぞ》をとこうと努めた。

すぐと、さきほどの映像が憶いだされた。額がつくほどに間近く覗《のぞ》きこんだ少女の面影《おもかげ》が、なにかうしろめたい心情さえ伴って蘇《よみがえ》ってきたのだ。それにしても、その見知らぬ顔は、まったくの未知のものでもなく、どこか馴染《なじ》みある面影を宿してはいなかったろうか？　しかしながら、記憶を摸索《もさく》するよりも、肝腎の夢の像のほうが、すでにいい加減おぼろになってしまっていた。

思いだそうとすればするほど、その輪郭は曖昧《あいまい》にのびちぢみし、はては端のほうから溶けさろうとした。と思うと、おぼろげな目鼻だちがあやうくその位置を得、まさに捜しもとめた形象をあらわしそうにもなった。すんでのところで摑《つか》まえられそうで、そのくせいっかな捕えることのできぬ影とのかけひきに疲れ、ぼくはふたたびとろとろとまどろんだらしかった。突然、さっきからの影が一瞬定着したのか、それとも別個にあたらしい形態が夢にあらわれたのか、ぼくはなにか声をあげて目をひらいた。ぼくはたしかに、自分にとってかけがえのない顔立ちを、今度こそしっかりと捉《とら》えていた。夢のなかの原型に比べて、おそらくはずっと人間じみていて、ずっと幼なげになっていたようだったけれども。

同時に、ぼくの内奥に眠りうずもれていた過去の層――それは比較的新しいものではあったが――から、鮮やかな記憶が電光のようによみがえってきた。それもひとつではなかった。二、三の記憶がまざりあい重なりあいながらたちのぼってきたのだ。どの記憶も、あるいは長い間ぼくにつきまとい離れがたいものであったとか、あるいはほんのたまゆらを心をかすめたものであったとかの相違はあるにしろ、ぼくにとってはかりそめならぬものであり、しかもひとつながりの系列をもっているように思われた。具体的にいえばそれらは数名のにんげんの顔であり姿である。ただひとつの表情が別の表情にかぶさってゆき、ひとつの姿態がもうひとつの姿態を憶いおこさせた。

それらのすべてを、ぼくは決して忘れていたわけではなかった。しかしながら、それまでの追憶においては、それぞれ別個にあつかわれていたいくつかの映像が、このときの感覚のなかにおいては、すべてある共通なもの、類似なものにつらぬかれており、お互いに溶けあっていたのである。これから述べるひとりの少女が、またひとりの少年が、そしてまたひとりの少女が……。

そこは仕上場にあてられた階上の一室であった。ベルトが回転し旋盤やミーリングのうなっている階下からあがってくると、そこはまるで嘘《うそ》のように静かに感じられた。動員の女学生たちの会話が、ぎしぎしいう鑢《やすり》の音のあいだからはっきり聞きとれるほどだった。彼女たちはいずれも国防色の作業服をつけ、日の丸の手拭《てぬぐい》で鉢巻《はちま》きをしながら、一列にならんだ作業台にむかっていた。やはりこの工場に動員されてきているぼくたちは、日に一回は金属板のはいった箱をかかえて、この部屋の端から端まで往復しなければならなかったが、彼女らとの交渉はおかしいくらい行われなかった。そんなことをすれば、柔弱であるという理由から、薄暗い更衣室の裏手に呼出しを喰《く》ったりしたからである。

それでもぼくの視線は、作業台の一番左手に坐《すわ》っているひとりの少女に、まるで怕《こわ》いものを見るみたいに吸い寄せられてゆくのだった。大抵の場合、その卵型をした顔はまったくの無表情を示していた。ちょうど眠りから覚めたものうい状態、一種の放心からくる無関心にちかく、その投げやりな眼差《まなざし》はおそらくなにも見ていないのではないかと思われた。いくらか節くれているようにさえ見える華奢《きゃしゃ》なほそい指が、あやうく鑢をささえていた。そしてその工具が、それでものろのろと動いていることから、彼女が異様にほのぐらい目を瞠《みひら》いたまま居眠りをしているのではないということが理解されるのだった。しかし、その顔は時と場合によってさまざまに変化した。ある角度から見るとき、どこか冷ややかな意地わるさのようなものが現われたし、また隣の少女に笑いかけるとき、深い靨《えくぼ》が息をするようにたやすく頬に刻まれ、その顔を思いがけないいきいきとしたものにするのだった。同時にぼくは、彼女の笑い声を、いくらか鼻にかかった含み声を耳にしたが、おそらくは扁桃腺《へんとうせん》か蓄膿症《ちくのうしょう》を患《わずら》っているようなその声さえ、いかにも甘美に魅するように聞きとられた。すると、ふしぎな羞恥《しゅうち》がぼくをつつみこんだ。戸惑うような羞恥——ちょうど中学校に入りたての頃、特定の個人というよりもただ行きずりの少女に漠然《ばくぜん》と覚えた不安感が、ようやく明瞭《めいりょう》に形をとったような羞恥が。

当然のことながら、ぼくはその少女にほかの場所でも往々にして出会うことがあった。階段の曲り角で朝夕のタイム・レコーダーの前で、帰るさの電車のなかで、あるときはその存在を予期しながら、あるときはまったく不意打にばったりと。人はそのことから、なにか物語的な発展を期待するかもしれないが、情けないことに、気の弱い少年の過度の臆病《おくびょう》さをしめす以外の何者も生れなかった。それは、相手と親しくなりたい、自分というものをおしつけたいという気持とはほど遠く、目的もわからぬ、自分で自分に当惑する恋情、極度におさえられた、しかも鋭敏な心のふるえにすぎなかった。

　そんなわけで、ぼくのこころをさまざまの旋律で乱したこの少女は、B29が亜成層圏にいくすじもの飛行雲を描きはじめたその年の初冬に、自分がひとりの少年に与えた罪のない災厄《さいやく》については何も知らず、その工場を去っていった。ずっと離れた分工場のほうに彼女らは勤めるようになったのである。その後一度だけ、ほんの一度だけ、彼女を見たことがあった。ある日の昼休みに、数名の仲間と一緒に工場の門ちかくを通りかかると、荷をおろしたばかりの一台のトラックがまさに動きだそうとしていて、うしろに乗った数名の女学生が、「早く早く!」と口々にさわいでいた。すると門のなかから、忘れもしないあの少女が、なにか軽そうなボール箱をかかえて走りでてきた。彼女はぼくたちにぶつかりそうになって慌《あわ》ててそばをすりぬけたが、箱をかかえていたため横にはられた彼女の肘《ひじ》がちょうど一団の端にいたぼくの腕にふれ、そのはずんだ呼吸がぼくの胸をよぎった。まったく予期しないこの思いがけぬ邂逅《かいこう》に、ぼくのこころはひどく締めつけられ、他人に対して極端に秘しておこうとする意志すら失われてしまったようだった。ぼくはふりむいて、彼女がほそい小麦色の腕をのばし、トラックのうえの少女にボール箱をわたすのを見た。その腕が上からつかまれ、にぎやかなさざめきのうちに、彼女の身体《からだ》がひっぱりあげられるのを見た。動きだしたトラックのうえで、彼女があやうく友達の肩につかまって平衡をたもつのを、そのすこし上気した顔が左右にゆれうごくのを見た。誰《だれ》かが耳元でなにか言ったがすこしもききとれはしなかった。わるい道路にしばしばはずみながら遠ざかってゆくトラックと、人形のようにちいさくなった少女の姿が横に折れまったく見えなくなってしまうまで、ぼくは自らの大切な秘密をすっかり暴露してしまう危険——それは死ぬより辛《つら》いことと思われたが——を冒して、ぼんやりした、しかもあからさまな目をそちらにむけていた。

だが、国防色の上っぱりをきたその少女の映像は、そのままもうひとつの映像にいりまじった。わずかゆらいで移ろってゆく夢像同様、変化したことさえ気づかないうちに、それより二年ほど前ぼくが惹きつけられていたひとりの少年の姿になったのである。

きっかけは些細《ささい》なことであった。勤労動員というものがそろそろその頃《ころ》から始まっていて、ぼくらの学年と一年下の学年とが、二週間ほどある自動車工場に行っていたときのことだった。倉庫の仕事はひどく重労働だったので、級長をしていたぼくは親方に頼みこみ、その朝は二年生たちにその仕事をおしつけることに成功した。まだ作業開始の時間にならず、ぼくたちは工場内の広場につまれた材木に三々五々腰かけていた。ぼくは材木に背もたせて仰向けになっていたが、かたわらからはこんな会話がきこえてきた。「お前、倉庫にいくいくってのは、あいつが見たいんだろ。あいつは今日は来ないぜ」「もうじき来るさ。いつも遅刻してくるんだ」「ちぇっ。来る時間まで調べてんのか。そんなに美少年でもないじゃないか」「ばか、美少年さ」「ちぇっ、一体全体どこがいいんだ？」

そのうちに、当のその「あいつ」がやってきたらしく、二人がくすくす笑いながら小突きあっているのが感じられた。下級生のことを噂《うわさ》したりすることをぼくは初めて聞いたのだったが、それこそ一体全体どういうわけなのかと思って、首をもたげてみると、すぐ前を小柄《こがら》なぼくの見知らぬ少年が、すこし離れたところに集まっている仲間のほうへ足早に歩いてゆくのが見てとれた。あおざめた痩《や》せた顔をして、走ってきたためか苦しげに胸で息をしながら通りすぎたが、別にどことい って変ったところもない少年にすぎなかった。ぼくはまた頭をかたい材木につけ、そのころ熱中していた昆虫《こんちゅう》採集のことに考えをうつした。

何分かたって、人の気配に身体をおこすと、さきほどの少年がぼくの前に立っていた。こうして近くで見るとほとんど別人のように、繊細な、清潔な印象であった。

「二年生は今日は倉庫にまわるんですか？」

彼は教師にものをいうときのように、まっすぐにぼくを見つめ、生真面目《きまじめ》に四角ばってそう言った。言ってしまうと長い睫毛《まつげ》をふせ、いかにも困ったふうに手にもった作業用の手袋をいじくった。おそらく彼は遅れてきた罰として、今日の仕事をきくために仲間から派遣されてきたもののようであった。そのとき、ふいに横あいで、この少年について言いあいをしていた二人が、抑圧された調子で押しあっているらしい気配が感じられた。ぼくはなぜかどぎまぎした——まるでぼく自身が、この少年をずっと以前から好きであったように。

「ああ」とぼくは喉《のど》でこたえて、少年が伏せた目をちらと見あげるのを、まぶしいものをみるように見た。

「もう、そう決ったのですか?」と、彼はどもるような口調でいったが、あるいは仲間から作業の変更を交渉してこいと命じられてきたのかも知れない。ぼくはひと息にぶっきら棒に言った。

「ああ、そう決ったんだ」

それでも、しばらく少年はそのまま立っていた。困惑をかわいらしく子供っぽい表情にしめしながら、もうすこし口をきいたものかどうか戸惑っているらしかった。と、彼はぴょこりと頭をさげて交渉を打ちきったが、自分でもそれがあまりうまい引込み方でないと感じたらしく、身体のむきを変えながら、照れたような翳がそのやせた頬に刻まれ、羞《はじ》らいのいろどりが白すぎる皮膚を染めるのが窺《うかが》われた。

工場通いが終ってから何日かすぎて、ぼくは偶然学校の廊下でこの少年を見た。彼は手にもったノートを丸めたりのばしたりしながら、廊下の窓ぎわで数名の同級生と談笑しあっていた。ふと彼は悪戯《いたずら》っぽく笑って相手の顔をみあげた。すると、「ああ、この前のあいつだな」となにげなく考えて、かたわらを通りすぎようとしたぼくのこころを、くすぐるような、かるく刺すような感情がかすめ、理由もわからぬ狼狽《ろうばい》がぼくの足を早めさせた。

それ以来というもの、この小柄な少年の姿は無遠慮にぼくの意識のなかにはいりこんでしまって、なかなか薄れようとしなかった。それには、やがて彼のクラスと一年上のぼくのクラスとが合同教練の時間をもつという事情も加わっていた。教練用のカーキ色の外被《がいひ》をまとい、帯剣をつけ銃をもつと、この少年はもっとも少女らしく見えた。そうした殺風景な衣裳《いしょう》は、この少年の有している優しいもの、可憐《かれん》なものをひどく助長させ、ほとんど痛々しくさえ見せるのだった。ぼくは二クラスの小隊長を果さねばならなかったが、元来が苦手のそうした役目も、そのためますます大儀なものと思われた。あるときなど、不動の姿勢をした、なんだか哀れっぽく見える彼の表情に気をとられ、教官から命じられたのと反対の号令をかけたりした。とたんに、「小隊長、マイナス五点！」と、糠味噌黴之助《ぬかみそかびのすけ》と渾名《あだな》のある准尉《じゅんい》がどなったが、その職業にしてはまことにだらしない態度風態《ふうてい》のこの男は、なにかあると閻魔帳《えんまちょう》にマイナス点をつけ、しかもそれを他の生徒によみあげさせて嬉《うれ》しがるというよくない癖をもっていた。そのときも彼は表面怒り、内心ほくほく喜んで、間のぬけた胴間声をたてた。

「嘘じゃないぞ、それ、それ、誰か見にこい。お前、きて、よめ！」

ぼくにとって悪意の筋書がくんであったように、すすみでたのはその少年であった。彼は指でさされると、さも重そうに三八式歩兵銃をささえながら黴之助のそばに走ってゆき、閻魔帳をのぞきこむと、すっかり弱りきりながら、それでも事務的にちいさなかすれた声で言った。

「……マイナス五点」

「もっと大きな声でよめ。ほれ、名前もよむんだ」

ぼくは、ふたたび彼が緊張のあまりゆがんだような面持《おももち》で、そのちいさな口をうごかし、不似合な大声をはりあげるのを見た。そしてすっかり腹をたてたつもりで、しきりと胸のなかでくりかえした。「お前のせいだぞ、お前のせいなんだぞ」そのくせ、どうしたってこの少年を憎むわけにはいかないことは十二分に承知していたのだが。

しかしやがて、この少年のすがたも、いつということなしに薄れていった。戦局がすすみぼくが完全に学校を離れるまで、必然的に校内のどこかで彼と出会ったが、もうぼくはどぎまぎする必要もなかったし、以前そんな妙な気持になったということさえほとんど忘れてしまっていた。

もうひとつ、これらの少女や少年の映像と微妙にもつれあいながら、たちのぼってきた追憶があった。おそらく夢のなかでのみ、よみがえることのできた追憶が。

……夕ぐれであった。ぼくはしばらく玄関まえの生垣《いけがき》にもたれていたが、やがて家の前をとおる砂利道を町のほうに歩きだしていた。鼻緒のゆるんだ大人の下駄《げた》がともすれば抜けおちそうで、ぼくはつまずくように足をひきずった。砂利はきしるようなひびきをたて、ときどき足の指のあいだにそれがはさまった。町の屋根々々のくぎる西空は、あわい卵黄色をにじませていた。上方の澄みきった水色の部分がそれに溶けこもうとして、しずかにゆるやかに垂れさがってくるように見えた。見るともなく見つめていると、空は次第になにか大きなもののかげのなかに沈んだようだった。すると、かぎりない空虚さのなかに、ぼく自身が堕《お》ちこんでゆくように思われた。

ついさっきまでぼくは、脳溢血《のういっけつ》でたおれたなり二日間も昏睡《こんすい》をつづけている婆《ばあ》やの枕元《まくらもと》に坐っていたのだった。ぼくはきちんと膝《ひざ》をそろえて、むかし夢魔におびえたぼくをあやしてくれた彼女のだらりとした腕に、するどく細くひかる注射針がさしこまれるさまを見た。また彼女の色あせた、乾いたぶ厚いくちびるから、最後のあがきのような底ごもりのするいびきが洩《も》れるのをきいた。それはいかにも耳慣れないもの音であった。一匹のちいさな蠅《はえ》が、皮膚のたるんだ顔のうえにしつこくとまろうとしていたが、喉の奥からわきあがってくるこのひびきに、ためらってはまた飛びたった。蠅は、手で追おうとしても、臆病げにそして執拗《しつよう》に、そこを離れようとしなかった。忍びよってくる死の匂《にお》いを嗅《か》ぎとったにちがいなかったのだ。

もうこれでぼくを愛してくれる人は誰もいなくなるのだ、というようなことを、ぼくは足にあわぬ下駄をひきずりながらぼんやりと考えた。どんなに婆やがぼくにとってかけがえのない避難所であったか、どんなに彼女がその柔かな雰囲気《ふんいき》につつみこんでぼくを外気から守ってくれたか、そういうことを考えたというより、ただ皮膚で感じたのである。

いつしかぼくは大通りにでていて、すぐ前のバスの停留所に、数人の男女が佇《たたず》んでいるのが見えた。焦点の定まらぬぼくの視線がそのなかの一人をかすめた。すると、そのようなうつろな痴呆《ちほう》状態だったのにもかかわらず、その人影をよく見極めようとして、ぼくの足はその場に吸いつけられてしまった。

女学校のつつましいセイラー服をきた、ほっそりとした十五、六の少女であった。彼女は、赤くふちどられた、すこしうす汚れたズックのカバンを片手でぶらぶらさせ、上歯で下唇《したくちびる》をかるく嚙《か》みながら、ちょうど近づいてきたバスを上目使いに見つめていた。なごりの夕光が、彼女のいくぶん茶がかった懶《もの》うげな髪を、あかるい鳶《とび》いろに燃えたたせた。弱まったひかりをうけた顔の半面はあどけなく晴れがましかったが、陰になったもう片がわの顔は、なんとなく憂鬱《ゆううつ》そうに感じられた。その人なつこそうな黒目がちの瞳にも見憶《みおぼ》えがあった。とまったバスの入口にむかって、こちらに顔をななめにむけながら彼女が歩きはじめたとき、ぼくはようやくある写真のことを——いつか従姉《いとこ》の押入れの奥から探しだした少女歌劇の雑誌のことを憶《おも》いだしていた。あのちいさな丸い切抜きは、もうとっくにどこかへやってしまい、そんなことすら丸きり忘れてしまっていたのに。

バスは混んでいた。入口の支柱につかまろうとして、少女は人の肩ごしに軀《からだ》をねじりながら手をのばした。にぶい音をたててバスが動きだしたとき、彼女の足はまだあやうくステップにかけられているだけだったし、その上体は弓なりにそりかえっていた。一瞬のけぞらせた首すじの筋が、そこの皮膚にうねるような影を彫った。同時に、かるいおののきがぼくの背すじをつたわった。それまでにも何度か味わったことのあるような顫動《おののき》がつたわったのである。

暗黒はいっかな薄れていこうとはしなかった。むしろますます濃く、とめどなく厚ぼったくなってゆくようだった。寒気が耳をひっぱり、指先を凍えさせ、襟首《えりくび》にしのびこんできた。しかし、それにさえなにか親しみを覚えながら、半睡とも覚醒《かくせい》ともいえる状態のなかに、ぼくはじっと目を凝らしていた。こうしたいくつかの映像の思いがけなくもたちのぼってきたこと、このはかない奇蹟《きせき》にぼくは酔っていた。当時の心情がなまなましくぼくをつつみこんだ。殊《こと》にバスにぶらさがった少女の、またグラビアのちいさな写真の記憶は、まったく忘れきっていただけに、そのおどろきは大きかった。

夢をよみとくことに慣れている人だったなら、もっと古い過去を――すでに無意識の深みへ埋もれさってしまった過去さえ、この夢からよびもどすことができたであろう。だがそのときは、ぼくはあまりに無知で、しかもあまりに酔っていた。ひさかたぶりのけだるい睡気《ねむけ》までが、すきまなくぼくをとりかこもうとした。しかしぼくは、ふしぎな陶酔につつまれ、なにがなしのときめきを胸に抱きながら、暗闇《くらやみ》のなかに目をあけていた。このような密度の濃い、しかもなまめかしい要素のまじっている漆黒を、たしかにどこかで見知っているように思った。あれはいつだったであろう？　おそらくは遥《はる》かなとおい昔、ひょっとするとまだ生れてこない以前のことだったろうか？

　くもりきった朝がきた。白っぽい頼りないひかりが、それでも暗闇を追いはらった。身体の節々はだるく、頭はしめつけられたように重かった。しかし、それは毎朝のことであった。ただこの朝は、そうしたいやな疲労感のなかに、ちょっぴり爽《さわ》やかなものが含まれていた。あの小さな昔の事柄を憶いだしたためだろうか、ともぼくはおもってみた。

　すると突然――ぼくの身体はふるえたのだったが――こんな考えが頭にひらめいた。はたして忘却というものは、消えさってしまうことなのだろうか。切抜の写真の少女をぼくは忘れていた。しかし本当に忘れていたのではなかった。なぜなら、いま目の前にはあのうすい丸い紙片がありありと浮ぶし、少女歌劇の雑誌からそれを切りとっている自分の姿、そのときの罪ぶかい心情までよみがえってきたではないか。これはど忘れというものであろうか。関心がなかったからであろうか。しかしど忘れにしてもやはり忘却の一種にちがいない。やがては本物の忘却になってゆくものなのだ。もしも、忘却というものが消失ではなく、単に埋れること、意識の下に沈むことであったなら、それはよみがえってくる可能性がある。すべての記憶はけっして無くならないものなのかも知れない。無くなったように思われるだけなのだ。さっきそうであったように、夢のなかであれ、古い過去がひょっと浮んでくるのだとしたら、それも小学校以前のあの暗黒の昔、ぼくの知りたがって知ることのできぬあの秘密、あの覗《のぞ》くことのできぬ深淵《しんえん》がひょっと浮んでくるのだとしたら？

ぼくは坐《すわ》っていることができなかった。立ちあがって熊《くま》のように部屋じゅうをまわったが、どうやらすべての記憶が一杯つまっているらしい自分の大切な頭を、電燈《でんとう》の傘《かさ》なんぞにぶつけたくなかったので、また机の前に坐った。それからいつもの癖で、記憶というものの形態を考えてみた。それはおおむね氷山のようなものとして目にうかんだ。水面から上にでている部分が、日常憶いだすことのできる記憶らしかった。しかしぼくの目には、夜のとばりのなか、ふしぎな休息と覚醒のなかで、その氷山がゆらぎはじめ、波間に沈んだいくらかの部分がうかびあがるのが見えた。すくなくともそんな気がしたのである。

ふと、乱雑な机のすみに、貧弱な目覚時計があるのに気がついた。なるほどその時計はずっと以前から同じ場所にあることはあったのだ。しかし一度もねじを巻いたことがなかったから、石ころがおかれてあるのと大差がなかった。なおもおぼろな氷山のことを考えながら、ぼくはそれをとりあげていた。すると、いつの間にかぼくの手でねじが巻かれたのだろう、時計はひさかたぶりに、こまかい単調な、規則正しい音をたてはじめた。

⁂

そのうちにも、かたく閉ざされた季節も次第に移ってゆくようであった。大気はまだ冷たかったが、ある日の午《ひる》さがり、いぶかしいほど眩《まぼ》ゆい光の微粒子が溝《みぞ》のふちにちらちらしているのが見うけられた。街のずっと西方に、白く輝いて遠望されるアルプスの輪郭がぼやけて、そのあたりからうすく淡く伸ばされた雲が一すじ二すじ、街のほうにゆっくりと流れてくるのが見えた。

とある町角でぼくは足をとめた。背すじを、ほとんど痛みにちかい慄《ふる》えが走りすぎたのである。

ぼくは耳を傾けて、ごく微《かす》かながらも一軒の家のなかから流れてくる旋律を聴いた。柔かなものういフルートの独奏が反復され、やがてそれにハープ、オーボエらしい響きがゆらゆらと加わった。はじめて聴く曲のようではあったが、そのくせどこかで馴《な》染《じ》みのものであるという確信からぼくは抜けきることができなかった。ぼくはそこの板塀《いたべい》に寄りかかって耳をすました。静かな絃《げん》にホルンがからまり、散乱した一音一音がもつれあい、次第に周知のもの、馴染みぶかいものに近づいてゆくようだった。するとぼくの体内のどこからか、得体の知れない痺《しび》れが湧《わ》きだしてきた。心の眩暈《めまい》とでもいったらよいかも知れない。その感じを、ぼくはいつかどこかで経験したように思った。同時に、幼い頃よくあったような幻影が、きわめて明瞭《めいりょう》に目の前に展《ひら》かれた。それは、ふしぎに色と匂いにみちた立体感にふくらんだ風景で、いつぞやの貴重な夢の一場面の感じにも似かよっていた。

……空は澄みすぎて、むしろほの暗いくらいであった。林にとりかこまれた草地にぼくは寝そべっているのだが、まわりには新鮮な緑が滲《にじ》みでるような雑草が繁茂し、先端についた房状の花は蜜《みつ》を求める蜂《はち》や虻《あぶ》の群に揺れうごいていた。彼らの翅《はね》にも、すこしずつ濃淡の変化をみせた草木の緑にも、盛りあがった黒土にも、そこここに首をもたげた各種の茸《きのこ》にも、きらきらした陽光が一様にこぼれおちていた。むこうには落葉松《からまつ》の林があり、しめった青みがかった光の中から、さわやかな木屑《きくず》の匂いが漂ってくるような気さえした。こちらには数本の白樺《しらかば》がすんなりと立っており、純白の樹皮がところどころ剝《は》がれていて、黒褐色《こっかっしょく》の地肌《じはだ》と鮮やかな好ましい対照を見せていた。微風が立つと、樹々《きぎ》の葉はおののきはじめ、枝から枝、梢《こずえ》から梢へとそれが伝わった。

そして、木の葉が呟《つぶや》き、蜂や虻の羽音、鳥の啼声などが寄りあつまって、このうえなく甘美な旋律をつくりあげてゆくのだった。しかもその旋律は刻々に変化して、自然のなにげない分離したさざめきから、おどろくほど奇異に美しい和音の連繋《れんけい》をつむぎあげていった。葉から転げおちた甲虫が翅鞘《ししょう》をひろげて旋回すると、それがクラリネットの上下する悦楽となり、頭をゆすっている花の房は、それに交錯するハープの断続的なリズムになった。……一匹の綺麗《きれい》なタテハチョウが、ひとしきりぼくの頭上を飛びまわっていたが、やがて苔《こけ》むした木株のうえに羽を休めた。静かに息づくように翅を開閉させると、濃紺の地に隠されていた瑠璃《るり》いろの紋が燐光《りんこう》のように燃えたった。ぼくは憶いだした。たしかその蝶《ちょう》はずっと以前、はじめてぼくが捕虫網を買ってもらった時分、山の道ばたで見つけた魔法の蝶にちがいなかった。翅の表面にある蒼白《あおじろ》い帯が、飛んでいるうちはちらちらして、その妖《あや》しい美しさに小さなぼくを酔わしたものだった。蝶がとまって翅を畳んでしまうと、もうその燐光は消えてしまった。実際魔法を見るみたいな奇妙な心持で、ついにぼくはそいつをうまく網でおさえるのに成功したのだが、なにか怕《おそ》ろしくて、きっと毒でもありそうで、手を触れるのがはばかられたものだった。が、それはざらにいる平凡なタテハチョウにすぎなかった。やがてぼくがその名称を知り何匹も標本を作ると共に、その神秘的な魅惑も跡方もなく消え失《う》せてしまったのだが。――しかし今、その魔法の美はふたたび戻《もど》ってきているのだった。開閉する翅に日ざしがこぼれ、昔のままに青白い輝きが燃えたった。そればかりか、あたりの樹々や草や虫たちにも、それに似た変化が進みはじめた。ひとつの色彩が薄れると、もっと鮮やかな色彩がとって変り、ひとつの楽音がすぎさると、もっと華彩な響きが伝わってきた。なおも秘密のヴェールが、あとからあとからひき開けられてゆくのだった。そのたびに、思いもうけぬつややかさで若葉がひるがえり、茸は爛熟《らんじゅく》して胞子を散らした。甲虫の翅鞘が渦《うず》をまき、瑠璃いろの蝶は輝きながら翅をうごかして、さいぜんのフルートの音階を反復させた。あたかも帳《とばり》におおわれた別の世界からの呼声のように。啄木鳥《きつつき》が幹をつつくと、それは真鍮《しんちゅう》打楽器の音となって木霊《こだま》をかえした。そしてほんの一瞬、一切の音と光と色とが、かつて覚えのない官能の豊醇《ほうじゅん》さに溢《あふ》れていった。そこにはもう規定された刻《とき》もなかった。時間はあるいは停滞し、あるいは循環し、あるいは物象とからみあい、そしてもう一枚ヴェールがめくられれば、すべての秘密が霧散し、捜していた光景がふっと姿を現わすのではないかと思われた。いまにも形象を成そうとするものが、すんでのところで揺らいで形をとれないでいるらしかった。だが、多彩だった幻影は、そのまま薄れて消えていってしまった。――気がつくと、ぼくの寄りかかっている塀ごしに、チェロとフルートの旋律が息づきながら、とぎれがちな終曲を奏《かな》でおわるところであった。

我にかえってぼくは周囲を見まわした。街中のうらぶれた風景が目の前にあった。ごみごみとした家々、電柱に貼《は》られた映画のポスター、そしてむこうの通りを行きかう男女のかげ。しかし、道ばたの溝のふちに目をやったとき、そこに一匹のタテハチョウがしずかに翅を開閉しているのが認められた。ついさきほどのおびただしい夢想のなかで、この蝶だけが現実のものであったのだ。しかも昔のままの神秘な燐光を放ちつづけていた。ようやく春めいてきた陽光の加減からか、まるで見事な光沢あるリボンを燃えたたせたように見えた。ぼくはその名称を憶いだそうと努めたが、和名すらなかなか浮んでこなかった。「ええと、あれはなんと言ったっけな……そうだ、ルリタテハだった……なんだ、つまらない。しかしルリタテハがこんなに美しい蝶だとは気がつかなかった、いや、忘れていたのだ」

越冬からやっと目覚めたにちがいないその蝶は、もう翅の開閉をやめ、樹皮のようなくすんだ裏面をみせて静止していた。それでもやはり美しく見えることに変りはなかった。やがて蝶は、通りかかった荷車の音にびっくりして飛びあがり、稲妻形《いなずまがた》に宙をきると、家の屋根をこえて見えなくなった。

それにしても、この不思議な楽の音はぼくに変化をもたらせた。それからというものぼくの陰気な不安定な日々に、なにか生気のようなものが生じてきたのだ。それはいつとなく空にみなぎってくる春のきざしにも似ていた。たしかに季節の推移もこの治癒《ちゆ》への動きに関係していたかも知れないが、もっとぼくの内部の深いところに根ざしているもののようであった。たとえばあの一夜訪れた意味ぶかい夢のあとで、ぼくは時計のねじを巻いたのだ。おそらくは何かの拍子に、いや、おそらく無意識ながらも求めたのではなかろうか、人間の造りだした〈刻〉のなかに自分も加わりたいという意志を。

そのうえこの音楽が機縁となって、ぼくはひとりの男と知合になったが、そのことも決して等閑《なおざり》にしてはなるまい。事の起りは、春も盛りとなった頃《ころ》の一夜、下宿の部屋にねころんでいたぼくの耳にかすかな旋律が伝わってきたことから始まった。たしかにいつぞやの、異様に心を惹《ひ》きつけられたフルートの音色にちがいなかった。廊下ひとつをへだてた、医専の学生の部屋から聞えてくるもののようであった。

その医学生というのは、およそ三十に手のとどく年配で、きくところによると、兵隊にいく前は文科の学生であり、終戦後おそまきの医者志望に鞍《くら》がえしたのだという。同じ下宿にいるものの一度も口をきいたことはなかったから、彼の部屋を訪れる決心をするまでにはかなりの時間がかかったが、医学生は予想外によろこんでぼくを室内に招じいれてくれた。乱雑に散らかった部屋の片隅《かたすみ》に古びたポータブルが置かれ、さきほどの曲がとぎれがちな終末を奏しているところだった。

「どうもとんだ有様で、……まあこちらに坐って下さい。煙草《タバコ》もいまは豊富です」

言いながら彼は、手巻きの煙草をひとつかみ畳のうえにおき、愛想《あいそ》よく笑ってみせた。色の浅黒い輪郭の鋭い顔をしていて、どこか魔術師の叔父を思わせた。ただそうした顔の造作が――その一つ一つは実に整った立派なものであったが、それらの目とか鼻とか口などが、まるきりてんで気ままにあちこちに散在しているため、ひどくとぼけた怪体《けったい》な印象を与えるのは仕方のないことだった。

「いいえ、ぼくは吸いません。いま、かけていらしたレコードはなんでしょうか」

「ああ、ドビュッシイですよ。『牧神の午後』です。お好きですか？」

たしかに彼は無類の饒舌家《じょうぜつか》のようだった。会話のきっかけが与えられたとなるや、たちまち聞き手なんぞにおかまいなく、およそ十分間ほどひとりで悦に入ってしゃべりつづけたが、それには耳慣れぬ人名やら引用句やらがやたらとばらまかれたもので、ぼくにとってはむかし魔術師の叔父が話に挿入《そうにゅう》した医学用語と同じことであった。ついにぼくは閉口して、そのようなことは何も知らないのだと告白しなければならなかった。

「あなたが御存じない？　あの消えていく女神の物語を？　それからリューベック生れの作家のことも？　嘘《うそ》でしょう。あなたが毎日、本ばかり読んでいることを、ぼくはちゃあんと知っていますよ」

なるほどぼくは本を読んでいた。だが、それは少年冒険雑誌の火星人や蟻人《アント・メン》の物語だったので、いささかぼくも困惑した。ようやくのことで相手が本当に何も知らないのだと納得すると、彼はあきれたというより、ほとんど讃嘆《さんたん》するような口調でこう言った。

「いや、あなたは珍しい方だ。今までぼくが交際してきた高校の人たちとくると、すぐさま口から泡《あわ》をふいて一席ぶちますからな。まるで癲癇《てんかん》ですよ。……なあに、あなたはまだ二十歳《はたち》前なんでしょう？　いずれそのうち詩句を吐きちらかしては、泡をふくようになりますよ。だが癲癇はいけませんなあ」

その言葉は意図に反してかえってぼくを心配させた。なぜなら、小学校のころの失神発作のあとで、大学の病院に連れてゆかれ癲癇の誘発検査を受けたことがあったからである。結局診断はつかなかったのだが、ぼくはそのことをこの医学生に相談してみた。あのベランダの灯《ひ》に無数に集来した虫群の光彩については、かなり克明に具体的に話をした。そうしなければ他人にはなんのことやらわかるまいと思ったからである。

「それは美です！」と話の中途で医学生はさけんだ。「あなたは美を見られたのだ。いいですか、美をですよ。〈美〉って奴《やつ》は実は恐ろしいものなのです。あのメドゥーサ——ゴルゴンの首なんです。ひと目見たら石になってしまう。さいわい〈美〉はめったに裸で出てこないし、我々も白内障みたようなものですから、まあ助かるようなわけですがね」

ぼくはあっけにとられて、有頂天になってしゃべっている彼の立派な不調和な顔をながめた。

「すると、メドゥーサは美なのですか？」

「え、誰《だれ》かそんなことを言いましたか？」医学生はふいに、すましきって落着きはらった人相にかえった。「メドゥーサってのはゴルゴンの末妹の怪物、それだけの話ですよ。もっとも恐るべき凝視者だったかも知れませんがね。ところが奇妙なことに姿態を重視した希臘《ギリシャ》神話のなかで、こいつだけは頭首が主になっているのです。この怪物がどこから由来しているか——なぜって神話ってものは意味のない想像の産物ではありませんからね——これだけを問題にしたってすこぶる面白《おもしろ》いですよ。海洋の象徴、あるいは悪夢とか青白い月と説く者、なかにはその蛇髪《だはつ》を男根象徴とみなす学者までいるのですから」

ここで彼は何ともいえず面妖《めんよう》な声を立てて笑い、ぽかんとしているぼくにおかまいなく、いきなり話題を元にもどした。しかし肝腎《かんじん》の病気のことについては、至極当り前の話を、さも重々しく述べただけであった。「なるほど。たしかに癲癇に似たところもあるし、もしそうでないとしたら、それは癲癇ではありませんね」

あとになって思えば、ぼくにとって彼は外貌《がいぼう》だけでなく、新しく現われた別の魔術師の叔父であったともいえる。いわば精神界の手品使いであったのだ。彼は故郷でもない海浜を気ままに遊歩し、手も濡《ぬ》らさずに見映えのする貝殻《かいがら》を拾いあつめ、それを楽しげに奇術の種として使用する男であったのだ。それかあらぬか、やがてぼくにとって貴重なものとなったいくつかの彼の言葉にも、かつて腎炎を発見してくれた人のよい若い叔父の手柄《てがら》同様、なにか苦笑をさそう滑稽《こっけい》な感じがつきまとったものである。

ともあれ、それからも彼は教師の立場で、無知な弟子の離人症めいた症状についても、お得意の饒舌を吐きちらかすのをやめはしなかった。

「頭痛がする、眠れない、怕《こわ》くなったりする、身体《からだ》が溶けるようで現実感がしない。これは大変なことですよ。コレラだ、癌《がん》だといったら、あなた方はとびあがるでしょう。それなのに精神の病いなんぞ、あなた方はすべて神経衰弱で片づけてしまうのです。なんという精神の虐待《ぎゃくたい》でしょう！　これは今までの医学の罪ですよ。つまり医学はもう一度、太古のように呪文《じゅもん》と祈禱《きとう》にかえる必要があります。いままでの生理学解剖学のうえに立っている医学は、もう一度ふりだしにもどる必要があるのです。そう思いませんか」

「本当にそうですね」

「なに、そうでもありませんよ。ただそう言ってみただけです」

「すると……ぼくのは、ほっておいちゃいけませんか？」

「さあ、それはおそらく癒《なお》りっこないでしょう、どんな薬でも電気でも。いや、フィレータース爺《じい》さんはこう言いましたよ。『ただ接吻《くちづけ》や抱擁《だきあい》や衣をぬいで一緒に横になることのほかはな』ってね」

「なんですか、それは？」

「ダフニスたちの恋の病いのことですよ」

「冗談じゃない、ぼくは恋なんて……」

「してやしないとおっしゃるのでしょう？　しかし、たとえしていないと思っているにしても、人はやっぱり恋をしているのですよ。ところで、どんなものを美しいと思います?」

「美しいものですか。それは雲だって昆虫《こんちゅう》だって……まだ緑色のドングリとか、つまりあのドングリが……」

「お黙りなさい。人間はどうですか。女の子をどう思います?」

「それは……やはり美しいのでしょうね」

「美しいですとも!」と、彼はいきりたって唾《つば》をとばしながら舌をそよがせた。「ある詩人がこう言いました、人体は神殿なり、と。ところであの美は我々のセックスのなかにあることも事実でしょうが、そうも言いきれないところもあるのです。あの有機生命のすばらしい形態を御存じですか。あの皮下脂肪層のなまめかしい色を御存じですか。ぞくっとするような黄色、黄水晶をとかして生と腐敗を与えたような色ですよ。もっともこれはフォルマリン漬《づ》けの死体の話ですがね。それからあの弾力ある白みわたった神経、座骨神経って奴は直径一糎《センチ》もありますよ、ぷりぷりしてますよ。ちょっとメスをいれても鮮血のほとばしりでる動静脈のくねり具合、あの豊満な充実した大臀筋《だいでんきん》、……こりゃどうもまるであの『人生の厄介息子《やっかいむすこ》』の愛の告白みたいになっちまいましたね。身体と愛と死と、この三つのものは元来ひとつのものなんだ、って叫ばねばならぬところです」

たしかに彼はときどきある衝動に駆られて、極度に軽薄になってしまう男のようであった。とはいえ、ぼくは彼の吐きちらかす奇っ怪な文句を痴呆《ちほう》のように聞いているより仕方がなかった。

「そうでなくっても、あの鎖骨と肩胛骨《けんこうこつ》の造りだす優美な線。あの項《うなじ》のほのめき、たとえばこう首をうわむける、この喉《のど》ぼとけ、これは甲状軟骨、ここにうねるこの筋、これは……ええと、ええと」

「ステルノクライドマストイディウスとかいうんじゃないですか」

「そうだ、そうだ。あなたは妙なことを知っていますね」医学生はちょっとびっくりしたようだったが、再び落着きを取り戻すと、このうえなく瞑想《めいそう》的な顔になった。

「もっとも人はいつだって妙なことを知っているものです。そしてそれには相応の理由があるに決っています。よしんば本人自身が気がついていなくってもね。仮りに女の子に惚《ほ》れるのにしたって、それには深い必然の原因がなければなりません。考えても御覧なさい。ある人は丸い顔が好きで、ある人は細長い顔が好きだってことは不思議なことじゃありませんか。もっともぼくは三角形の顔が好きですがね」

「自然に初恋の人なんかが定着するのではないのですか」

「すると、その初恋はどうしてするんです？　人はなにも第二次性徴に達しなくたって、恋をするのですよ。すべては幼年期のしわざ、神経に刻まれた傷痕《きずあと》のいたずらです」

幼年期。この言葉は耳にいたかった。あたかもふかく肉にうもれた棘《とげ》に触れられたように。

しかし医学生はそのまま話を打ちきり、今度は夢の問題に関してさまざまのことを述べはじめた。彼は夢を第二の人生とよび、開かれぬ手紙とよび、無意識界の使者とよんだが、この不可解な定かならぬ現象については、ぼくもいくらか応ずることができた。なぜならいつかの一夜以来、ぼくは些細《ささい》な夢のかけらでも大切にあつかい、注意を集中してきたものだったから。すると首すじの筋肉の名を言いあてたときよりも、もっと大仰な驚きが医学生の顔にうかんできた。彼はじろじろとぼくを窺《うかが》い、気味のわるいやさしい声をだした。

「あなたは七面倒な書物を読まないほうがいいかも知れませんね。然《しか》しあなたは神話を識《し》るべきです。……なぜって、神話も夢も同じ種類の言葉で書かれてあるからです。神話というのは、蛮人たちの勝手な想像の産物ではありませんよ。たとえばですね、いま私が読んでいるのは印度のアッサム地方の神話ですが、アーホーム族の天地創造説というのはこういうのです。太初においては、なにも存在せず、ただ水だけがあり、偉大なる光をはなつフハーという至上神が空にういていたというのです。彼はまず自分の形をつくり、一匹の亀《かめ》をつくり、八つの頭を有する大蛇《だいじゃ》をつくり、それから段々と世界をつくっていきました。アーホーム王の先祖は天から降りてきて一王国を建立《こんりゅう》したことになっています。それから興味ぶかいことに、彼らもまた洪水《こうずい》についての伝承を有していることです。世界が大洪水になって、ターオリブリンという老人と一匹の牛だけが石造りの船に乗って助かることができたという話ですがね。こうした僻地《へきち》の昔話にも、なにかが感じられるでしょう？　ある相似が、ある類似が、言いあわせたように存在しているのです。どうしてだと思います？　神話というものは、すべて魂の象徴だからです。世界中の神話のなかには、いかなる魂の遍歴もすべて表わされていたことでしょう。過去への郷愁というものは、たくみに黄金時代の神話のなかに集約されています。それから……」

彼は長々と談義をつづけていったが、やがてこんな子供にかような深遠な事柄は判《わか》るまいと思ったのか、それとももう話す種がなくなってしまったのか、手巻きの煙草に火をつけると、医者の卵らしい表情になってこう言った。

「とにかく、あなたのように部屋にこもっているのはよくありません。気候もいいことだし、すこし野山を散策してみたらどうです」

「山に登るのですか？　とんでもない。ぼくは寝床にねころんでいるだけでもせい一杯なんです」

このだらしのない言葉は博学の教師を憤《いきどお》らせたようだった。彼は立派な不調和な顔を思いきり歪《ゆが》めた。窓の外にむけて勢いよく片腕をさしのばすと、ほとんど猛《たけ》りたって叫びたてた。

「莫迦《ばか》をおっしゃい！　それが毒なんです。愚図々々いわずに、中央山岳の大自然に抱かれてきなさい。さあ、どんどんアルプスへ登ってお行きなさい！」

⁂

それから何日かたっての、晩春の香りと初夏の息《い》ぶきがいりまじった或《あ》る晴れがましい日に、ぼくが三十分ほどバスにゆられて、ひさかたぶりに付近の山と森の気配にふれようと試みたのは、なにも医学生の言葉を重んじたからではなかった。しこたま蕨《わらび》でもつんで、すこしは腹の足しにしようと思っただけであった。しかし同じような考えの人が大勢いたのであろう、蕨なんぞどこを捜しても見つからないばかりか、大切な兵隊靴《へいたいぐつ》の底がぱっくり口をあいてしまった。

それでもぼくはいつにないのびやかさを感じていた。草原からは、初夏の風から生れたようなウスバシロチョウが清楚《せいそ》な半透明の翅《はね》をゆるやかにうちふっていくつも飛びたった。Parnassius というその属名は、あのアポロンの山、詩神の山の名称である。事実、蒐集家《しゅうしゅうか》の珍重する近似の種類はアポロチョウとよばれ、その純白の翅に動脈血のような紅斑《こうはん》と黒檀《こくたん》のような縁どりをもっている。残念ながら日本にはアポロチョウはいない。その代り、内地産のこの唯一《ゆいいつ》のパルナシウスには美麗なアポロチョウには見られない洗練された上品さと優雅さがある。

一匹のウスバシロチョウが道案内をするようにぼくの目前をとんでいた。道が折れまがると、またもや蝶《ちょう》はこちらにいらっしゃいというように、道につれてふわふわと漂ってみせた。たしかにそれは漂っているというのが当っていた。透明な大気がその軽いからだをささえ、あるかないかの風がすこしずつ彼女をはこんでいった。

「おいおい、ウスバシロチョウ。あんまりのんきすぎやしませんか」と、ぼくは胸のうちで呟《つぶや》いた。「今だからいいようなものの、ここにいる人間は昔はちょっと残忍な男だったんだぜ。お前の同類を数知れず殺戮《さつりく》したんだぞ」

この冗談は数秒後に事実となってあらわれた。灌木《かんぼく》のかげから、ひとりの少年が捕虫網をかざして（彼の腰に三角罐《かん》がついているのをぼくはとっさのうちに見てとった）いきなりとびだしてきたのである。最初のおそろしい網のひとふりは、いささか手元が狂って、蝶は辛《かろ》うじてその下をかいくぐった。いくらおっとりしたウスバシロチョウでも、驚かされたときはかなり迅《はや》く飛翔《ひしょう》することができる。それなのに目のくらんだ蝶は逃げさろうとして、徒《いたず》らにひとところを円を画《えが》いてとびまわった。追いかけざまに少年はあせって網をふりおろした。二度、三度、そのたびに蝶は奇跡のように身を守った。というより、少年の手つきがあまりにも未熟であったのだ。それは見ていてももどかしかった。昔の衝動がぼくを駆った。はせよって、少年の手から捕虫網をひったくり、片手でかるく網をふった。うまい具合に、空高く舞いあがろうとしていた蝶の姿は絹網のなかに消えていた。

ぼくは翅をいためぬように注意深く蝶をとりだし、その胸をおしながらうしろを見かえった。このあたりには珍しい、さっぱりした身なりの、中学に入りたてくらいの年齢の少年であった。彼はほとんどあっけにとられて立ちすくんでいた。だが、その何も知らぬ澄みきった瞳《ひとみ》には、あきらかに驚嘆のいろが窺われた。

「どうもありがとう」――彼はおずおずと、差しだされた蝶をうけとって、パラフィンの三角紙にしまいこんだが、獲物はどうも少ないようであった。

「どんなものが採れた？」とぼくは尋ねてみた。少年は目をあげて、ちょっとためらって、それから思いなおしたように、語尾を口のなかでぼかすように言った。

「テングチョウと……ミヤマチャバネセセリ……」

ぼくには少年の気持がよくわかった。まったく趣味のちがう人たちにむかって、七面倒な昆虫《こんちゅう》の名前なんか口にして何になろう。せいぜいいぶかしげな沈黙か、こうるさい好奇心をひきおこさせるだけにすぎない。ぼく自身、かつてどれほど嫌《いや》な想《おも》いをしたことだろう。テングチョウってなんだね……どれどれ、なあんだ、普通の蝶々じゃないか。そして折角の採集品の鱗粉《りんぷん》でもはがされるのが落ちなのだ。

ぼくは少年の危惧《きぐ》をなくするように、なにげない調子でこう言ってやった。

「ヒメギフチョウは？　ここいらにはかなりいる筈《はず》だよ」

すると見る見る、彼の瞳には新鮮な歓《よろこ》びがあがってきた。見ていてそれは快かった。

「ヒメギフがいるんですか？　ギフチョウは？」

「ギフチョウも信州にはいるんだけど、割に分布区域がはっきりしているようだね。ぼくも実際のところは知らないんだが、記録ではこの辺にはヒメギフだけらしいね。……いつごろから採集やってるの？　蝶だけかい？」

「今年で三年目です。今年から甲虫なんかも集めているんですが、名前がよくわからないんで……。一番好きなのはテクラ属です」

「テクラ……テクラ」ぼくはききなれぬ名を頭のなかでくりかえしてみた。「ああ、昔のゼフィルスだね」

しかし少年は Zephyrus という名を知らなかった。それは一時代まえの属名で、後《こう》翅《し》にほそい尾状突起を有する小天使のような小灰蝶《しじみちょう》の一群を意味し、蝶類愛好家にとっては故郷のように懐《なつか》しい名であり、その名を冠した雑誌さえ発行されていたことがある。そんなことにも、ぼくが捕虫網をふりまわしていたころからの年月が知らされた。

中学時代からこの地にあこがれ、つとめて採集記や郷土昆虫の目録に目をとおしていたことが役にたった。ぼくは持ちあわせた紐《ひも》で靴底をしばりながら、少年にこの地方のゼフィルスについて語った。それから、彼がポケットからとりだした毒管のなかの甲虫の種名を、訊《き》かれるままに教えてやった。

「でも、こんなのは図鑑なんかには載っていませんね」

「そりゃあそうだよ。図鑑で名がすっかりわかるのは、蝶とか蟬《せみ》くらいのものさ。膜翅目なんかになると、専門家だってなかなかわからないらしいんだ」

「それじゃあぼくもいろんな昆虫をあつめようっと。そのほうが面白いや」少年は目をかがやかせて言った。もう初めて会った者へのはにかみも忘れてしまったようであった。「きっとぼくにだって新種が見つけられるね」

ちょうど昔、ぼくが魔術師の叔父に顕微鏡をのぞかせてもらったときのようなおどろき、またぼくが思いきって専門家に標本を送り、ながい間不明だった種類を同定してもらったときのような歓び、そういった同好の先輩への子供らしい尊敬をまじえた感情が、少年の華奢《きゃしゃ》な顔にうかんでいた。その顔は特に美しいともいえなかった。ただ、なにかぼくの心を突つくものを含んでいた。おそらく重たげに三八式歩兵銃をあつかう少年か、国防色の作業衣をきて鑢《やすり》をかける少女か、それとも上目使いに近づいてくるバスを見つめるセイラー服の少女のいずれかを、わずかながら憶《おも》いださせるものがあったからではなかったか。

「君はひとり？」

「え、いいえ、姉さんと一緒。……さっき疲れたって草のなかで寝ちゃったんです。もう、来るころだがなあ」

「家《うち》は、こっち？」

「ううん。松本の親類んちに遊びにきたんだけど、明日はもう帰らなくちゃ……。ねえ、三城牧場まで一緒にいかない？　そうだと素敵なんだがなあ」

彼は初めとは打って変った子供っぽい調子で、ねだるようにぼくを見あげた。彼一人であったなら、言われなくてもおそらくぼくはそうしたことであろう。しかしそのとき、下のほうの道の曲り目から、ひとりの少女の姿があらわれた。大形のハンカチらしいもので頭をつつみ、軽快なズボン姿にテニス靴をはいていた。ひと目で、彼女が少年の姉であることがぼくにはわかった。彼がすぐそちらに笑いかけたからというよりも、彼女の顔立ちが――かなり弟とは異なっていて、ずっと繊細に造られていたとはいえ――たとえばナミテントウが千変万化の斑紋をもっていても同じ種類であることがわかるように、なにか少年と根源的な類似をしめしていたからであった。おそらく彼女はぼくより一つか二つ上の年齢だったかも知れないが、整った輪郭といぶかしげな表情が、その顔をかなり大人びたふうに感じさせた。彼女は弟に声をかけようとしてそのまま立ちどまり、軽そうなボストンバッグをぶらぶらさせ、それからうつむきがちにゆっくりと近づいてきた。

しかしぼくの内部にははじめから動揺が起っていた。その少女が弟の何層倍も、ぼくをわけもなく惹《ひ》きつける特殊な要素を有していたからにちがいなかった。蘇《よみがえ》ってくる昔の淡い心情のなかで、彼女のほそい項を、黒目がちの瞳を、ハンカチの間からこぼれでている茶がかった髪をぼくは見た。すると真新しい狼狽《ろうばい》がぼくをその場に居たたまれなくさせた。

「じゃあ、ぼくは先にゆくよ」

そう言って、ぼくは立ちあがっていた。

「え？　三城にいくんじゃないの？」と、おどろいたように少年がいった。

ぼくは極めて断定的にうなずき、指先で右手のほうをさし示した。おあつらえむきに、道はそこで二つにわかれ、右手のほうは藪《やぶ》のなかを渓流《けいりゅう》のほうへ下ってゆくらしかった。もう歩きだしていたぼくは、背後で「さようなら」という残り惜しげな少年の声をきき、ちょっとふりかえって、弟のそばに近づいていた少女と視線があった。彼女はすこし笑ったように見えた。それは人が当惑のときにみせる、あの曖昧《あいまい》な手品にも似た微笑である。戸惑いしたぼくは、そこでひとつお辞儀をした。なんだってお辞儀なんぞしたのだろう。そして少なからぬ羞恥《しゅうち》と自分への腹立ちに、滅法いそいでがさがさと藪のなかへわけいって行った。

径《みち》におおいかぶさる灌木の葉をひきむしりながら、邪魔になる枝を乱暴にふみこえながら、ぼくはあるいた。歩いたというより駈《か》けたのかも知れない。径は渓流までくだって、そこで尽きていた。

じめじめした植物の匂《にお》い、水際《みぎわ》にたまって朽ちた落葉の匂いが鼻をついた。澄明《ちょうめい》な山みずが、勢いよく、半ば水にひたった羊歯《しだ》の葉をゆすぶりながれていた。陽《ひ》のひかりは上方の闊葉樹《かつようじゅ》にさえぎられ、ところどころにこぼれおちては、ほとんど薄れきって水辺の腐植土のなかに吸いこまれた。ぼくはひとつの岩に腰をかけ、ゆらいでやまぬ山水のまたたきを見、ひとつのリズムにつらぬかれたせせらぎの音に耳をかたむけた。自分にもよくわからぬ内気ないらだちが、ながいことぼくを落着かせなかったが、それがなにを意味するか、ぼくはさぐろうともしなかった。むしろいまはその柔かな倦怠《けんたい》をのぞんだ。そしてそれはかなえられ、ぼくはかたい岩を枕《まくら》に、絶えざる水音を守唄《もりうた》にうとうととまどろんだ。

小一時間もぼくは睡《ねむ》ったらしかった。それからも、半ば意識の目ざめたものうい状態のまま、ながい間うつうつとなにごとかを考えようとした。ときどき頭上でさえずる小鳥の姿を目で追ったりしながら。そうしていると、いつぞやの夢のなかの少女の映像が、知らず知らずに浮びあがってきたりした。もちろんその記憶はすでに曖昧で明確な形をなさなかったし、いくらかの修正もほどこされているらしく、殊《こと》にさきほどの少女の顔立ちが新鮮な輪郭をもってその上にかぶさってくるのだった。そうした関係は実に微妙で、過去の幾人かの影がそうした夢像をつくりだすのか、それともその夢像が根本で現実の人間に惹きつけられるのか、見極めることはむずかしかった。

だがそれは、神経を集中できぬ半睡の思念であって、そのほかにも凡庸なほの暖かい憩《いこ》い、たとえばありふれた家庭のまどい、そういったものへの憧憬《しょうけい》と羨望《せんぼう》などが漠《ばく》然《ぜん》と胸をみたしていた。ぼくは訳もなく、あのフルートの旋律を――次第に高まってはまたけだるく崩れてゆく音階を口笛でふいた。シリンクスの葦笛《あしぶえ》のような具合にはいかなかったが、それでも繊美な音はとぎれとぎれに群青《ぐんじょう》の空にのぼっていった。そのうちにも、澄みきった空はすこしずつその深さを変え、太陽はゆったりとした着実な歩みをはこんだ。気がつくと、どうやらぼくの目には涙がにじみでているようであった。ぼくは立ちあがって冷たい流れの水を顔にふりかけた。そうすれば、どれが涙だか水だかわからなくなるだろうと思ったのである。

夕刻ちかくなって、ぼくはしなびた蕨の数本を片手でうちふりながら、ゆるやかな起伏をなしている高原を王ヶ鼻の頂きへむかって歩いていた。松本平《だいら》からみると怪異な巌《いわお》のような山容ですぐに目にたつこの山は、美ヶ原《うつくしがはら》とよばれる高原の果てるひとつの突起にすぎないが、ぼくにとっては懐しい山――この地にきてはじめて登った憶い出の場所であった。岩の畳まれた名ばかりのせまい山頂には、あのときと同じ石像が祭ってあり、多少の感傷をよみがえらせた。ただ以前と異なっているのは、ずっと季節が早いだけに、西方に波濤《はとう》のように遠望されるアルプスの峰々が、まだうそ寒い色にくすんでいたことだ。あちらの隆起、こちらの陥没に冬の化粧のあとが残っていたし、全体をうっすらと霞《かす》ませてしまう靄《もや》ともつかぬ水蒸気のひと群が、谷間々々にたゆたっていた。

王ヶ鼻の西端はふかい崖《がけ》となり、その先からだらだらと雑木や植林をすそびかせながら、平らかな下の盆地につながっている。あのとき、ぼくはこの方角から登ってきたのであった。ぼくが崖ふちに立って下を見おろしたとき、かすかな径すじが草地帯をぬけ、まさに灌木のなかに消えようとしているあたりに、ぽっつりとうごいている白い二点が見えた。

とっさにぼくは、それがさきほどの姉弟ではないかと思った。だが、彼らがまだそこらあたりに愚図々々している筈もなかったし、じきにそれはまったく別の人影であることがわかった。ぼくはなんだかまごついた気分であたりを見まわし、地衣の生えた岩角に腰をおろしながら、おびえたような自分の鼓動に、しばらくの間臆病《おくびょう》げに耳をすましていた。……

あのあやふやな、自分の年齢にも気のつかぬ年ごろに、人は愛というものをひたむきに讃美《さんび》するか、あるいは極端に鼻先でおしやってしまうものだ。まるで単純に割りきってしまうことに救いをもとめるかのように。後者を強《し》いられる立場にあったぼくが、このときごく狭い〈性欲〉という概念をもちだして、あやうい自らの感情をおしつぶそうと試みたのはむしろ自然であったろう。ぼくは性欲について考えてみた。それは玩具《がんぐ》に似た少年時代の歳月に惹きつけられた、あの二、三の面影とはかかわりがなかった。そのときの心情においては、それらは性欲とは無縁だと思われたのである。

　工場時代の一日、機械の噪音《そうおん》のなかから、ひときわ甲高い悲鳴がわきおこった。ひとりの女工員がミーリングのバイトに指をまきこまれたのであった。あたりの工員たちが先を争ってはせよった。人垣《ひとがき》のうしろからぼくは、気を失って倒れた女が抱きおこされるのを見た。いそいでとめられたベルトが、しばらく戸惑うように頭上でゆれていた。切削油のしみこんだ腕被《うでおお》いをめくりあげると、思いがけない白いつややかな肌《はだ》がそこにあった。へんになまめかしい新鮮な赤い液体が、そのうえを縞《しま》をなして滴《した》りおちた。あれは血だな……きれいな色だ……とぼくは思った、するとなにがなし微妙な息ぐるしさがぼくを領した。――このような有るか無きかの二、三の光景をぼくは追っていったが、最後に憶いだしたずっと古い体験は、はなはだ子供じみているにしろ、ぼくにとってもっと本質的なもの、根源的なものを含んでいるように思われた。

　幼い頃《ころ》から何度か麓《ふもと》に滞在したことのあるその山は、せいぜい海抜千メートルをこすかこさぬかの標高にすぎなかったが、そのころのぼくにとっては手のとどかぬ高山にちがいなかった。見るからに鬱蒼《うっそう》とした森林がもりあがり、また草地の斜面とあか茶けた崖をしめしていた。あの頂上にはどんな変った虫が棲《す》んでいるか、まだ採集をはじめたばかりの中学一年生にとって考えただけで胸のときめく神秘な場所であった。

ある朝、家人にも告げず、ぼくはこっそりとひとり細い登山路をのぼりはじめたのだ。お伽話《とぎばなし》にある太陽のしずむ国を探そうとする男の興奮、あるいは初登攀《はつとうはん》を狙《ねら》ってネパールの高峰にいどむ登山家の心境は、おそらくあのときのようであるにちがいない。頂きへ、頂きへとひたすらにぼくはのぼった。次第に展《ひら》けてくる下界をふりかえってみる余裕すらなかったし、ただ未知の山頂のことを考えては疲れた足をうごかした。限りなくながい径のりで、汗はながれて乾《ひ》からびてまたながれたが、頂きは近づいているようで一向あらわれてこなかった。今度こそはという曲り角を折れても、じぐざぐの小径は、どこまでもいよいよ急にいよいよ細くつづいているばかりであった。

ついに頂上と思われるところにぼくはたどりついた。そこはすこしも頂上らしくはなく、灌木や凮にいたんだ老樹が立ちはだかり、すっかり視界をさえぎっているのだった。それでも径はすこし先から下りになっていて、文字の消えかけた石碑がひとつ立っていた。

疲れきり半ば気ぬけして、ぼくは樹《き》の根元に坐《すわ》りこんでしまった。ときどき吹きすぎる風があつくなった身体《からだ》をひやし、頭上から直射する太陽のひかりを見あげると、くらくらと眩暈《めまい》がした。ぼくはぼんやりと目をさ迷わせ、雷にうたれておどろしく裂けながら枯死した幹が、灰白色にうずくまっているさまを見た。地衣に肌をうばわれた老木の枝から、蛇《へび》のような蔓《つる》が幾本もたれさがっているさまを見た。ふしぎなときめきが四肢《しし》のうちがわに感じられた。なにか幻妙な雰囲気《ふんいき》があたりをつつんでいるらしかった。それはあくまでもはげしく繁茂している植物の匂いのようでもあった。そこらじゅうの植物の葉という葉が、せい一杯ひかりをむさぼって、しずかに、かつ悩ましげに息づいていた。また耳をすませば、双翅類《そうしるい》の羽音がかすかな耳鳴りのように、澄明《ちょうめい》な空気をつたわってきた。気がつくと、植物にうばわれていない空間のそこここに、彼らはこまやかに翅《はね》を震動させながら、じっと浮んでいるのだった。言ってみれば、厖大《ぼうだい》な、つかみどころのない、ほとんど畏怖《いふ》をおぼえさせる〈自然〉の息《い》ぶきが、この山頂に充満していたのである。

ひとしきりぼくはじっとしていた。突然、ぼくは自分が足をなげだして坐っているこの巨大な山塊のひろがりを感じとり、一面に群青にかがやいている天空の奥ぶかさを知ったように思った。いうまでもなく、それは孤独の――たとえそれに気づくのはずっと後年であるにしろ――感情である。なじみのないけだるさと寂しさと放心とがぼくをおそった。肉《ししむら》のほのぐらい深みからこみあげてくる妖《あや》しい未知のちからがぼくを駆り、我しらず、こそばゆく頰《ほお》をさす雑草のなかに軀《からだ》をなげださせた。そして、ふりそそぐ盛夏のひかりの下——むせるような植物の匂いと、媚《こび》にあふれた虻《あぶ》の羽音と、底のしれぬ大地のぬくもりのなかで、ぼくははじめて自らを汚《けが》した。

そのとき、ぼくが〈自然〉に対して性欲をいだいたのだといったら、人はわらうであろうか。

……いつしか黄昏《たそがれ》がちかづいていた。空のきよらかな水色が次第に陰影をおび、早春のたそがれに似た寒気がしずかに伝わってきた。

太陽はめくるめく輝きを収め、島々谷の左方の稜線《りょうせん》にかかっている。とおく立ちならぶアルプスの尾根々々の立体感はうすらぎ、平面的に夢幻的に、きびしさを消しさった表情にかわりはじめた。やがてその山々は濃紫色のひとつらなりとなり、余光と夕映のなかに、影絵のように泛《うか》びあがってくるのだろう。すでにさきほどの少女の面《おも》影《かげ》はすっかり消えうせていた。この一見なごやかな展望、一切の起伏や輻湊《ふくそう》の没しさった天地の静寂のなかに、ぼくは自分のたましいに呼びかける山霊のこえを聴いたように思った。そして、稚《おさな》い肉体にしばしばおとずれる圧倒的な憧憬におののきながら、憑《つ》かれたようにこう心に語りかけた。

「ぼくはこの世の誰《だれ》よりも〈自然〉と関係のふかい人間だ。ぼくは自然からうまれてきた人間だ。ぼくはけっして自然を忘れてはならない人間なのだ」

第四章

それからというもの、ぼくのまわりには、大いなる〈自然〉があった。親しみぶかいもの、冷たく拒むもの、おし黙ってうごかないもの、特有な言葉でささやきかけるもの、うっとりと睡《ねむ》らせるもの、欲求の目をみひらかせるもの、それらすべてを含みまじりあわせた自然の生地《きじ》が肌《はだ》にふれ、同時に、この世のあるかぎり伝わってゆくにちがいない豊かな言い伝えの世界が、ぼくの眼前にひらかれた。

いわゆる日本アルプスとよばれる山脈《やまなみ》が、つらなりあい重なりあい、雄勁《ゆうけい》にまた優美に、荒けずりにまた手をこませて、ここの土地に天をめざして屹立《きつりつ》していた。事情のゆるすかぎり、すなわちいくらかの食糧さえ手にはいれば、ぼくはこの山中にわけいり、渓流《けいりゅう》をさかのぼり、尾根を縦走した。今になって顧みれば、それはまったく若者の無鉄砲な単独行といってよかったであろう。日程もきめず、捨縄《すてなわ》をつかって岩壁をすべりおりたり、そこらの岩かげに山岳部から借りうけたシュラーフ・ザックのなかにまるまって一夜をあかした。弱い体力を、ただ理由もわからぬいらだたしさで鞭《むち》うち、突兀《とっこつ》とした冷たいねずみ色の岩を攀《よ》じたのである。三メートルほど墜落したこともあったが、血をにじませただけで骨も折らずにすんだ。豪雨と雷鳴が縦走路の中途でぼくを襲い、骨の髄まで凍えさせたこともあった。季節はずれのこととて、たどりついた小屋には寝具もなく、ひと晩じゅう悪寒《おかん》がとまらなかった。そうしたぼくのすがたは、わけもない内奥《ないおう》の力に追われてさまよいまわる獣の姿にも似ていたかも知れない。

しかし多くの日々、なごやかな眼差《まなざし》を自然はむけてくれた。夜半の山頂にみあげる星の陣は、この世のものとも思われなかったし、またひろびろとまるく群青《ぐんじょう》にのべられた天空からの輝やかしい光をあびて、身をくねらした雪渓が光をかえし、晩《おそ》く萌《も》えでた新緑の色が谷間を満たすのを見おろすとき、ぼくはこの空の下に立ち、この峰のうえに立つ身の幸いを覚えないわけにいかなかった。山巓《さんてん》の空気は一種ふしぎな浄《きよ》らかなものからできていた。それを吸いこむと下界の慌《あわ》ただしさはこの身から失われた。たとえば恒久のしずけさというようなもの、その静寂のなかでなにものかの醱酵《はっこう》してゆく気配というようなもの、そのほか言葉ではあらわせずただ血で感ずるより仕方のないものが、そこではしきりに胸をかすめた。

そういうとき、今まで捜していたものが、わけもなくふっと姿をあらわすのではないかと思われた。地衣の生えた岩のたたずまいとか、這松《はいまつ》の枝のくねり方とか、落葉の下をくぐってゆく水のまたたきとかのなかに、なにかの拍子でぼくはそれを予感することがあった。ちょうど昔、あの大鏡のなかに、ふっと現われるかもしれない形象を期待したときと同じように……。

この土地の四季の移りをいうならば、冬には、痛いまでに肌をさす冷たさのなかに、山容はけだかく立ちはだかり、その起伏と陥没に、いいがたい重量感をあらわしている。黒ずんだ肌にうっすらと粉雪をふりかけた一連の山つづきがあり、きらめかしく陽光を全反射させている雪嶺《せつれい》がある。おどろくべき微細な陰影の凝集があり、目をうばう清浄な光輝がある。一切がきびしい寒気に凝りかたまりながら。

そのうちに、春のきざしが空をわたってくる。小川の土手の雪が水におちこむのが聞えるようになると、とおくの山影はうっすらとけぶってくる。靄《もや》ともつかぬ水蒸気が谷間々々にたゆたい、盆地ではすでにイヌノフグリが可憐《かれん》な花をひらきはじめる。しかし山の春はずっと遅れるのが定めで、ようやく上流の雪がとけると、谷川という谷川は水量をまし、濁りながらすさまじい勢いで岸につきあたる。岩がくずれ小径《こみち》は荒され、流木が横たおしになってうちあげられる。この破壊はやがて跡方もなく消えてしまうものだが、毎年くりかえされる自然の胎動なのだ。この頃《ころ》アルプスのふところは、まだどこもかしこも荒涼とし、豊穣《ほうじょう》な廃墟《はいきょ》といった外観を呈している。だが、東のほうの低山、たとえば鉢伏山《はちぶせやま》とか三城牧場あたりには、春がいそぎ足で麓《ふもと》から駆けのぼっていく。ひと雨ごとに落葉松《からまつ》の玉芽がふくらんでくる。そうこうしているうちに郭公が渡ってきて、谷間から林へと単調な寂《さ》びた声をこだまさせる。牧場の芝が萌え、つつじの蕾《つぼみ》がふくらみだすと、すでにさわやかな初夏の風が梢《こずえ》をわたるようになる。

そうした日々、ぼくは幾度わか葉のそよぐ林のなかに寝そべって、ひと日を過したことだろう。ぼくの手には本が開かれていたが、ほとんど読むということは為《な》されなかった。幾行かが胸に沁《し》み、幾行かが目をかすめると、夜の不眠にひきかえふしぎなくらいに、もうけだるい睡気心地がやってきた。あわい後悔がましい夢がおとずれ、訪れたかと思うとすぐに消えた。風が立って、ひとつの葉がふるえはじめると、葉から葉へ梢から梢へとそよぎが伝わった。するとぼくは、うすく目をひらいたまま、かすかな旋律が、そこらあたりから伝わってくるのを感ずるのであった。あのフルートのものうい独奏部、やるせなく高まってはくずれてゆく音階である。その幻聴にあわせて、夢ともつかぬ幻覚があらわれた。彼方《かなた》に茂った灌木《かんぼく》のかげに寝そべっている牧神が、ゆったりと半身をおこして葦笛《あしぶえ》を口にあてるのだ。神話のつたえる風態《ふうてい》とは異なり、その醜貌《しゅうぼう》多毛のかわりに、しなやかな身体《からだ》にホルスタイン種に似た斑紋《はんもん》をもっていた。おそらく医学生から見せられたニジンスキーの牧神の姿から由来したものであろう。ぼくは横たわったまま、なおも放恣《ほうし》な幻影をよぶ。林の奥のうすあおい樹《こ》かげに、髪をすくニムフの裸身がほの見えることもあった。ぼくは後年、リファールの演ずる牧神を観《み》たが、それとても、このころの稚《おさな》い、だが微細をつくした夢想にはくらべることができなかったと敢《あえ》て言いたい。すき透《とお》るように白いニムフの姿態が一瞬のけぞると、すでにして幻影は消えうせていた。ぼくは目をあげて、梢からのぞく空の色を見、背すじにさわる下草の感触をたのしんだ。柔かい針葉がおちてきて、ぼくの頬《ほお》を刺したりした……。

　この頃になって、西方の山にも本格的な春がやってくる。たとえば上高地平《かみこうちだいら》では、一時にあつまった百鳥のさえずりのなかで、タラの芽をはじめ、すべての灌木が赤っぽい芽をひらきはじめる。ついこの間まで雪の残っていた、まだじめじめした崖下《がけした》の樹かげも、一斉《いっせい》に萌えでた緑ですぐおおわれてしまう。そこここの路傍は、白い小花の大群落で白布を敷きつめたようだ。しかしもっと山を登ってゆくならば、森林帯のなかはまだ雪で径もあらわれていないことがわかるだろう。樹木のわきだけ雪がとけてぽっかりと穴があいている。樹皮につけられた斧《おの》の跡をたよりに上へ上へとすすむと、やがて雪のない這松地帯にでる。斜面の枯れつくした草地のうえには、溶けのこった小雪渓があって、下のほうからちょろちょろと水がながれだしている。だが、注意してみることだ。荒れつくし枯れつくしたそこいらに、ちらほら緑色のものが覗《のぞ》いているし、それどころか、少なからぬコイワカガミがもう蕾をつけていることさえある。高山では、ながい冬がすぎると、いっぺんに春から夏へ移ってしまうのだ。半月もたたないうちに、そうした斜面が、無数のシナノキンバイのふくよかな花弁におおわれて、一面に黄いろい海になってしまうこともある。その変化のすばやさ鮮やかさはまるで魔法のようだ。無数の高山の花たち——砂礫《されき》地帯に数本ずつかたまって咲くコマクサ、思いがけない個所《かしょ》にぽつねんと上品な暗紫色の花をのぞかせているクロユリ、これらの星に似た、鐘に似た、あるいは不均斉なさまざまの形、虫たちを惹《ひ》きつけるための色彩をきそって咲きそろう有機生命のどれをとってみても、おどろくべき精緻《せいち》な自然の造形と意匠がみられる。

それから、飛ぶことのできる花、あの高山の蝶《ちょう》についても、ぜひとも記しておかねばならない。地味な、しかし柿色《かきいろ》の紋によってその同類よりは遥《はる》かにひきたつベニヒカゲやクモマベニヒカゲは、花々のあいだからゆっくりと飛びたっては、また五色の海のなかへおりてゆく。それに反してコヒオドシは、すばやく宙をよぎって岩のうえに翅《はね》をやすめ、二、三度翅を開閉させたかと思うと、もう電光のように消えていってしまう。ミヤマモンキチョウは太い黒帯を黄の衣裳《いしょう》に対照させながら、クロマメノキのあたりをためらいながら飛んでいる。ようやくひとつの葉が気にいると、彼女は腹をまげてまっ白な卵を産みつける。それから、みやびやかなクモマツマキチョウ、風の精かともまごうこの上品な白い服をもつ小天使の前翅《ぜんし》には、選ばれた山人がほんの何回か垣間見《かいまみ》ることのできる、あのローゼンモルゲンのくれないが輝やいている。

——寝ころんでいるぼくの前を、彼女らは次々とよぎり、花にとまり風にたわむれ、その華美な衣裳をひるがえしてみせてくれるのだ。この目で生きている彼女らを見るのは初めてではあったが、ぼくは彼女らを捕えようとはしなかった。採集家のわるい癖は、たとえばハドソンのような人でさえ告白しているとおり、どんな美麗種であれそれが普通種であるかぎりは、彼の目にうつくしく映らなくなってくることだ。しかしぼくの目はもう幼な子にかえっていた。いまさらのように、どんな神秘な偶然が、彼女らの翅にこれほどの斑紋の妙と色彩の渦巻《うずまき》をつくりだしたかを考え、見とれては恍惚《こうこつ》となり、我にかえっては、彼女らのためにまたぼく自身のために微笑した。

……ぼくは彼女らを見つめる。その虹色《にじいろ》のかがやきから、こまやかな翅のふるえから、ずっと以前、ぼくが粗末な網を手に、息をひそめ彼女らの同類にしのびよった数限りない日々、草いきれ、強烈な夏の日ざし、少年時代の楽園がうかびあがってくる。忘れられたときめきが、微光のように、沈んでいた心の深みからよびもどされてくる。一体彼女らこそ、この世に生き残った最後の妖精《ようせい》ではなかろうか。あまりにも脆《もろ》く、あまりにもたおやかに、音もなく燃えたちながら眼前をかすめすぎてゆく彼女らは？　彼女らに魂という観念をむすびつけた太古の人々の気持が、おなじようにぼくを領した。そしてぼくもまた、おなじように単純な、だが象徴的な物語をつむぎあげた。物象におどろきを感ずるすべての未開人と似かよった道すじをたどりながら。

またもやぼくのまえに一匹のクジャクチョウがおりたつ——あの素晴らしい眼紋と光輝とにつつまれて。この蝶の羅甸《ラテン》名の種名には、伝説のつたえる少女イオの名がもちいられている。彼女は愛ゆえに牝牛《めうし》の姿となり、ゼウスの妻がおくった嫉妬《しっと》の虻《あぶ》に悩まされながら、各地をさまよいまわらねばならなかった。見なれぬ国の太陽がのぼるとき、疲れきって目ざめた少女の膝《ひざ》もとから、生れたばかりのやわらかい蝶が舞いたった。少女の涙はその翅のうえにこぼれた。それ以来クジャクチョウの前翅には、痛々しい涙のあとが、いまだに真珠のように光っているのだ。伝承のことをいうならば、森林の下草にまじって輪生の葉をひろげているクルマバツクバネソウは、パリスの名をもって呼ばれている。美の褒賞《ほうしょう》としてヴェヌスの手に黄金の林檎《りんご》を手わたした若者、あの長年にわたる戦役の原因となった若者の名である。またイワナンテンは、日の神に愛された少女レウコノエのうなじの白さを、今もまだつつましいその花のすがたに示している。尾根の砂礫のあいだに簇集《そうしゅう》するイワヒゲも、また壺形《つぼがた》の小花をひらくヒメシャクナゲも、それぞれカシオペイア、アンドロメダという名を属名に冠していた。そして夜には、同じ名でよばれる星座が、おどろくばかり間近く、はっきりと、なじみぶかい形をあらわすのだったが、夏であればこの両者よりも、ヘラクレスとか白鳥座、蛇使《へびつか》いや蝎《さそり》や射手《いて》などの星の陣が、それぞれの古い物語をくりひろげてくれるのであった。

ときとすると、ふりそそぐ光の粒子と極度に透きとおった大気の中で、自分がひょっとすると自分とはおよそ縁どおいあるもの、たとえば世間でいう詩人とかいうものではないか、という観念がひょっこりと浮んでくることもあった。いつだったか小学生のころ、パステルをあやつったときのような、内奥からたちのぼってくる何者かの力をぼくは感じた。そして、その捉《とら》えがたい影をさぐろうとして手をのばし、その憧《しょう》憬《けい》とも渇望《かつぼう》ともつかぬもののために身もだえした。しかし、それはわずかにぼくのくちびるをふるわせただけだった。それは言葉とはならなかった。それは喉元《のどもと》で渦をまき、胸を波だたせるばかりで、やがてたゆたって、ゆらいで、消えてしまった。どこへとも知れず、がらんとした空虚さをあとに残して。それは誰《だれ》だって、こんな場所にこんなふうに坐《すわ》っていれば、こんな妙な、こんなななにか面《おも》はゆい気分にもなるさ、とぼくはつぶやいて自らの妄想《もうそう》をひどく恥じた。だが、そのうちに、こんなふうに考えることもあった。もしかすると、もしかすると、いつかぼくは目をひらくかも知れない。ぼくの目が事象の背後を透視し、その本質をみぬけるようになる日がくるかも知れない。……ぼくは眉《まゆ》をしかめた。口をとんがらかした。また肩をすくめてもみた。あげくの果、リュックサックから飯盒《はんごう》をとりだして平らげ、そのうえパンのかけらをとりだして齧《かじ》り、こんな食いしん棒な詩人ってあるかしら、と思った。

しかし、平らかな心の状態ばかりはつづかなかった。変りやすい高山の天候そのままに、いらだたしい、目的のわからぬ欲求がやってきた。同じように原因のわからぬ煩悩《ぼんのう》がやってきた。激しい情欲のごときものがとおりすぎ、ついでおそろしいまでの寂寞《せきばく》があたりをとりかこむこともあった。

ぼくはくるおしく軀《み》をおこして、燥《かわ》ききった空の下の、うつくしく調和にみちた世界をみつめた。ものみなは、あまりにも浄らかに、あまりにも非情にひろがっていた。〈自然〉のどの一片すら——なんという秩序、なんという統一、なんという均斉さであったことだろう。ぼくはあらあらしく草をひきちぎり、露出したくろ土に顔をすりつけた。なにがなし獣の匂《にお》いをもとめた。雷にうたれて死にたいとも願った。雷鳥の雛《ひな》をとらえて締め殺したいとも念じた。ぼくは急な斜面をころがった。ころがりながら、刺すような植物の香を憎んだ。なおも無鉄砲にころがると、灌木の幹がぼくの身体をうけとめ、つきでた枝がぼくの手を傷つけた。起きなおろうともせず、ながれでる血をながいあいだ乾いた口に吸った。あたかも傷ついた獣のように。

だがやがて、しずかに落着いた秋の日がやってくる——すぐ間近に凋落《ちょうらく》と凝結を暗示しながら。

すっかり黄いろくなったダケカンバのひと葉がふと梢をはなれると、みる間に谷中の黄葉が数知れず散りみだれる。そしてようやく吹きおこってきた風に体をもたせて、堅く濃く晴れあがった空の青みのなかを漂うのだ。すでにそのころ、あの華やかだったお花畠《はなばたけ》は、うらぶれて、かげって、みるかげもなく霜にひしがれている。春とは逆に、山頂から麓へと、厳粛な衰退と分解の影がおりてゆく。まだ麓では、黄にくれないに茶褐色《ちゃかっしょく》に変じた下草や雑木のひとむれが、やわらかな珠《たま》のような日ざしをうけて、最後のかがやきに燃えたっているが、おくぶかい林のなかは湿っぽい落葉の匂いにみたされ、林道のうえに散りしいた落葉松のこまかい針葉が、ひと夜の雨にかたよせられ、薄茶色の縞《しま》をつくっている。

なによりもあの清らかな梓川《あずさがわ》の色をみるとき——口にはいえぬ微妙な変化、わびしげな、頼りない、前よりももっと純粋な水のいろから、人はすぐそばに迫っているなにものかを感じる。それはすぐやってくる。ある朝目ざめると、はるかな白茶けた巨大な岩のかたまり、一万尺の峰々のあたりに、うっすらと、だがまぎれもなく、雪姫の舞いおりた痕跡《こんせき》が見られるだろう。それどころではない、幾日もすぎないうちに、まだあわい日ざしが色を失いかけた紅葉をてらしているというのに、実にこまかいものが、山小屋のまわりをちらちらしている。雪なのだ。一切をふかぶかとおおい隠してしまう雪の先ぶれなのだ。

このようにして、やがてなにもかも、白いきびしい冷たさのなかで睡《ねむ》りにつく。

⁂

これまでぼくは、種々の層の追憶を語ってきた。

だが、どんな幼い憶《おも》い出《で》にしても、年とともに成熟し、年輪をましてゆくのは確かなことらしい。憶い出にでてくる自分がたとえ頑是《がんぜ》ない子供であるにしても、やっぱり今の自分と変りがないとも言えるのだ。しかし、時間によっていささかも影響をうけぬ埋もれた記憶というものもありそうだ。われわれの深部には、時間がとどこおり、あるいはその場だけで循環している部分があるのだから。そうした埋もれたものがひょっこり浮びあがってきたとき、人ははじめて〈刻《とき》〉を知るのであろうか。〈刻〉のなかにある自分を考えるのであろうか。自らを形成している諸々《もろもろ》のものが、実は普段考えていたよりも、ずっと深く遠いものに根ざしていることに、はじめて気がつくのであろうか。

ぼくはここで一、二の挿話《そうわ》、忘れさられた幼年期のよみがえりについて書こうと思うのだが、それはひどくむずかしいことのようだ。もしもある物語の真の意味が伝わらずに、単なるあら筋だけが伝わるのだとしたら、それは随分つまらないことになるだろう。人は誰でも、なんらかの物語を身体《からだ》のなかにもって生れてくるもののようだ。その人が真のおもみを感ずる体験というものは、案外はじめから体内にある物語のなかに含まれているのかも知れない。どんな些細《ささい》な事柄《ことがら》にもそれぞれの意味があるものだし、偶然というものは、人々が考えているよりはるかに尠《すくな》いものなのだ。

そこは平凡な谿間《たにま》の道にすぎなかった。次第に谷は狭《せば》まり、屹立《きつりつ》した崖から山水がちいさな滝となって、白くたぎっている下方の渓流《けいりゅう》にながれおちていたりした。谿は時折ふたつに岐《わか》れたり、あやうい釣橋《つりばし》をわたることもあったが、変ることのない瀬音に律せられた単調な歩みを、ぼくはもうずいぶん続けているらしかった。そのくせ心の底には、常になにかをまさぐっているような内気な不安、一種の落着きに通ずるような漠《ばく》としたいらだちがあった。——どのくらい歩いた頃だったろうか。ふと横手に口をあけた新しい谷間の奥に、かなり大きな滝がかかっているのが目をひいた。なぜか殊《こと》さらにその滝にぼくは執着した。木の間がくれに白く落下している水幕のありふれた光景であったが、それはふしぎなほどぼくを惹きつけ、どうしても傍《そば》に行ってとっくり眺《なが》めたいという気持を生じさせたのだ。

いや、そのことよりも先に、ぼくは道すがら出会った風物について語らねばならぬだろう。この谿にわけいったのはその日が初めてであったが、谿の入口にはところどころ山葵《わさび》が栽培されていた。ひろまった谷川の川原は、一面におおきな円形の緑の葉で満たされ、粗末な杭《くい》には針金がめぐらされてあった。ひやっこい針金に手をふれ、重なりあっている葉の群をのぞきながら、ぼくはそこを通りすぎた。ながいことぼくはあるき、人里を大分はなれた箇所で、岩のあいだに小さな焚火《たきび》をこしらえた。時間にもとらわれず二合ばかりの米をたくと、乾燥味噌《みそ》をふりかけてゆっくりと食べ、なお燃えのこっている、昼の光にてらされた低いあわい炎が消えつくすまで眺めていた。そしてまた歩きだしてから、ぼくは実になつかしいものを見た。

一群の白っぽい蛾《が》の群が、谷間一杯にひらひらと漂っていたのだ。それは花吹雪にも似ていたし、こまかく紙をちぎってまき散らしたようにも見えた。忘れもしない昼間とぶ蛾、キアシドクガの羽化期に行きあったのである。高く低くゆるやかに飛びめぐる彼らを見ることは、信州にきて最初の体験であった。彼らはすこしも変らなかった。ちょうど幼いころ伯父の裏庭でそうであったように、姉がうっとりと眠るようにして〈死〉に連れさられた日にもそうであったように。彼らは自分らの故郷、樹皮の痘痕《あばた》のようになった一本のミズキの老木を中心にして、同じようなくりかえしを続けていた。ぼくは近よって、ざらざらした幹を両手で撫《な》でてみた。破れはてた蛹《さなぎ》の殼《から》がいくつも付着していたし、うすぐろい卵の帯もそこここに産みつけられていた。すべてが昔のとおりであった。なにも知らなかった子供のぼくもまた、こんな具合にあのミズキの幹を撫でたものだった。貪欲《どんよく》な幼虫たちに喰《く》いあらされて葉脈だけになった梢《こずえ》をみあげていると、わけのない懐《なつか》しさと寂しさが胸をみたした。その場をはなれて、いよいよ細まりだした径《みち》をたどりだしてからも、なにか遠い過去のなかへ引きこまれてゆくような気分が、ながいことぼくをとらえて放さなかったのだ。

とにかく、そのとき彼方《かなた》にあらわれた滝はふしぎなほどぼくを惹きつけ、なんの顧慮もなくぼくはもっとそちらに近づきたいと念じた。径はまったくなかったが、濡《ぬ》れてつるつるした岩を伝い、崖からたれた蔓草《つるくさ》をつかみ、ぼくは苦労してそちらへ近づいていった。やがて、こまかい冷たい微粒子が、風にのって顔にふきつけられてきた。足元には、濡れしょぼれた羊歯《しだ》の葉先がぶるぶるとそよいでいた。しかしそれ以上進むことは許されなかった。岩はあまりに急で、しかも辷《すべ》りやすかったから。ぼくは片手に岩角をつかんだまま、どうしたものかとしばらくためらっていた。そのときであった。ぼくの眼前を、なにかキラキラする、まばゆい物体がすばしこくよぎったのは！　背筋がぞくっと痺《しび》れたのを憶《おぼ》えている。身体《からだ》の硬《こわ》ばるのを覚えながら、ぼくは一心不乱に、その銀白色のひらひらするものを見守った。正体はすぐ判明した――それはウラギンシジミ、かつてぼくに特有な幻惑をおしつけた、あのきららかな鱗粉《りんぷん》の光彩であった。

次の瞬間、ぼくはとっさに憶いだしたのだ、消えさっていた遠い日のことを。

……ぼくのかたわらには、ねずみ色の服をきた猫背《ねこぜ》ぎみの背中がゆらゆらしていた。それは父のうしろ姿にちがいなかった。それから母もいた。顔かたちはうかばなかったが、優雅に佇《たたず》みながら、案内人の説明に耳をかたむけているらしかった。ちいさな姉は滝の落下する音がこわいらしく、片方の手でしっかりとぼくの手につかまっていた。滝壺のあたりはこまかい飛沫《しぶき》がたちこめて白く霞《かす》み、足元の岩からにぶい地ひびきが伝わってきた。

そしてまたぼくは憶いだした。

「あのねえ、はじめ……」と、姉が滝壺の伝説を話そうとして、もじもじと身体をゆすっているさまを。

「木樵《きこり》が」と母が手助けをした。

「木樵がいたの。すると、蜘蛛《くも》の糸が足にからむの。それが……蜘蛛……なんて蜘蛛だっけ」

ぼくの脳裡《のうり》には、姉の可愛《かわい》らしい繊細な、まるで丹念につくられた人形に似た姿がそのままによみがえった。それからもっとほかの多くのことどもも。水底《みなそこ》の風景のような白くたるんだ蚊帳《かや》の波、その外側につかまりながら羽ばたいているいくつかの夜の来訪者――そしてぼくの耳には、かるやかな母や姉の寝息と、父が本をめくる音とがはっきりと聞えるように思った。

ぼくの胸ははげしく波うち、膝はわけもなく震えた。そのまま思わず軀《からだ》を倒して、冷たい濡れた岩角に顔をおしつけた。しばらくのあいだそうしていた。やがて、ふしぎな酩酊《めいてい》のうちに顔をあげたとき、ほとんどあたりの風景が一変しているのをぼくは知った。強《し》いていえば、はるかな幼年期が、突然、やせて背たけばかりのびたぼくのもとへ戻《もど》ってきたのである。なんというあざやかな外界の変化、そして思いがけぬ内界の移転だったことだろう！　いつだったか、長い腎炎《じんえん》の臥床《がしょう》のあと、はじめて戸外へでることを許された日に、これと似た目新しい感覚を味わったことがあった。早春の一日であった。縁側から庭へおりたつと、霜にたがやされた黒土のしめりが、下駄《げた》をとおして素足に沁みとおってきた。ようやく歩きそめた幼児のように、ぼくはおずおずと足をはこび、うすい軽やかな空気を鼻孔から呼吸した。ぼくをとりかこむ世界は、たとえようなく新鮮で、深くひろく底が知れないように思われた。

しかし、このときぼくは、はっきりと幼年期そのものを皮膚に感じたのだ。その奥ぶかい湿やかな肌《はだ》ざわり、幾重にも翳《かげ》のかさなったほのぐらい世界、そのなかで臆病《おくびょう》げに、だがせい一杯目を瞠《みひら》いていたちいさな自分、――滝の冷気が漂ってくるたびごとに、忘れていたものが帰ってくるのが感じられた。どうして人は忘れてしまうのだろう。なぜあんなに大事なものを？

かたわらでは、すっかり濡れしょぼれた羊歯のひとむらが、こまかい葉を小刻みにふるわせていた。すると、その濡れた緑がそこから溶けだして、滝のほうへと流れてゆくように見えた。

もうひとつの挿話、それは学校の図書館の、書庫においての出来事であった。その日ぼくは、ほとんど顔しか知らぬ独逸語《ドイツ》の教授に、ある本を貸してもらいたいと申しでてみた。もしも旧制高等学校のわるい点を捜すならば、あまり授業には見かけないあやしげな生徒を尊重するという気風も、たしかにそのひとつであったろう。教授はぼくの寝不足の顔をみただけで、すぐさま頷《うなず》き、一緒にこいと言ってくれたのだ。二人が図書館の事務室をぬけ、書庫への階段をのぼると、厚いドアがにぶい音をたててきしった。ぎっしりと書籍のつまった一つ二つの部屋を通りぬけるとき、ひんやりと淀《よど》んだ大気がぼくをとりかこみ、埃《ほこり》と黴《かび》の匂いが鼻をついた。

ぼくは今はない伯父の家の一室を思いおこした。そこは倉庫代りに使われていた古い洋間で、父の遺《のこ》した書籍がぎっしりと積みかさねられていた。隙間《すきま》もないほどレッテルの貼《は》られた大トランク、長持のようなもの、掛軸の木箱などが重なっていたし、またぼくの数十箱の標本も置かれてあった。いつもカーテンのひかれてある窓からしのびこむおぼつかない光が、うっすらと埃をかぶった物象をてらし、天井からたれさがった蜘蛛の糸をうきださせていた。この部屋のなかで、ぼくはなぜかしんとした、沈みきった幾刻かを過すのだった。ぼくは茶褐色にぬられた重い標本箱をとりあげて、藍色《あいいろ》の、緑色の、宝石のようにひかる金亀虫《こがねむし》の一群をながめた。あるAnthracophora（マダラコガネの一属）は中世紀の騎士の甲冑《かっちゅう》に似ていたし、あるTrichius（トラハナムグリの一属）は古代の王家の紋章をおもわせた。それからまたぼくは、大きくなったらお前のものになるのだと伯父から言われている、古い、いかめしい、子供には縁どおい父の遺物をながめた。ときどき画集などを手にとって、僧侶《そうりょ》の手になった古代の肖像とか、ルネッサンスの巨匠たちの精巧な写真版をひらいてみた。湿った紙がめくるたびに、ごくかすかな音をたてた。またひとつのトランクをあけると、大日本帝国政府と記してある旅券だの、零《ゼロ》がいくつも連なっているマルク紙幣だの、多くの外国の絵葉書、劇場の切符などがはいっていた。どれも黴の匂いがした。わけもない懐しさと落着きとを覚えながら、ぼくはそれらのものを仔細《しさい》に点検するのであった。ながいことかかって、猫背ぎみに、首をやや左にかしげながら……。

「この棚《たな》ですよ」

と、ふいに教授が足をとめて言った。おしつぶされたような、それでいてよく透《とお》る声であった。

ぼくは我にかえって、前の書棚にならんでいる書物の列を見た。さまざまの装幀《そうてい》の背文字に、誰にとってもなじみぶかい作家たちの名がならんでいた。そしてちょうど胸の高さの段に、ぼくの目当てにしていた一連の書物があった。うすい焦茶色《こげちゃいろ》の布地に金文字で表題がよみとれた。子供じみた興奮と陶酔が一瞬ぼくの心をとおりすぎたが、それはむかしはじめて昆虫《こんちゅう》図譜を手にしたときの緊張、もっと後に或《あ》る昆虫の会に入会し、表題の下に意味もわからぬ横文字の記されてある機関誌をうけとったときの酩酊にちかかった。

「ヨゼフはありませんね。誰《だれ》か借り出していってるのでしょう」と教授がいった。「じゃ君はよみたいものを選んでいてください。私はちょっと捜すものがあるから」

そのまま彼はむこうへ行ってしまった。ぎしぎしいう床の音がしずまると、奇妙なほど室内が広く感じられた。

——二、三ヵ月前に、ぼくはほんのなにかの拍子に、独逸語研究会とかいう学生たちの会合に出席したことがあった。渡されたプリントをみると、ぼくの語学力ではとてもついてゆけそうになかったし、どうやら補習授業のような観がしたので、ぼくはすんでのところで教室を逃げだしてしまうところであった。しかし、冒頭の一行がぼくをその場に居残らせた。その文句というのはこうである。

過去という泉は深い……

それは、あのリューベックの作家が十六年間にわたって紡《つむ》ぎあげた巨大な叙事詩、ピラミッドにも似た作品の序曲、『地獄めぐり』の最初の一行であった。もとよりぼくはそうしたことを知る筈《はず》もなかったが、なにがなしの興味にひかれてしばらくのあいだ教授の逐語訳におとなしく耳をかたむけていた。そうこうしているうちに眠けがさしてきて、机のうえに顔を伏せて半分まどろみはじめた。それでも意識は眠りきらず、教授がひとくぎり訳しおえて、『地獄めぐり』の梗概《こうがい》を話しだしたのがぼんやりと耳にはいってきた。おしつぶされたようでいて、そのくせよく透る声であった。ちょうど昔、滝の伝説を物語った案内人の声のように。女郎蜘蛛の精の話ではなかったが、もっと奇妙な、もっと象徴的な、もっと古い言い伝えを彼は物語った。あの東洋の太初の認識論、あのヘブライの原人についてのふしぎな伝承、形のない物質と、それに惹《ひ》きつけられ囚《とら》われた霊魂と、これらを救済するため天上から遣わされた精神との意味ぶかい寓話《ぐうわ》であった。——なにがぼくの心を魅したのか、なにが未開の心に生じたのか、それは今となっても定かに判断することはできない。しかし、かつての滝の伝説と同じように、その難解な物語は、認識としてより感覚として、思念としてよりは感情として、心に沁《し》みとおっていったのにちがいない。ぼくは『彼』の名を知り、『彼』をよみはじめた。人が生涯《しょうがい》にはじめて経験する、あの没入的な読書体験というものほど、特殊な、貴重な、霊妙なものがあるであろうか。限られたものに対する身をささげる共感と、他の一切のものに対する途方もない疎遠《そえん》感——それは精神の初恋とでも言われようか。たとえ、それがどんな種類のものであるにせよ、当人にとってはふたたびめぐりあうことのないものに相違ないのだから。

どこもかしこもがしんとしていた。ぼくは一冊二冊の本を手にとり、すでに訳本で暗記しているそこここの個所《かしょ》を目でたどった。それから本を書棚に返し、なにかぼんやりと、うすい埃についた自分の指跡を見つめた。ささやかな光が窓からしのびこみ、無数の本たちの皮表紙をにぶくひからせた。彼らは書籍という面をつけ、おし黙って並んでいた。読まれることなんぞ希《のぞ》んでいないというふうに、倨傲《きょごう》にかたくなにしずまりかえって、塵《ちり》とともに積み重なっていた。

ぼくはひくひくと鼻孔から息をした。古い部屋と湿気と黴の匂いがぼくの内部にながれこんできたとき、ぼくはすでにあの父の書庫にひとり佇んでいるぼくであった。伯父の家の一室に画集をいじくる少年ではなくて、忘れさられていた高いすすけた天井の下の、本棚のあいだをさ迷う幼児であったのだ。身うごきをすると、床がおびえたように銹《さ》びた軋《きし》りをたてた。あちらの辞典らしいぶ厚い本がうさん臭そうな視線をむけていた。こちらの赤表紙の本が親しげに目くばせをした。昔したと同じように、ぼくはいそいでそちらに目をやってみた。そしてぼくには、あのノブのこわれたドアが、今にも音もなく開くのが見えるような気さえした。

跫音《あしおと》がして教授がもどってきた。夢想からひきはなされたぼくは、結局『彼』の自伝が載っている『ノイエ・ルントシャウ』という雑誌を借りうけることにした。その一頁《ページ》を『マリオと魔術師』の広告が占めており、一見稚拙なペン画で妙に表面的な可笑《おか》しみを誘う魔術師の姿が描かれていて、それがむかし奇術に凝っていた若い叔父に関する追憶をひきだしてくれたからでもあった。

記憶というものは、どれほどの層をなし、どれほど複雑にいりくんだものなのであろうか。

ここに述べている物語とは殆《ほとん》ど関《かか》わりのない現在となっても、ぼくはひょっと思いがけぬ昔の事柄《ことがら》を憶いだすことがある。たとえば衣魚《しみ》についての追憶などがそうだ。おそらくは父の書庫のなかであったろう。あるとき妙なほそ長い虫が和書のふちにとまっているのが見つかった。そいつは非常にじっとしていたので、ぼくにはとても走ることのできる虫だとは思われなかったのだ。指先をふれようとすると、そいつは目にもとまらぬ素迅《すばや》さで、あっという間に消えてしまった。キラキラ光る銀白色の粉が指先にのこっただけであった。それまでそのような虫は見たことがなかった。書物たちの部屋には似つかない、たとえば母の部屋からきた外来者のようにも考えられた。銀白色の粉はあまり光りすぎたので、ぼくはズボンでそれをぬぐいおとした。指が腐りはしないかという心配とともに、甘酸《あまず》っぱい心残りもちょっぴりした。

子供心にはわからぬうちに、厖大《ぼうだい》な書籍のいくらかが伯父の家の一室に積みかさなるようになり、ぼくが段々と文字を知るようになってからも、なぜかぼくはそれらを読んでみようという気にはならなかったようだ。せいぜい絵のある本を覗《のぞ》いてみるくらいのものであった。彼らはあんまりのさばりかえっていたので、なんだかそうしてのさばらしておくより仕方がないような気がしたのかも知れない。

はじめて童話のたぐいを読んだのは一体いつだったろう。人魚だの妖精《ようせい》だの赤い蠟《ろう》燭《そく》だの、いろんなものがいちどきに頭にはいってきたので、ぼくはどうやら眩暈《めまい》がしてしまったらしい。それはひどく大儀なことだったから、ぼくはそれから本をよむことをやめてしまった。さまざまの本をよんで頭を一杯にしている人たちは、一体どんな了簡《りょうけん》なのだろうと思わないわけにはいかなかった。きっと日がな頭がおもくてやりきれぬことだろう。……そのくせぼくは、本を著わした人のことなんか思ってもみなかった代りに、それをこしらえた人はどんな顔をし、どんな恰好《かっこう》をして、紙を切ったり表紙の色をつけたりするのだろうとはよく考えたものだ。そして自分も、きれいな本をこしらえてみたいとも思ったし、また書物の山に背をもたせながら、ひょっとすると来世は本に生れかわってくるかもしれないとも考えてみた。それならば、あんな形の、あんな色合の本になり、うすぐらい書庫の隅《すみ》にまぎれこんで、誰も自分をよまないように、じっと息をころしていようとも思ってみた。

いまぼくは、父の写真を一枚もっている。そして父をたいへん気の毒なひとだと感ずるのだ。彼の目はいかにも疲れきっている。空白に、平穏に、眠りこけてしまいたいと、その目は渇望《かつぼう》しているように見える。眠ろうとねがいながらなお瞶《みつ》めなければならぬ生涯ほど、貪婪《どんらん》な残忍なものがあるだろうか。なるほど父はわずかの仕事しか残さなかった。しかし、ひとつの世界に安住した学究より、その生涯が安楽なものであったといえるであろうか。それはそれとして、もし彼があの書物たちと暮さなかったなら、もうすこし幸福そうな翳がその表情にのこっていたことと思われる。あんなにのさばっていた本たちのことだから、その力もばかげて強かったのだろう。

……しかしながら、その日ぼくは、借りたばかりの『ノイエ・ルントシャウ』を大切そうにかかえ、おそらくは夢見がちな顔をして路上をあるいていたにちがいなかった。

町には初冬の匂いがした。いつ湧《わ》きだしたか、灰いろの靄《もや》があたりをおおい、そのなかを人々はオーバーの襟《えり》をたてていそいでいた。ときどき思いだしたように、薄れかかった日ざしがながれ、沈んだ暗い色となって流れている川の面《も》をてらした。靄のなかに連なっている軒の低い家々は、年老いた生物がうずくまっているかのようだった。地面は固く、すでに地の底では、ひそかな凝結が始まっているにちがいなかった。

実際、そのときぼくは、半分夢をみている状態にちかかった。さきほどの記憶のよみがえりが心の大半を占めていたのである。そうした古い過去の空白をうめることが、自分の実体をすこしずつ解明してゆく営みのように思われた。充実した放心にぼくはひきこまれ、うすら寒い靄におおわれた街並は、そのため夢像のように視界をかすめるにすぎなかった。

気がつくと、ぎっしりと人が腰をかけている広間にはいっていた。しばらくの間、ぼくには自分がどうしてこのような場所にいるのか、判断することができなかった。見ると前方の一段たかい場所に電蓄がおかれてあり、そこから湧きおこる旋律に人々はしずかに耳を傾けている様子であった。首を上むけて目をつむっている人もいたし、頭をすっかり胸におしつけている人もいた。それぞれが自分ひとりの儀式を営んでいるようにも見えたが、いくらかは厳粛であり、またいくらかは滑稽《こっけい》な感じがした。

どうした訳でこのようなコンサートにまぎれこんできたのかとあやしみながら、ぼくはそれでも空いている椅子《いす》に腰をおろした。……そのうちに音楽がとぎれた。周囲で人々が立ったり坐《すわ》ったりしはじめた。そうしたざわつきが、いっそうぼくをひとりにし、腰かけている固い冷たい木製の椅子から、ぼくは自分の体温を意識した。まもなく場内がふたたび静かになった。と思ううちにぼくは、すぐさま奇妙な酩酊にひきいられながら、すでにぼくにとってなじみになっているある旋律を――次第に高まってはけだるく崩れてゆくフルートの独奏部をきいた。そしてさいぜん放心したままこの公会堂にはいるとき、立看板の演奏曲目に『牧神の午後』の文字をよみとったことを憶《おも》いだした。いや、それを見たからこそぼくはここに坐るようになったのだろう。

目をつむってぼくは夢想した。それは幼年時代によくやった自己催眠であり、ほしいままの儀式であった。

ゆらめきもつれる楽節のなかに、ぼくは見た。小暗い樹《こ》かげに、牧神がゆったりと軀《み》をおこし、その葦笛《あしぶえ》を口にあてるのを。頭上を覆《おお》ったオリーヴの銀緑の葉がおのずからひるがえるのを。また乾ききって陶器のように拡《ひろ》がっている天空に、ヘリオスの御する神聖な火の車が光り輝きながらわたってゆくさまを。そこは蜂《はち》の巣のように無数の穴の口をあけている岩山のつづく古代の土地であった。また蒼《あお》い影と木洩《こも》れ日《び》のちらつくアルカディアの原始林であった。数々のニムフたちを、そのほっそりした腕を、愛くるしい肩を、透きとおるほどの裸身をぼくはみた。鬼羊歯《おにしだ》のかげを、きらかな皮膚をひからせて蜥蜴《とかげ》が走りすぎると、竜舌蘭《りゅうぜつらん》の幅ひろい葉のうえで、一匹のコガネムシが雨にぬれた翅鞘《ししょう》をひろげようとしていた。たちまち無数の蛾《が》の群がとびたち、小刻みに翅《はね》をふるわせながら、ニムフを、動植物を、ぼく自身をとりかこんだ。彼らの目が妖《あや》しく燃えたった――紅玉のような、緑玉のような、金いろの、銀いろの、不気味にうつくしい複眼が。そして夢のような気分のままぼくはおもった。そうだ、ひょっとするとぼくはあのとき、〈美〉自身を、見ることの許されぬそのあらわな裸身をみたのかもしれない、と。連想のたどる必然の道すじをたどって、ぼくは古い創作のえがく美の誕生、エロスに黄金の矢を与える女神の誕生を夢みた。奔放な太陽が海原にふりそそぎ、けだかい、精緻《せいち》なひとつの姿態が水とたわむれるさまを照らしていた。この神の思想としての純粋な形態のまわりで、ネプトゥヌスの三叉《さんさ》の戟《ほこ》がおどり、しぶきをあげ、泡《あわ》だち、嘆賞の唄《うた》をうたった。そして海面すれすれに迎えとびながら、四人の季節の女神たちが、やがて水からのがれてくる高貴な頭に、不死の冠を被《かぶ》せようと待ちもうけているのだった……。

ふたたび現われたフルートの旋律が、ためらって、うすれて、とぎれようとしていた。前方にならんでいる人々の頭の列——それをぼくはほとんど海原のように感じていたのだが——のなかから、ひとつの像《すがた》がたちあがり、こちらに歩いてくるのが見えた。夢見ごこちのうちにも驚嘆しながら、ぼくはそれが自らの胸裡《きょうり》で育《はぐ》くんでいた像とあまりに酷似しているのを認めた。

清楚《せいそ》な檸檬《れもん》色のセーターにつつまれたその姿は、ニムフたちのたおやかさをそのままに再現していたが、そのほそ面の可憐《かれん》な顔だちに、かの女神の美が具《そな》わっているといったら言い過ぎだったろう。しかしその顔は、いつぞやの夢の像そのままといってよく、いくぶん茶がかった、いくぶん懶《ものう》げな、柔かな髪が肩のうえまで無造作にかかっていた。そして少女は心もち目を伏せ、なんだかいらだたしげな半分怒ったような表情で、下唇《したくちびる》をかるく噛《か》みながらぼくの横を通りすぎたが、そのとき一瞬黒く閃《ひらめ》いた瞳孔《どうこう》のいろほど、人に魅惑的な印象を与えるものは有り得ないように思われた。ひとりの小娘に対するこうした描写を大げさに感ずる人があったとしたら、ずっと以前のことを憶いだして頂きたい。たとえば、幼いぼくの目に映じたあの原っぱや虫類の印象は、この世ならずみずみずしく鮮やかだったではなかったか。

公会堂の門のところで、彼女はそれまで手にしていた男もののようなレイン・コートをぎこちないこなしで身につけた。自分自身おどろいたことに、ぼくはいつの間にか、その少女のあとを尾《つ》けていたのである。かなり古びた灰色のレイン・コートをまとうと、未完成な少女の姿態はいっそう愛くるしく見えた。

彼女はしゃくれた頤《あご》をうつむけて塵《ちり》をはらった。かぎりなくあどけない、いささかの冷淡のひそんだ口元をゆがめて、もう一度演奏曲目のかいてある立看板に目をやった。右手をあげ、ほそい、いくらか節くれて見えるような指で、血色のない琥珀色《こはくいろ》の頰《ほお》のあたりにたれかかった髪をはらいあげた。それからまっすぐに、端正な子供らしい足どりで歩きはじめた。

酔ったようにあやうい気分のまま、ぼくも誘われるようにそのあとを追った。

町にはまだ靄《もや》がたちこめていた。家々はうち凋《しお》れたようにぼんやりと連なっている。地面は湿って、しかも固かった。ときおり、刺すような奇妙な感情が胸をついた。これは何なのだろう、この夕暮の町に漂っている霧のようにしめやかな感情は？　ぼくは跫音《あしおと》をしのばせた。そしてともすると引きこまれがちな放心から覚めては、なにか奇跡を見るように、数メートル先を歩いてゆく貴重なすがたに目をやった。ふいに、前方の靄がひらけて、一日のなごりの光がいくすじか街上にながれ、少女の髪を明るい鳶色《とびいろ》に燃えたたせた。

追憶がぼくをしめつけた。

駅前の広場で、ちいさな古ぼけた市電が行手をさえぎった閑《ひま》に、ぼくは立ちどまった少女に追いつき、彼女のすこしあおざめた頬に、寒気のためかうっすらと血の気のういているのを見た。弓形のほそい眉《まゆ》と、その下に焦点も定まらずに瞠《みひら》かれている瞳《ひとみ》と、ややこましゃくれた、そしてあぶなげな口元とを見た。かつてひそかな愛慕をよせた幾人かの像が、一瞬の間にのこらず帰ってくるようにも思われた。少女の美は、それゆえぼくの内部にあっては、もっとも個性的でありながら、しかもある種の類型であり周知のものであるといってよかった。

しかしながら、表情の閉ざされた少女の顔（それはそのとき光線の加減で曇って憂《ゆう》鬱《うつ》げに見えた）がなにかの拍子にこちらをむき、いぶかしげな視線がとおりすぎたとき、それまで一度も経験したこともない異常につよい羞恥《しゅうち》と狼狽《ろうばい》が、ぼくの顔をうつむけさせた。ぼくの足はためらった。そしてその場に立ちつくしたまま、（『彼』の表現を借りるとすれば）この世の事物が複雑に悲しくなりはじめるところまでは決して見ることを知らぬであろうその少女が、まっすぐに駅の構内に消えてゆくのを見送った。

駅の背後からは、低いおぞましい空に煤煙《ばいえん》がゆったりと立ちのぼり、蒸気機関の慌《あわただ》しいひびきが伝わってきた。しばらくたってぼくは、借りたばかりの『ノイエ・ルントシャウ』をいつの間にか紛失してしまっていることに気づき、ほんのすこし狼狽した。

⁂

さて、ゆっくりと、こまやかに刻《とき》がながれた。

いま思いかえしてみても、あのように充実した、あのように緻密《ちみつ》な時間というものをぼくは知らない。暦のうえでは長からぬ期間ではあったが、幼時のたましいが外界をむさぼるように、その日々には絶えずなにものかが遺《のこ》された。

たしかにそれは幼年期自身の再現であった。そして幼時期とは、神話の個別的なくりかえしであり、時間をこえた公式であり、循環する体験でなくてなんであろう。この間、ぼくの生活は、およそ三つのことに規定されていたと言ってよい。ひとつは遠い昔の記憶をよみがえらせること、ひとつはリューベックの作家を嘆賞すること、他のひとつは、名も知らぬ少女に対する恋情ともつかぬ憧憬《しょうけい》である。

……そうした日々を彩《いろど》ってくれるアルプスの前衛が、風化した岩肌《いわはだ》を露《あら》わにし、そのふところから積乱雲がわきたちはじめたころ、ちょっとした偶然もあって、ぼくはあてのない旅にでた。そのころ京都で一戸をかまえた魔術師の叔父が、かなりの額の為替を送ってくれたからだ。

それはまったく目的のない気ままな旅であった。はじめ北陸のほうにむかって汽車に乗ったが、気がむけばどんな辺鄙《へんぴ》な駅であっても途中で下車をし、ふたたび当てずっぽに出発した。こうした旅のみが、ぼくの生いたちに、ぼく自体に、このうえなく似つかわしいものと思われた。一体幾日がながれたのか、いま自分がどこにいるのか、はたしてどちらにむかって汽車にゆられているのか、とうにぼくには曖昧《あいまい》になっていた。

何県に属しているのかもわからぬ小さな町で、ぼくはひと昔前の映画をみた。フィルムがなんべんも切れる、しかしものしずかな、感傷にみちた海彼《かいひ》の映画を見おわり、砂ぼこりの多い駅前の広場で子供たちにまじって紙芝居をながめていると、次の汽車にのる時間がきた。混雑した列車——窓から乗り降りしたあの時代をまだ人は憶《おぼ》えているだろうか——のデッキにやっとのことでぶらさがり、見知らぬ単調な風景が移っていくのをながいこと目に追った。ひくい丘陵がつづき、いささかの水田が消え、いくつかの村や町をすぎ、夜になるころ松林のむこうに鉛いろに海がひろがっていた。

おそらくは日本海とよばれる海なのであろう。次の小駅で柵《さく》もないホームにおり、魚の匂《にお》いのする男と二人だけで改札をでると、わずかばかりの人家をよぎって海へむかって歩いた。

やがて荒涼とした砂浜がつづき、磯《いそ》の香とタールに似た匂いが鼻をついた。音もなくめりこむ砂に歩きくたびれ、その夜はそのまま眠るつもりで、とある小船のかげにぼくは坐り、とおい昔のことを――苦心してかきあつめた幼年期の断片をつづりあわせてみた。海はくろく揺れて、しずかであった。ひくい夜空に、底ごもる波のつぶやきがおしのぼってゆくなかで、ぼくは貴重なはかなごとを続けていった。第一章でのべたほとんどすべての幼時の記憶はすでにぼくのものとなっていた。それらは、あるいは夜毎《よごと》の夢路から、あるいはささやかな匂いから、あるいはなにげない風景から、奇《く》しくもよみがえってきたものであった。

失われていた過去をさぐることは、ぼくにとって自己の実体についての解明であり、頭のなかのくりごとではなく、生身に密着した生理的な行事ともなっていた。原っぱのみずみずしい雑草のつらなりを、幾多の不可思議な虫の形態を、応接間にたちこめたなまめかしい漆黒を、とうに世を去った血縁のひとびとを、ぼくは憶《おも》いおこすことができた。自然に対する自分の郷愁が、それぞれの原型をもつことをも、おぼろげながら理解することができた。その背後には、石碑のならんだ墓地の雰囲気、〈死〉の影がつきまとうゆえに、ぼくの前に展《ひら》かれた〈自然〉があれほどまでに甘美に心に沁《し》みわたるのだということをも。ただひとつ、どうしても浮んでこないもの、それは母の顔立ちであった。子供ごころにも優美に思われた彼女のすがた、その身ぶりや声の抑揚までわかっているにもかかわらず、それのみは求めても適《かな》えられなかった。

しばしばぼくは、白い朦朧《もうろう》とした像《すがた》を眼前にし、夢のなかで手をさしのべながら目覚めることがあった。その夜もそれはくりかえされた。おぼろな映像が崩されると、蒼ぐろい波が際限なくひろがり、落着いた海鳴りがとどろいているばかりであった。ぼくは湿っぽい砂のなかで冷えきった身体《からだ》をうごかし、まるで自分が頑是《がんぜ》ない幼児になってしまったような気がした。

ぼくは安宿の蒲団《ふとん》のなかにも寝たが、野天やホームの片隅《かたすみ》でもよく一夜を明かした。数千尺の山稜《さんりょう》のうえでの仮睡にくらべればよほど楽であったたし、高校生が夏でもかついであるくマントというものは、こういうときに極めて重宝なものであった。そうした夜々、ぼくは羽虫のあつまる裸電球の下で、あの作家を、すでにぼくにとって離しがたいものとなっている書物を、死への親近感からはじまり生の意志におわろうとする一連の洗練された文章の幾頁《いくページ》かを繰り返したどってみたし、また星空をながめながら、その好きな幾行かを反芻《はんすう》したりした。

精神と自然（生命といっても肉体といってもよいが）に関する彼のイローニッシュなアンチテーゼは、かなり歪《ゆが》められかなり皮相的にぼくにおおいかぶさったが、しかしそれは感情になりきりうる思想であった。稚《おさな》さがそのイロニイを、距離としてではなく、むしろ密着としてうけいれさせたのである。もともとこの両者は対立させられるべきものではなく、ひとつの照明を与えれば前者となり、ひとつの角度から見れば後者となるものである。にもかかわらず、古代から綿々としてこの分離がつづけられてきたことは、人間が理性と感情の生物であること、あるいは我々の思念が予想外に幼年期の感覚に指示されることを証《あか》しているのかも知れない。ともあれ、そうした感覚にちかいさまざまの観念が、かたくななまでにぼくの心に根をおろしたが、それは若年の愚かしい極端さもあったろうし、ぼくの呼吸していた山巓《さんてん》の大気も大いに作用したことと思われる。そこでは精神と肉体に一種の魔法がかけられ、具体的なものより抽象的なものが好んで醸《かも》しだされるのだ。たとえば、美というものが、感覚的にうけとりうる精神的なものの唯一《ゆいいつ》の形態であるという思想、また精神というものが肉体の助けを借りなければ、けっしてけだかい観照にまで高まることができないという思想、それから愛するもののなかにのみ神があるという、もっとも繊細な、もっとも嘲《ちょう》弄《ろう》的な思想など、――そうした諸々《もろもろ》の古い思想がそこでは仰々しく掘りおこされ、単純に素朴《そぼく》にかつ熱烈にうけいれられた。するとぼくの頭のなかで、こうした莫迦《ばか》げたやりとりまでなされた。つまり、器用に皿《さら》まわしをする少年、人物である総監督、すらりとした母や姉や同種のひとびとを、ごくわずかな侮蔑《ぶべつ》をまじえて讃美《さんび》する気持と同時に、ぼく自身が貧弱な自分の身体を悲しみつつもなにか誇らしく思うという気持が起ったのである。額の極印《ごくいん》を信ずるほど、まだぼくは充分に若かった。人はあとになって若年に芽ばえ根をはった思考を、まるで恥部かなんぞを覗《のぞ》くように、気はずかしい気分で思いかえすものだ。しかし、あの純粋と愚劣のおりまざった観念が、本当は正しかったのだと自問する日もくるのではなかろうか。いまになって顧みて、その後のかなり放恣《ほうし》なぼくの生活に、一定した平衡をもたせてくれたのは、あの山巓になされた思考であり、乳くさい観念であった。言ってみれば、どんな外面上の彷徨《ほうこう》にしろ、すべての魂の内部においては周知のものであったとも言えよう。さまざまのことにぼくは出会った。しかし、なんの波乱もない当時にくらべて、本当はなにも起らなかったのだとも言える。

……ぼくはいくつもの街の通りをあるいた。ときどき、バラックが点々と立ちならんだ焼跡に佇《たたず》むと、ずっと遠い過去の事柄《ことがら》のように、火焰《かえん》の下をのがれた夜のことが憶いだされた。そして、その当時ぼくの目が、観《み》る力を失っていたことに、今更のように驚かねばならなかった。ぼくは灰燼《かいじん》と廃墟《はいきょ》のなかに、多くの〈生〉と〈死〉とを見た筈《はず》であった。それなのに、実はなにひとつ見ていなかったのと変りがなかった。ぼくにしても火の粉のはいった片目に布をまき、濡《ぬ》れしょぼたれて、炊出《たきだ》しのにぎりめしを貰《もら》おうと列をつくっていた。そここの壕《ごう》が掘りおこされるたびに、生焼けとなって臭気をはなつ死体が見つかった。それなのに、ぼくは傍観者でさえなかったのだ、自分自身に対してさえも。はたして体験とよばれるもののなかで、どれだけが魂を熟させてくれるのだろう。この考えはわずかばかりぼくに生気をふきこみ、同じ程度にぼくを憂鬱にもした。

それからぼくは、にぎやかにはびこっている闇市《やみいち》の雑沓《ざっとう》の中へまぎれこんで、自分といささかの関係もない人々の肩越しに、商われている雑貨や食品を覗いてあるいた。知った人から呼びとめられ、なにか尋ねられたりするおそれのないことをよろこびながら。外食券食堂で、すこし贅沢《ぜいたく》かなと思いつつ、二食分の食事をとり、公園のベンチでながいこともの想《おも》いにふけった。また橋の欄干《らんかん》にもたれながら、油のういたくろい水がゆるやかに移動してゆくのを眺《なが》め、和舟がのんびりと過ぎてゆくのを見送った。そして、夜ごと衣裳戸《いしょうと》棚《だな》のなかに現われる女の物語にききふけった男のように、こんなふうに呟《つぶや》いてもみた。「これは川だ。川というものだ。俗悪な名前なんぞ知らないというのは愉快なことじゃないか」

こうした模糊《もこ》とした旅の途中で、群衆のなかで、汽車のなかで、ときおり、ある似かよった眼差《まなざし》が、あの特有な顔立ちが、ひょっと視線をかすめることがあった。すると、にぶい、ひそやかな苦痛が胸にもえあがった。懶《ものう》げな、ゆるやかに波打った髪を見いだしても、ふいに心を突かれることもないではなかった。

たとえば、ひとつの印象にしても、度重なるにつれ、次第に色褪《いろあ》せてゆくものと、その逆のものとがあるだろう。はかないもの、移ろってゆくもの、限りなく深いもの、確実に把《とら》えることができぬもののみが、その都度あたらしい面を人に示してくれるのだ。それとも、決してまじわることのない異質の世界が、そのような憧《あこが》れの源なのであろうか。

あの音楽のさなかから立ちあらわれた少女——一瞬にぼくの心に刻みつけられてしまった少女が、ぼくと異なった物質からできていることには疑いがなかった。その髪も、その項《うなじ》も、その身体も、——そしてぼくは、以前惹《ひ》きつけられたひとびとの姿を彼女のなかに見いだすとともに、まざまざと〈自然〉自体をそこに見た。この眩惑《げんわく》は、彼女を見ることが度重なるにつれ強まったし、ぼく自身いぶかしく思うことに、すべての眩暈《めまい》からほどとおくなったと信じられる現在まで変ることなくつづいているのだ。たしかに憧憬というものは無知の所産だが、どれほど認識をつみかさね、陶酔の領域がせばまったとしても、なお最後にのこる眩暈というものもあるのではなかろうか。

はじめての出会いから三月ほど経《た》って、ぼくはある地方画家の個展で、友人らしい少女と連れだった彼女を見た。

その画家はアルプスの麓《ふもと》に住み、山の絵ばかりを描いているとのことだったが、要するにかなり手際《てぎわ》よく、かなり綺麗《きれい》に、かなり平凡なものにすぎなかった。それでもときどき、見覚えある風景の前に立つと、ぼくはその絵から自分の目でとらえた〈自然〉をひきだすことができた。なかでも、春浅い谿間《たにま》の景色――崖《がけ》のかげにはまだべっとりと残雪がのこっていて、岩と枯枝と濁った水のうえにやわらかな光がさしている油絵の前に立ったとき、おき忘れた貴重なものを見いだしたときのように、ふしぎな感情がぼくをとらえた。そこは山にいりはじめた頃《ころ》、しばしば休憩をとったことのある懐《なつか》しい場所にちがいなかった。あの辺りの枝を折って杖《つえ》をつくったものだし、あの崖下に大きなクシケアリの巣があったし、こちらの岸辺で痛んだ足を冷やしたものだった。

しかしそのうちに、自分の心象と絵との喰《く》いちがいが、段々と不満をつのらせ、次の絵にうつろうとしたとき、ぼくは自分のすぐ横に、ほっそりとした少女が、忘れもしないいつぞやの少女が佇んでいるのに気がついた。

彼女はそれほど美しくは見えなかった。連れらしい少女に、なにか絵とは関係のないことを話していた。

おどろきはあまりなかった。それどころか、彼女がそこにいることが、定められた極《ご》く当然の事柄のように思われた。ちょうどその絵のなかに、あるべき樹木がありのままに描かれてあるのと変りがないように思われたのだ。彼女は実際うつくしく感じられなかったので、ぼくは大胆にじっとその横顔をながめやった。すると、なにげない〈自然〉が注意ぶかい観察者にだけそのふところを示してくれるのと同じように、その小ぢんまりした顔立ちが次第に輝きをましてくるのを、ぼくはおびえたように波うつ鼓動とともに意識した。すでに、彼女は言おうようなく美しかった！　どの部分すら、ぼくにとってこれ以上よくできている造形物はなかった。

へんにぎこちなく彼女は首をまわして、連れの少女にまたなにか言った。すこしばかり鼻にかかる、語尾がぼけるような声が耳をくすぐった。彼女はぼんやりと足をはこび、左手をまげてちょっと頬《ほお》のあたりに手をやった。そうしないと、なにかが壊れてしまうような、なされねばならぬ必然の動作のようだった。そのほそい、いくらか節くれてさえ見える指が、ぼくのすぐ前にうごいていた。爪先《つまさき》は汚れて、どうやら爪を噛《か》む悪癖があるように思われたが、その丸い、形のわるい、幾分ぎざぎざになった爪まで、またどんなにか可憐《かれん》げに目に映ったことだろう。

せまい場内を一巡すると、少女たちは窓下のベンチにならんで腰をおろした。そこから少しはなれた部屋の中央に、高山植物の腊葉《さくよう》が並べてある机があり、七、八名の人が重なりあって集まっていた。そこは薄暗かったし、恰好《かっこう》の隠れ場所であった。ぼくはそのなかにまぎれ、他人の肩ごしに、正面に坐《すわ》っている少女を、怕《こわ》いような嬉《うれ》しいような気分でそっと注視した。連れと話しながら、ときどき彼女は焦点の定まらぬ視線を上方に放ったが、そのときあらわれる漆黒の瞳孔《どうこう》ほど、なんの奇もないその姿を周囲から判然と区別しているものはなかった。それは人々の背後にあるぼくの視線を制御し、思わず目を伏せさせるほどの力をもっていた。そのような臆病《おくびょう》さで、気まぐれな冬の日が、うすくためらうように窓下のベンチにさし、華奢《きゃしゃ》な顔だちをうきださすのをぼくは眺めていた。

だがそうして、影のなかに退いて、光のなかのえりぬかれた像《すがた》、もっとも個性的な類型の美をみつめていること、けっして見られることなく対象のみを見つめていること、――このことほど〈精神〉と〈生命〉との嘲弄《ちょうろう》的な関係をあらわしていることはないように思われた。なんの関《かか》わりもなく、識《し》ることのみあって知られることはなく、ただ隠れて心ふるえながら観なければならぬという惑わされた宿命感が、ぼくの顔をこわばらせた。

なんとかして近づく方法はないものだろうか。あたりまえに気持よく、ちょっとした言葉でも交せないものだろうか。いいや、それは不可能だ。なぜなら彼女らの言葉はぼくらの言葉とはちがうし、彼女らは凡庸にかがやかしく生きているのだから……。この嗤《わら》うべき迷妄《めいもう》を、しかし今となってもぼくはやさしく貴重にあつかっている。ぼくにとってそれ以上失われた青春（若《も》しそんなものがあったとしたなら）を意味するものはないのだから。

それからもふしぎな偶然により、ぼくは幾度となくその少女に出会った。広くもない同じ街に住んでいるのだから当然のこととも言えようが、それにしても一切が不確かであり漠然《ばくぜん》としすぎていた。しかしそのような霧の帳《とばり》が、時とともにぼくの憧憬をつのらせ、その姿をさらに神秘化させていったことは争えない。

その予期できぬ邂逅《かいこう》は、少年の日の、まだ名も知らなかった美しい蝶《ちょう》たちとの関係にも似ていた。魔法の燐光《りんこう》を明滅させるルリタテハや、妖精《ようせい》みたいに優雅に思えたアサギマダラなどは、どこかに居ることはわかっていても、捕虫網を手に捜し求めるときはなかなか出会うことができず、ほんの何かの拍子に目の前に現われたりしたものだ。とても手のとどかぬ崖のうえとか、あるいは網をもたぬ散策の折とかに。

ちょうどそんな具合にぼくは何回かその少女を見た。彼女は会うたびに変化した。天候が、衣服が、おそらくその日の気分が、このうすい匂やかな皮膚につつまれた生物を微妙に変貌《へんぼう》させた。そしてぼくは、同じ山々の季節による変化、同じ種属の昆虫《こんちゅう》の多彩なヴァリエーションを、そこに見るような気がした。

ぼくは雪のふる日に、おおきすぎるガーゼのマスクのため、ひときわいたいけに感じられる彼女を見た。吐く息がこまかい水滴となり、ながい睫毛《まつげ》の先にひかっていて、あの懶《ものう》げな髪のうえにもうすい雪片がまつわり、ほつれ毛とともに揺れていた。また早春の日ざしの下に、嬉々《きき》として友人とふざけあっている悪戯《いたずら》っぽい小動物のような彼女を見た。また生暖かい南風にふかれて、そのゆたかな髪が吹きみだされ、額のうえにちりかかるさまを見た。前かがみになって歩いてきた彼女は、すれちがうときに一瞬こちらを見あげたが、上目使いに瞠《みひら》かれた瞳のきらめきが、このときほど〈精神〉と縁どおく思われたことはなかった。それから季節が次第に彼女の部分々々を露《あら》わにするにつれ、そのしなやかな項を、ほっそりとした腕を、若さそのもののような肢《あし》をぼくは見た。ちょうど少年の日にバスに乗る少女の首すじに惹かれたと同様、さまざまの過去の触知をもって見たのである。

にもかかわらず、ぼくはそれ以上彼女に近づこうとはしなかった。ましてや言葉をかけるなど思いもよらぬことであった。かたくなにはびこった例のアンチテーゼがそうさせたとも言えるし、さらにもっと内奥《ないおう》の何者かもそれを妨げたのであろう。たとえば、かつてぼくを恍惚《こうこつ》とならせたいくつかの美は、ぼくがそれに接近し認識するとともに、ぼくの目から消え去ったのではなかったか。

そのうちにも漠とした旅はなお続けられていた。このようにして、幾日が経、幾夜がすごされたことだろう。

べつに予定したことではなかったが、ある日ぼくは魔術師の叔父の家についていた。彼が配給の酒に酔い、昔そのままの手つきで、巧妙にこぶしのなかから五色のハンカチをとりだすさまを、懐しさのなかにちょっぴりまじった疎遠《そえん》感をもって見、次の日にはまた汽車に乗っていた。もう、学校へ帰らねばならず、いくらなんでも学期末の試験をうけねばならなかったから。

名古屋で中央線にのりかえる間、また街へでて足のむくままうろついてみたが、夕方汽車の時刻に駅にきてみると、構内の広場は旅客と浮浪者の群でごったがえしていた。行列をつくっている旅行者のまわりを、うす汚ない身なりの少年がうろついたり食物をねだったりしていたし、柱の下には何人かが折り重なって眠りをむさぼっていた。つよい羨望《せんぼう》がぼくをとらえた。そしてまだ自分につながっているいくつかの絆《きずな》のことを、うとましい気持で考えた。そのことが京都からの車中ずっと考えてきたことに拍車をあてた。いささか唐突ではあるが、ある夫人を尋ねてみようという考えである。

ぼくはそのひとをまったく知らないといってよかった。戦争末期のあわただしく澱《よど》んだ一日、工場から伯父の家にもどってくると、内玄関からひとりの客がおくりだされて出てくるのに行き会ったのが、最初でまた最後の印象でしかなかった。ちょうど疎開の荷物がつくられていた頃で、地面には蓆《むしろ》だの荒縄《あらなわ》だのが散らばっていたが、上品な和服の女客はそれをまたぐ拍子にぼくを認め、うしろの伯母になにか早口に問いかけた。ひと目見た瞬間から、ぼくの心にはふしぎな動揺がおこっていた。ひょっとしたら、母なのではないかとも直感したのである。だが、彼女がおだやかな眼差でぼくをみつめ、ひとことふたこと声をかけたとき、その動揺は溶けるように消え、安らかな抱かれたような気持がそれに代った。ぼくたちがなにを話したかは記憶にない。

記憶にのこらぬような話しかしなかったのだろう。夫人は伯母とぼくに交互に挨拶《あいさつ》をして去っていった。それきりだった。彼女が外国でぼくの両親と親しい間柄にあったひとだということを、ぼくはあとで偶然知っただけであった。

だが、魔術師の叔父のところで、その夫人の噂《うわさ》をきいたとき、そのときの心情がすぐよみがえってきた。彼女の夫は日本より外国にいるほうが多かった人で、はじめぼくの父が渡欧したころからの知己であるとのことだった。夫人がぜひ会いたいと言っていたと叔父はいい、便りでもだすようにと住所を書いてわたしてくれたのだ。

ぼくは帰途とは別の汽車にのった。駅にして五つ六つの距離らしかった。しかしうまい具合に汽車の座席がとれてからも、こみあげてくる奇妙なときめきが、ながいことぼくを落着かせなかった。

⁂

……食事のあとのけだるい疲労感が室内をおおっていた。殊《こと》にぼくときたら意地汚なくたらふくつめこんだうえに、慣れぬウイスキーの酔いも手伝って、半ば苦しく半ば夢見ごこちであった。

ぼくは椅子《いす》に背をもたせ、ぼけるように目に映っている物象から、しきりになにかを考えようとしていた。洋風の調度で、殊に戦争を経てきた目にはなおさら馴染《なじ》みがたく感じられた。そのくせ、どこからともなくなにか懐しいものの戻《もど》ってくる気配がした。ちがい棚の象牙細工《ぞうげざいく》、マジョリカ焼の壺《つぼ》、壁にかけられたゴブラン織り、――そこに織りだされたスフィンクスや、ピラミッドや、荷を背おった駱駝《らくだ》の群などから。

テーブルのうえはまだ片づけられていなかった。さきほど夫人が心をこめた当時にしては珍しいものばかりの一皿々々《ひとさらひとさら》を、ぼくは次から次へと平げたものだったが、ついに夫人の娘である十二、三の愛くるしい少女はこらえかねたように笑い、夫人は微笑しながらこう言ったものだった。

「まるで手品みたい」

その語尾がものうくぼやけて溶けていったときのことを、ぼくはぼんやりと思った。またぼくは、夫人がわらう娘を叱《しか》って、なにか娘の食いしん棒ぶりについておどけた非難をくわえたとき、彼女がちいさな両手で顔をおおうようにして囁《ささや》くように口にだした同様の抑揚のことを考えた。なんと言ったのか、ちょっとのあいだぼくにはわからなかったが、ようやくそれが「やめて」という独逸語《ドイツ》らしいことが了解された。それは消えいるようにいわれたので、はたして彼女の口からでたものか、そこいらの空気が勝手に造りだしたのか、区別することができなかった。

「この子はまだ、ときどき昔の言葉がでるんですのよ」夫人がいった。

それに対して、異国育ちの少女は、知らぬ顔を装って、あらぬ方をながめたが、そんな態度さえその無邪気さを倍加するように思われた。そしてぼくは目のあたり、姉を――あの際《きわ》どく脆《もろ》く造られた人形のようだった姉の成長したすがたを見るような気がした。卓のうえの、セーブルものの磁器、黒レッテルの四角い洋酒のびん、――たしかこれと同じものがむかし家《うち》にもあった。それからこの場にただよう異質的な雰囲《ふんい》気《き》をもぼくは知っている。それは母の匂《にお》いにちがいなかった。ぼくは目をあげて、母と共通した種属であるふたりの女を交互にみた。すると、くすぐるような刺すような痛みが胸をついた。殊にそれは、やがて少女があやうい手つきで一枚のレコードを古びた蓄音機にかけたとき、ぼくの首をうつむけさせるほど強まった。わざと選んだかのように、あの聞きなれたフルートの音がひびいてきたのである。

「お好きですの?」

最後の音が溶けさり、回転をやめないレコードの軋《きし》りが耳についたときに、夫人が問うた。ぼくはうなずいた。

「憶《おぼ》えていらっしゃるのかしら?」ぼんやりと夫人がいった。しばらく間をおいて、独り言のようにいうのが聞きとられた。「あなたのお母さまはこれがほんとにお好きでした」

　酔心地のうちに、ぼくは憶いだし了解した。あかるく華やかな洋間の光景、そこここにたむろした客のあいだからおこる談笑、硝子器《ガラス》のかちあう音、隅《すみ》のほうにしょんぼり坐っている自分の姿、そして一座の中心であった母が、背をまるめて箱形のいかめしい蓄音機の把手《とって》をまわしているありさまを。ではあれが、この音楽だったのか。そのゆえにこそ、こうまでぼくを惹きつけるのだろうか。ぼくは目をつむった。異様に古ぼけた一齣々《ひとこまひとこま》が、いままた新しく、走馬燈《そうまとう》のように掠《かす》めすぎた。母の顔だけはやはり空白であったけれど。

　やがて少女の眠る時刻になった。夫人がドアのところまで送った。娘はそこでふりむき、半分ねむそうに笑って、母親をかるく抱きながら、造りものみたいな髪にキスをうけた。すべてが昔のとおりだった。いまはいない母と姉は、すぐそこに、ぼくの目のまえに、優雅に生きていたのだ。

　少女の跫音《あしおと》がきこえなくなると、ひとしきり沈黙がながれた。けだるい、そのくせかすかに刺すような沈黙が。

「あなたは、帽子をわざと破ったりはなさらないのね」

　しばらくして、会話のつぎほを捜すように夫人が口をひらいた。壁にかけられた白線帽をみあげながら。そこでぼくは、ぼくらは頭のなかが十分奇妙なのだから、せめて帽子くらいきちんとさせておかなくてはならないのだ、と生真面目《きまじめ》な返事をしたが、答えながらなぜともなく、自分が以前あの医学生とかわした珍妙な問答のことが浮んできて胸をくすぐった。夫人はさらに高校生活のことをいろいろと尋ね、期待はずれにも当の相手が寮生活やストームや諸々《もろもろ》の若者らしい生活にまったく縁のないことを知ると、無邪気なおどろきをみせてこう訊《き》いた。

「では、一体なにをなさいますの？」

「ぼくですか？……そうですね、山にのぼったりします」

「きっといろんな本をおよみね？」

「ぼくですか？　ええ火星人のことをかいた本なんか随分よみました」

しかし、すぐにぼくはそんな返事をしたことを後悔した。彼女は想像していたよりもずっと老《ふ》けていた。あまり手入れをしない髪はすでにつややかさを失い、頰《ほお》のあたりにも、倦《う》みつかれた気配が漂っていた。しかしそれが、大胆に大きい瞳《ひとみ》のいろを、ひときわ柔和なやさしいものとしていた。

「むこうの話をしてくださいませんか」と急にぼくはいった。

「むこうの？」夫人は鸚鵡《おうむ》がえしに問いかえして、いぶかしげな目でこちらをみた。

「あなたは……」

「ええ、ぼくは知りたいんです」と、おおいそぎでぼくはいった。「ぼくももう大きくなったのですから」

非常にせきこんでぼくは話した。口をきいていないと、折角の機会が失われてしまいそうな不安がつきまとったから。なんでもぼくは話した。知っていること、憶《おも》いだしたことをみんな話した。ぼくは口を閉じ、疲労がゆっくりと額にかぶさってくるのを感じた。言葉がとぎれると、その隙間《すきま》に夜の空気の重さがながれこんできた。

「お気の毒に」――とうとう夫人がいった。ついなにかの拍子に、無責任にうっかりと口をでてしまったように。すぐに彼女はつけ足した。

「昔のお家《うち》のこと、よく憶えていらっしゃいますこと。あなたはこんなに小《ち》っちゃかったのに……」

「ええ、ぼくも忘れていたのです。一度、中学生のとき、ぼくは意識してあそこを通ったことがありました。でもぼくにはわからなかったのです。どこがぼくの家だったか、まるっきり見当さえつかないのです。ただあそこの墓地を通ったとき、なんとなく懐《なつか》しいような気がしましたっけ」

「それで?」

「信州にきてから、ぼくは段々と昔のことを憶いだしました。去年の夏の終りに初めて東京にかえったとき、思いきって行ってみました。羞《は》ずかしいような、わくわくするような、怖いみたいな気持でした。行ってみると、あの辺はどこもかも焼跡ばかりです。ほとんどバラックさえ建っていないんです。途方にくれるよりほかありませんでした。

仕方ないので、ぼくは墓地のほうへ行きました。墓地だけは変っていませんでした。今でもはっきり憶えています。ぼくは石碑だの生垣《いけがき》だのの間をながいことさ迷いました。はっきり識《し》っているような、そうでないような、妙な気持なんです。ときどき、おや、夢をみてるんじゃないかな、ってそんな気持でした。そのうちに、すごく大きな楠《くすのき》の下にきました。幹にしのぶの類《たぐい》が生えている、子供が四人くらい手をつながなければ廻《まわ》れないような老樹なのです。その幹に触れながら目をつぶると、小っちゃいとき遊んだ墓地の迷路がうかんできました。そして目をあくと、そのとおりの景色が見えるじゃありませんか。そんなことを繰り返して、ぼくはひとりで遊んでいました。

最後に、墓地と原っぱの堺《さかい》にきて、雑草のなかに横になりました。そう、あのタケニグサって草を御存知ですか、茎を折るとヨジウムみたいな黄いろい汁《しる》がでてくる奴《やつ》、あんなのが生えていました。それから、やぶ蚊もずいぶんいましたっけ。そのうちに、ひょっと身体《からだ》を曲げた拍子に、とても懐しい匂いがながれてきたのです。ああ、ってぼくは声をだしたほどです。胸のなかにその植物の匂いが沁《し》みこんできたとき、ぼくは家《うち》のことを矢つぎ早に憶いだしました。玄関の様子、応接間の調度、くらい階段、……もっといろんなものを一遍に憶いだしたのです。ぼくは起きあがって、いままで額にかぶさっていた草を見ました。ヒメジョオンって草でした。昔はたしかそいつが原っぱ一面に生えていたものです。たしかそうだったような気がしました」

硝子窓になにかぶつかる音がした。二人は同時に目をあげてそれを見た。おおきな水色の天蚕蛾《やままゆが》が小刻みに翅《はね》をふるわせて内にはいろうともがいているのを。

「なんでしょうか?」と夫人がいった。

「オオミズアオ」

「オオミズアオ?」と夫人は口のなかでくりかえした。「妙なことを知ってらっしゃるのね。お父さまみたいですこと」

その不明瞭《ふめいりょう》なひくい言葉が消えると、すでに夜のふけていることがはっきりと感じとれた。

「写真を……」いくらかの沈黙のあとで、彼女は口ごもるように言った。「お写真をおみせしましょうか?」

表紙の皮のすりきれている古いアルバムを——そこからは黴《かび》の匂いがたちのぼるようにさえ思われたが——手にしたとき、ぼくの胸は異様にわなないた。ふるえる手でぶ厚い表紙をくって、ぼくは見た。すでに黄ばみ灰いろに変色している異国の風景を。狭くるしく破風《はふ》屋のならんだ小路《こうじ》、ゴシック風の噴水が尖《とが》って屹立《きつりつ》している広場、寺院を背景にくらくきびしくながれている大河、——冬のウインのドナウだと、かたわらから覗《のぞ》きこんでいた夫人がいった。

「こちらのは?」

「北ドイツのリューベックという街。私どもは半月ほどいたことがあります」

わけもなく沁みわたってくる穏やかな感動が、次第にひろがりながらぼくをひたした。ずっと昔、ふとひらいた原色図版に忘れがたい蝶のすがたを見出《みいだ》したときにも似た、自分ひとりきりの感動が。——ぼくはいくらか放心したような言葉を口にし、夫人が無心にこたえるのを聞いた。

「ええ、ハンザ同盟の都市は、みんなこんな造りが多いんですのよ」

「ブッデンブロークの家というのがありましたか?」

「たしかそんなのが……目抜き通りの横の、旧《ふる》い家のことではないかしら」

「まだ残っているのでしょうね」

「さあ、どうでしょうか。この間帰ってこられた方に訊きましたら、空襲は大したことはなかったそうですが、中央部にだけ爆弾が落ちたとか言ってましたから……。でも、なぜですの？」

ぼくは口をひらきかけ、唾《つば》をのみ、ふたたびアルバムをめくった。

「おわかりになります？　お母さまよ」

ふしぎなものを見るように、城のような建物を背景にして立っている、やせた小さな少女をぼくはみつめた。ベレー帽みたいな帽子をまぶかにかぶり、まぶしげな眼差《まなざし》でこちらを窺《うかが》っている少女――それは類推していた母の映像よりも、むしろ姉を、むしろ夫人の娘を、いやなによりも、ひそかな苦痛をぼくの心に生ぜしめた名も知らぬあの少女に似ていた。

「ローテンブルクという名所です。お母さまはテルツにずっといらっしゃったので、ここが一番憶い出ふかいってよくおっしゃっていましたわ。いいえ、これはあとで頂いた写真ですの。私はこのころは日本におりました。ですけれど、ずっとあとで、あなたのお父さまと、私はここ――これがハンブルクの街ですわ――でお会いしました。ええ、もっと新しい写真はみんな焼いてしまって、……お父さまたちのもずいぶんありましたのですけれど……」

夫人はぽつりぽつりと、考えこみながら昔の話をつづけていった。ぼくは黙って耳を傾けた。殊さらに尋ねたい気持はいつの間にか消え、夫人がしずかに語ってくれるだけのことを、しっかりと胸にしまいこんだ。

長い時間が過ぎていったらしい。最後に、夫人はぼくの気をひきたたせるかのように、すこしふざけた口調でこう言った。

「あなたは勉強おきらい？」

「…………」

「わたくし、本当におかしなことだと思いますの。なぜって、あなたのお父さまは一体勉強家なのだか、怠け者なのだかわからないのですもの。なんだか、わざと、一所懸命なまけていらっしゃるように見えるのですよ」

「一生けんめい？」

「ええ、美術館なんぞに参りますとね、レイン・コートをこう床にしいて坐《すわ》ってしまって、睨《にら》んだり目をつむったり手帳にかいたりなさってますのよ。とてもおつきあいできませんから、私たちは先にひとまわりしてしまうのです。戻ってきてみると、まだ夢中でいらっしゃる。そのうちに、御自分ではっと気づかれて、これは失敗《しま》ったというお顔なさるのですよ。急に不機嫌《ふきげん》になられて、あとの絵なんか見ずにどんどん出てしまわれたものでした。それがまた悪事を働いて逃げだすように見えるので、私たち笑いましたわ」

ぼくもわらった。そしてもの心のつくまえに世を去った父の心の隅々《すみずみ》までが、はっきりと理解できるような気がした。

夜半をとうにすぎていた。窓の外の夜の来訪者たちも、いつしか翅をおさめて静かになっていた。

「おやすみなさい」と夫人がいった。

「おやすみなさい」とぼくもいった。

いつだったか、誰《だれ》かと、このようなほとんど意味のない、深い夢のなかでのような会話をかわしたことがありはしなかっただろうか。

——その夜、寝つかれぬままに、ぼくは昼間出会った事柄《ことがら》とさまざまの心象とを反《はん》芻《すう》してみた。いずれもがしっとりと心に働きかけていた。この二年あまり山々がぼくに囁いてくれたのとは別の意味で。なかでも、ぼくが昼間なにげなく描《か》いた絵と、それに対する夫人の娘の言葉とが心によみがえってきた。そのとき、ぼくは所在なさにそこに捨ててあったパステルと画用紙をとりあげたのだった。夫人は台所で夕食の支度をしていて、なじみのない室内には時計の音のほか聞えるものはなかった。しばらくのあいだ出鱈目《でたらめ》な線と色とを重ねてゆくと、いつしかぼくは自分がある形象《かたち》を——忘れがたい、しかも明確に憶いだすことのできぬある映像を描いていることに気がついた。ぼくは白いあやふやな物体を描いた。背景は闇《やみ》のいろであった。あらゆる色彩を溶けこませ、重たく緻密《ちみつ》に、生きもののようにうごく闇のいろであった。……背後でもの音がした。ふりむくと、つい今しがた学校から帰ってきたらしい一人の少女が、ランドセルを片手にさげ、首をかしげて、じっとぼくの絵に見いっていた。もの怖《お》じした影はなく、いきいきとした表情が、思わずぼくに親しげな言葉をはかせた。

「なんだか、わかる？」

少女は首をこっくりさせた。そしてぼくをびっくりさせ、意味ありげな錯覚をひきおこさせたことには、単調な、一音々々くぎるような口調で、こう答えたのだった。

「ゆ、う、れ、い」

「どうして？　幽霊を知ってる？」

彼女はわらった。見たこともない客に対する気がねも知らず、芯《しん》からおかしそうに。

「夢にみるわ」

「こわいかい？」

「こわくないわ。こわくないって、ママが教えたの」

「……その幽霊って、なに？　どんな幽霊？」

わからない、と少女はこたえた。そしてこうつけ足した。

「幽霊って、この世にいるものじゃないわ。頭のなかだけにいるものよ」

「…………」

「ママがそう言ったわ。気の毒な人にだけ、幽霊が住みこんじゃうんだって。あなたは気の毒なひとだって」

彼女はまた笑った。まるで誰かに喉《のど》かなんぞをくすぐられたときのように笑ってみせた。

「ぼくも幽霊の夢をみるよ」

「そう？」

少女はまじまじと、つぶらな、まだすこし虹彩《こうさい》のあおみがかった目を瞠《みひら》いて、こちらを見あげた。どことなく、気の毒そうに。

次第に眠けがさしてきながらも、なおもぼくはさいぜん見た異国の風景、まだ少女であった母のことなどをぼんやりと考えた。破風屋のならぶ、舗石のつづいた小路が、実は自分が以前よく知っていた場所かなにかのように視野に浮んできた。そういう小路を、ぼくの父は猫背《ねこぜ》ぎみにとぼとぼと歩き、うつくしい無知な少女であったぼくの母に出会ったのだなと、なにがなしにぼくははっきりと確信した。

ようやく浅い眠りにおちこんでから、しずかになぐさめるような、いくらか後悔がましい夢が終夜ぼくをおとずれつづけた。最後に、おぼろにほの白い、見なれた映像があらわれた。目ざめてみると、他人の家の床と、暁方《あけがた》に間近いらしい白みかかった闇とがぼくの前にあった。

⁂

その夏の終りに、ぼくは偶然にすばらしい光景に出会うことができた。人の生涯《しょうがい》にひとつふたつ、運命そのもののような体験があるとすれば、ぼくがその〈自然〉を見ることができたのは、やはりぼくの血がはじめからそうした体験を含んでいたからにちがいない。

霧というものを、ぼくは数多く知っていた。

暁がた谷間一杯にひくく沈んだ霧、夕暮にどこからともなく高原にしのびよってくる霧、栂《つが》の梢《こずえ》とサルオガセにまつわりつき水滴をむすばせる霧、朝のひかりとともに次第に溶けさってゆく峡谷の霧などを。あるときは、うらがれかかった野のうえをながれた霧は、霜を待っている雑草のひと葉ひと葉に触れて、ひそかな音を立てているように思われた。あるときは、峠路にたちこめたふかい霧が、一足あるくごとに、あたらしい立木の幹を一本ずつ浮きださせるのに出会ったこともある。まるでそれは、忘却の帳《とばり》のなかから偶然にうかびでる記憶の像のようにも思われた。

しかし、そのときぼくのまえにあった霧は、そのような霧ではなかった。もっとおそろしい、高山特有の濃霧であった。

それは壁のようにぶ厚くぼくをとりかこんでいた。しかもそれは生きて、ひっきりなしに流れていた。上にも霧、まわりにも霧、そして下には堅い鉛いろの岩があった。赤茶けた岩もあった。その岩のすきまを、霧は濃く素迅《すばや》く生きもののように流れた。岩だけは堅くおし黙って動かなかった。

ぼくは疲れていた。疲労してくると人は自分の肉体を意識するものだ。更に疲れきるとその肉体までが曖昧《あいまい》になってくる。岩角にかける足は雲をふんでいるようにあやふやだったし、ひょっとすると自分は夢をみているのではなかろうか、深い夢のなかで、こうして霧のなかを歩いているのではないだろうかと、そんな気持もしきりにした。と思ううちに、突風が一面の濃霧《ガス》をふきはらい、ともすれば意識のぼやけそうになるぼくを目ざめさせた。岩のうえに佇《たたず》んでぼくはうしろをふりかえってみた。はるか上方に怪異な大岩峰がそびえ、そこから下の谿間《たにま》へと、厖大《ぼうだい》な岩塊が斜面をうずめつくしていた。なんという怪奇な、激越な、岩だらけの別世界だったことだろう！

見あげる空を、白い濃い霧がすばらしい速度でながれ、それがふたたび舞いおりては、灰色の空に突っ立った大岩峰を、たちまちのうちにかき消し、また魔術のように浮きださせたりした。見えるかぎりは、すべて岩、岩、岩の氾濫《はんらん》であった。数限りない岩石が広大な斜面をおおいつくし、互いに重なりあい、ささえあい、沈黙しあっていた。おそろしいまでの静かさが岩たちの間からききとれた。世界は音というものの存在をわすれてしまったのではないか。ぼくの心臓の鼓動だけがたしかに鳴っていた。この死の世界のなかで、冷たい岩と霧の別世界のなかで。

また濃霧《ガス》がやってきた。月の死火山を思わせる光景、岩の洪水《こうずい》が、みるみるかき消されていった。あそこの岩峰がくもってゆく、もう見えぬ、こちらの岩がまだ見える、それも消えてしまった。ひっきりなしに流れてゆくぶ厚い灰色の壁が、すでに周囲をとりかこんでいた。愚図々々してはいられなかった。ぼくは数歩ごろた石のうえを降りはじめ、辷《すべ》ってひどく腰をうった。

雪渓《せっけい》はまだだろうか。もう行き着いてもいい頃《ころ》だ。一体いまは何時頃なんだろう。夕方だ。いや、もう夜になる時刻だ。さっき槍ヶ岳《やりがたけ》の山頂で、白く輪郭だけを示している太陽が、とおく地球の涯《はて》に、おそらくは高山の連なっている霧のなかに、沈もうとしているのを見たばかりではないか。機械的に岩だらけの急傾斜をくだってゆきながら、ぼくはくりかえしそんなことを思っていた。ときどき、倒れかけたまま石のうえに腰をおろしてしまうと、ふしぎな畏怖《いふ》がすきまなくぼくをとりかこんだ。

やっぱりぼくは夢をみているらしかった。ここは月世界の死火山であり、生物といったらこの自分しか残ってはいず、その自分さえ疲れきって倒れてしまい、やがては冷たくなってゆくにちがいないと思われた。冷たくなる？　とんでもない。ぼくは理性をかきあつめて、現在の状況を自分に説明しなければならなかった。ここは地獄の世界でもなんでもなく、さっき天空に黒く屹立していた岩峰は北アルプスの槍ヶ岳であり、この岩だらけの谷は槍沢の斜面であり、ぼくにとっては周知の場所、奥ぶかい黒部《くろべ》峡谷などにくらべればいわば公園のような場所なのだ、と。なるほど疲れてはいたし、朝からほとんど食事をとっていなかった。が、とにかくぼくはもう槍ヶ岳までやってきているのだ。遭難なんぞというのさえ笑止ではないか。なるほど一昨日《おととい》はたしかにそれにちかかった。しかしすでにそれは切りぬけているじゃないか。寝る場所を捜すのでもなければ、失《た》った道を捜しているのでもない。少しばかり雪をとってきて、槍の肩の小屋で飯を炊くばかりのところなのだ、と。

　ぼくが山にはいったのは、たしか四日前のことだった。はじめはなんのことはない気ままな一人旅、登山客とも行きあわぬもの寂《さ》びた縦走路であった。二日目にぼくは尾根を間違い、雨に肌《はだ》まで濡《ぬ》れながら迷い歩いたが、それでも夕刻には小屋にたどりつくことができた。人は誰もいなかった。終戦後のことゆえ、短い登山期がすぎれば寝具までおろして小屋を閉じてしまうのだ。寒さにふるえながら一夜をあかすと、翌日は豪雨になった。おまけにぼくは発熱していて、身体をうごかすのも苦しかった。まったく人間界と隔絶された尾根のうえに、ぼくは乏しくなった食糧を考えてうすい粥《かゆ》をすすりながら、もう一夜を——つめたい、漆黒の、心ぼそい一夜をすごした。そしてこの日、以前通ったことのある西鎌《にしかま》尾根を、辛《かろ》うじてここまで辿《たど》りついたのだった。

　そのあいだ身体は鉛のように重く、ときどき這松《はいまつ》の根元に坐《すわ》りこんでしまうと、もうそれ以上動きたくなくなった。それから幻覚があらわれた。たしかにぼくは、ある忘れがたい顔だちときららかな瞳《ひとみ》のいろとをこの目に見た。ほそ面《おもて》の半分はなんとなく憂鬱《ゆううつ》そうだったたし、もう半分はかすかに微笑《ほほえ》んでいた。幻影としてのその微笑——ほんのすこしゆがめられた、半ばさりげなく、半ばうちとけた、名も知らぬあの少女の不可解な微笑を、ぼくは現実に一度だけはっきりと自分のものとしたことがあった。

それはこの山旅にでかける間際《まぎわ》の駅のホームでのことで、そのときぼくは重いリュックサックを肩にしながら、ホームにとまっている汽車の窓から首をだしている少女を見出《みいだ》したのだった。数人のひとが窓下に集まり、父親らしい和服の男が窓ごしに大きなトランクを手渡していた。ひと目で、新しい事態がどのようなものであるかが理解された。それは少女がこの土地を去ること、どこかわからぬ遠隔の地へ去ってしまうこと、ここ半年あまり現実にたちあらわれた夢の像《すがた》が、またしてもぼくの視野から消えてゆくことを意味していた。しかもそれは定められた当然の成行きで、むしろ初めからぼくのこころに予定されていた別離のようにも感じられた。そんな心情のなかで、ぼくは自分とはいささかの関係もない歓《よろこ》ばしげな少女の様子を見つめやった。彼女は短い袖口《そでぐち》からのびている、ほそいしなやかな腕をまげて、額にたれかかった、ものうげに茶がかった髪をかきあげていた。見送りのひとびとと何やら口をきいて微笑して、それからその視線がふとこちらに向けられた。おそらくは幾度か出会った高校生の顔に見覚えがあったのかも知れない、しばらくの間、そのなじみぶかい顔はそのままの位置をとり、そのためなんだかぼくにむかって微笑んでいるかのようだった。ホームの一隅《いちぐう》でいつかのように——あのトラックにゆられて工場を去ってゆく少女を見送ったときのように、今また彼女の汽車が消えてゆくのを見送るべきか、それとも時間の迫っている自分の山旅への別のホームにむかうべきか、ためらっていたぼくの心は定まった。というより、足がひとりでにぼくを階段へむけて歩かせたのである。重いリュックサックをゆりあげることが、乱された内心を隠すのに役立った。――しかしぼくは、盛りを過ぎてもの寂びた山路を辿りながらも、ずっとそのはかない映像のみを追いつづけていた。道を失って危険な目に会ったのも、あるいはそのためだったかも知れなかった。

ともあれぼくは、ようやくのことで槍の肩の小屋までたどりついたのだが、その小屋もすでに閉ざされていて、更に困ったことには水が無かったことだ。ぼくは疲れきりながらも大槍の冷たいねずみ色の岩を攀《よ》じ、夕暮とともに湧《わ》きだした霧の合間をとおして、眼下にひろがる槍沢の谿に、間近い雪渓をさがした。例年になく残雪の多い年で、小屋からせいぜい十分か十五分と思われる個所《かしょ》に、消えのこりの雪渓がほそ長く光っていた。あそこまで行って雪をとってきて米を炊こう。いまは、なによりも食べることが必要なのだ。ぼくはいそいで、凍えるような手触りの鉄の鎖をつたわり巨大な岩峰をすべりおりると、小屋から空の石油缶《かん》を捜しだして岩だらけの急斜面を下りはじめたのだった……。

さきほど小屋を出たのはどのくらい前であったろうか。もう二十分も三十分も、いや一時間もたったような気がする。時計は一昨日から役に立たなくなっていた。ぼくはおぼつかなく霧の壁を見まわしたが、はげしいその動きさえもう定かにはわからなかった。とうに夜となっているらしかった。途方もなく大きな〈夜〉が、すでにこの荒涼とした世界のうえにおおいかぶさっていた。またしても、深い凍えるような夢のなかへ誘いこまれてゆく気配がぼくを満たした。得体の知れぬ痺《しび》れが手足の自由をうばってゆくのを、ぼくはぼんやりと感じているようにも思った。

……気がつくと、ぼくはひらたい石のうえにしゃがんでいて、ぼくの前にうす汚れた雪渓がひろがっていた。

霧はあいかわらず上下左右をとりかこんでいたが、それすらも淀《よど》んで、しずかに浮動しているようであった。なぜぼくがこのような場所にいるのか、どういうわけで霧がぼくをとりかこみ、雪渓がつめたくにぶく広々と光っているのか、しばらくの間ははっきりしてこなかった。ぼくはおずおずと雪渓のうえにのってみた。冷気が——言おうようない大地の冷気がぼくをおしつつみ、次第にぼくを目ざましてゆくようだった。ぼくはのろのろと石油缶をザックから出し、素手と飯盒《はんごう》のふたとで雪をかきはじめた。雪は非常に堅く、表面は石のように氷りついていた。しかし、うす汚れた表面をかきとると、きわどく純白な、粗い結晶した粒子があらわれてきた。ちぎれるように指先が痛んだが、やがてそれも感じられなくなった。

やはりぼくは半分睡《ねむ》っていたのかも知れなかった。かきとった目に沁《し》みるような雪の粉を、ぼくはどこか満足した気持で、すこしずつ石油缶に投げいれていた。これと似たことを、たしかぼくはずっと以前にくりかえしたことがあった。そこは原っぱの隅《すみ》にある、崩れおちた煉瓦《れんが》の建物のはずれで、たしかぼくたちは灰白色の切石をひろっては、一生懸命せっせとすりあわせていた。やがてこまかい粉がたまってくると草の葉にのせ、「はい、どうぞ」と相手にすすめるのだった。そしてぼくは、すぐ横でかがみながら訳もなく石をすりあわせている姉の姿の見えないことを、その喉をくすぐられたような笑い声のきこえないことを、なんだか有りえない不思議なことのように思った。

ながい時間がすぎていったように思われた。石油缶には六分目ほど雪がたまっていた。ぼくは夢遊病者のようにそれを背おい、もと来た道を登りはじめた。目の前にある岩さえ、すでに判然とはしなかったし、霧は最前よりもぶ厚く濃く視界をさえぎっていた。

どこへ行くのか？　もちろん小屋へもどるのである。しかしぼくには、ただひとつの岩角を踏み、平衡をとって倒れぬようにするのがせい一杯であった。一歩登っては息をきらした。目を瞠いても、見えるものは霧と夜ばかり、耳をすましても、自分自身のほかに動くものの気配とてなかった。しかしぼくはやっぱりのろのろと手足をうごかした。急斜面を登るのに手を使わないわけにいかなかったからだ。それでもぼくは、自分が一体どちらの方角にすすんでいるのか、はたして上へむかって登っているのかどうかということさえ、どうしても納得することができなかった。それは非常にゆるやかにやってくる失神の径《みち》のりを歩いているのに似ていた。いつだったか、またどこだったか、ぼくはこのような径をあるいたことがあった。ぼくは憶《おも》いだした。そこはたしか広大な墓地のなかの迷路で、こちらからは高い墓石がぬっと頭上におおいかぶさっていたし、横手のほうには卒塔婆《そとうば》の群がすっかり視界をさえぎっていた。見まわしても、どの墓もどの小径もなじみのない見知らぬものばかりであった。前方には一群の墓石がひしめいていて、ひややかな顔をいっせいにこちらにむけ、こちらを窺《うかが》い、ぼくの行手に立ちはだかっているように見えた。あちこちの木立や墓のなかから、〈夜〉がもくもくと首をもたげ、ひくく地面を這《は》いよってくるのだった……。

さきほどから、白いぼんやりとした形態が、ぼくの行手に浮んでいるような気がした。闇《やみ》のなかに、濃霧のなかに、それは凝りかたまって佇んでいるようにも見えたし、また招くように誘うように、すこしずつ遠のいてゆくらしくも思われた。知らず知らずぼくはそのあとを追っていた。身体じゅうがとても疲れているようだったし、夢だか何だかわからなかった。ときどき眠気のようなものがおそってきて、あたり一面がものうくなった。また懐《なつか》しい〈死〉の手ざわりが、つめたく襟《えり》くびに感じられるようにも思った。

古い夢の深みのなかで、埋もれていた記憶のなかで、ふしぎに停滞した時間のなかで、ぼくは膝《ひざ》を折り、辛うじて岩につかまり、まじまじと目を瞠きながら、いまはすぐ前方にある白いおぼろな映像を見つめやった。——彼女であった。やはり彼女であった。どうしても憶いだすことのできなかった、あの顔だちであった。

彼女はすぐむこうに立っていた。むこうの小高い所、暗闇に閉ざされている階段のうえに立っていて、全体がぼうっと白っぽく見えた。だが肩のむこうにたれさがっている髪、異様にほのぐらい瞳、その表情までよくわかった。彼女はものうげな、おぼつかない微笑をうかべ、そのくせ何もかも心得たようにゆっくり落着いた動作で、片手を二、三度上下にゆらしていた。ほそい指先が、なにか意味ありげに暗闇を泳ぐのが見えた。

ぼくは懸命に口をうごかそうとし、そして、やっとのことで、自分の耳にこういう囁《ささや》きをきくことができた。

「ママ！」

そのまま、ぼくは幾何《いくばく》かの時間を倒れていたようだった。

身体じゅうをおおっていた痺れが次第に溶け、朦朧《もうろう》とした頭が氷のように冴《さ》えてくるのが感じられた。

〈刻《とき》〉がまた軌道にのり、わけもなくぼくのうえを過ぎてゆくらしかった。同時に、疲労と節々の痛みと寒気とがもどってきた。ぼくは身体をおこし、自分がしがみついていた岩のむこうが、底の知れぬ崖《がけ》となっているのを認めた。はっとしてぼくは我にかえり、背後をふりむき、また頭上を仰いでみた。

はじめ、ぼくは自分の目が信じられなかった。また信じようとするほうが無理だったにちがいない。そこには、海抜一万尺の高山の演ずる奇跡、さきほどとはがらりと一変した、ほとんど神秘的な畏怖《いふ》を覚えさせる景観がひらかれていたのだ。

あれほど渦《うず》を巻いていた濃霧は、一体どこへ行ってしまったのだろう。霧の海はひくく沈んで、島のように黒い峰々が突きでていた。頭上の夜空にはひとひらの雲さえ認められなかった。満天に星がばらまかれ、槍沢の斜面のなだれてゆく正面の雲海のうえに、どこか不気味な、見知らぬ遊星といった印象で、白々と輝きながらおおきな月が昇りかけていた。ふりかえれば、ずっと右手のほうに、大槍の怪異な姿がどっしりと黒藍色《くろあいいろ》の闇空をかぎっていた。あたりの数限りない石の群には、月光がたわむれて奇態なかげを形造った。

おそらくはほんのわずかばかりの時間に、どんな魔術が演じられたのであろう。ぼくは茫然《ぼうぜん》とかたわらの岩によりかかると、大空一杯に陣をはる星座の群を見まわした。すべてが魂を魅する妖《あや》しげな美しさであった。——天頂には、われわれの親しみぶかい星、琴座のヴェガと鷲座《わしざ》のアルタイルが、天の河をはさんで輝いていた。そのやや東方に、青白色のひかりを投げているのは一等星のデネブらしかった。ずっと東方には、美しさを誇ったエチオピアの王妃、あのカシオペイアがW字形を描いていて、その娘であるアンドロメダ座が昇ろうとしていた。西空に目をうつすと、髪の毛座の星群がかすかにまたたきながら沈みかけており、赤黄色の光は牧夫座のアルクトゥーロスらしく思われた。南天には蝎座《さそりざ》がくねった姿態をのばし、殊《こと》にアンタータレスが妖しいまでにあかく息づいていた。そして宇宙の崇高を凝縮したかのような天の河は、ユピテルの召集をうけた神々が天の宮殿へいそいだ道筋をそのままに示していた。

とめどない放心と酩酊《めいてい》とがぼくを包みこんだ。

おそらくは蒼《あお》ざめて、ぼくはまたたきもせず、しずかに首をまわし、この大景観に見惚《みほ》れていた。すでに神話の世界に生きている自分をぼくは感じた。下界の意識はとうに消えさってしまっていた。
ぼくは夢想した――旧《ふる》い神話のつたえる、もっとも素朴《そぼく》な、もっとも根源的なひとつの天地創造説のことを。はじめ、〈渾沌《こんとん》〉だけがあった。すなわち、さきほどまでの濃霧《ガス》の流動状態が。〈渾沌〉から〈大地〉と〈夜〉が生れ、〈夜〉の卵から〈愛〉がうまれた。この三つのものが最初の存在物であった。……いま、累々《るいるい》とつらなる岩石の群、鉛いろの〈大地〉はしずまりかえり、吸いこむように昏《くら》い〈夜〉がそのうえを掩《おお》っている。ひくく沈んだ雲海からのぞく黒い峰々、それは穂高の尖頂《せんちょう》であったり、三角形をなした常念の頂きであったりしたが、ぼくの目にはそれがまるでオリンポスの山影のごとくに映じた。そこでは神々が女神への酌《しゃく》で神酒《ネクタル》の杯をあげていた。アポロンが渦まいた巻毛をかきあげて竪琴《たてごと》をはじくと、ムサの女神たちがそれに和してやさしく唄《うた》った……。と、ふいに落石の音がした。大槍の頂きちかく、二度三度、するどい金属音を反響させると、あとの静けさを一層かきたてながら、その響きはやんだ。しんとした寂寞《せきばく》のなかに、かすかな木霊《こだま》がきこえたように思った。そしてひとり坐《すわ》っているぼくは、あの木霊の主が、人から話しかけられないかぎり口をきくことの許されぬニムフが、洞穴《ほらあな》や山や崖に住んでいて呼びかけられるとすぐ返事をするあのニムフのエコーが、そこらの岩かげにひそんでいるような気さえした。

月光は荒涼とした風景を照らしつづけた。女神セレナのつめたい光をあびて、ひとり夢想するぼくは坐っていた。化石したように、首をやや左にかしげ、ぎこちない思念にわななきながら坐っていた。――いまこそ何かが生れるのではないか？〈夜〉の卵がひそやかにくだけるのではないか？　そうだった。神話はくりひろげられていった。さっきからぼくは無意識のうちに、ある魅するような輝き、ふしぎな羞恥《しゅうち》をよびさます一対《いっつい》の瞳をおもいうかべていた。それからあの髪を、あの項《うなじ》を、あの姿態を。それらは理由もなく、また避けがたく目の前にちらついた。そしてぼくは、かなたに屹立《きつりつ》する岩塊のかげに、何時《いつ》までも成長しない愛らしい神、あの想《おも》いの矢を射こむヴエヌスの息子が、してやったりとほくそえんでいるような気さえした。……また落石が起った。今度のははっとするくらい、甲高い、背すじを氷らせるような響きを反響させて、やがて元の静寂のなかへ消えていった。

しかしぼくはようやく理性をとりもどし、重いザックをかつぎなおすと、月光を頼りに累々とした岩のあいだを、小屋へむかってふらつきながら登りはじめた。

その夜、ぼくは寒気のため眠られぬままに、ほとんど一晩じゅうを真暗な小屋の土間にゆれうごく榾火《ほたび》をみつめて過した。

ぼくはつかれきり、そして酔っていた。しかし時とともに、白けきった覚醒《かくせい》感が、しずかに着実にどこまでも、自分の内部に沁みわたってゆくのが感じられた。それはいつかこの土地にきたばかりのとき、王ヶ鼻の山頂で覚えたよりも、ずっと鋭く、そのくせどこか乾いて落着いた孤独感、今まで味わったのとはまた別の新しい孤独感であった。

小屋から外へでてみるたびに、広漠《こうばく》とした北アルプスの夜景は、いよいよ美しく、とめどなく荘厳《そうごん》になっていった。くろぐろとうずくまる峰々のうえには恒久の静止があったし、夜天におごそかな運行《めぐり》を敷く星座は、極めてゆっくりとではあったが、あやまたず移っていった。どの星々もすべて自らの座を守り、しずかにかがやいて、またたいて、ふるえていた。ときおり、流星がそのあいだを截《き》ってとぶのが見えた。それから、高山の深夜のみに起るふしぎな現象もあらわれた。凍えるような冷気にかじかみながら、ぼくはあたりをみたしているおそろしいまでの静寂のなかに、ある囁きを、どこからともなく伝わってくる山霊の呼び声を耳にしたが、それは人間と自然とがまだひとつであった時代の、異常に古い忘れられた言葉であるのかも知れなかった。また地の電気と空の電気とがあいよんで、ふかい谿間《たにま》から中天にうかんだ一片の雲のあいだを、うねるような輝きが駈《か》けのぼるさまをもぼくは見た。一瞬、閃光《せんこう》がくだけちると、雲海がひかり、くろい峰々がひかり、満天の星くずが影をうばわれた。

しかしながら、すべてがあまりに遠く、あまりに浄《きよ》らかに、あまりにも無縁であった。そうした景観を眺《なが》めれば眺めるほど、人間の存在というものが、彼らからかけ離れ除外されること、むしろより深く病むことに等しいということが、否応《いやおう》なしに胸に沁みこんでくるのだった。星がふるえ、眠る岩々は沈黙していた。雲海は谿間に淀《よど》み、衣服をとおして寒気がしのびよった。すると、夜が明けたならばできるだけ早く人々の住む下界へ降りてゆこうという意志が、次第にはっきりとぼくのうちに醸《かも》されてきた。そうすることが、いままでぼくの感じたり考えたりしてきた諸々《もろもろ》の乳くさい観念を、なによりも明確にし位置づけ綜合《そうごう》してくれるように思われたのである。

とうとう暗い夜空に、わずかな変化があらわれはじめた。月はとうに隠れてしまっていたが、ようやくに星の光がうすれだし、あくまでも漆黒の夜空がかすかに明るみはじめた。そして、ながいもどかしい期待の末に、いままでも幾度か経験した荘厳な山巓《さんてん》の夜明けがきた。日が昇るとともに、低く沈んでいた谷間の霧が、またいつの間にか湧《わ》きあがってきてしめっぽく顔に当り、鉱物の匂《にお》いのする冷たい大気がひしめきながら流動した。

やがてぼくが小屋をあとにしたとき、霧の谷間から幾筋ものきららかな陽光が洩《も》れて、岩石の群をうきださせ、残雪の表面をかがやかせた。岩をふみ、岩をよけ、下界へ下界へとぼくはくだった。降《くだ》るにつれて、すでに盛りをすぎてはいたが、晩咲《おそざ》きの高山植物が足元にその数を増してきた。目を覚まされたクモマベニヒカゲがゆっくりと舞いたっては、道をいそぐぼくとすれちがった。

ぼくの心はそのときひとつの観念に固定されていた。人間のなかへおりて行こう。ひょっとすると、いつか、どこかで、いまはもう特定の個人ではないあの少女――ぼくの母の稚《おさな》いときの像《すがた》、ぼくの姉の成長した像であるあの少女にめぐりあうことだってあるかも知れない。むかしぼくの父がとおい異国でぼくの母とめぐりあったのと同じように、そうすることのみが、ぼくの内部に最初から存在するものを本当に明らかにしてくれるだろう。

それは愚かな、しかも神聖な錯覚にちがいなかった。

そのうちにも、径はまったく這松《はいまつ》と花々のあいだを行くようになった。ハクサンフウロの桃色の群落と、夏の末まで生きのびてきた数匹の高山蝶《ちょう》が、あちこち服が破れ乞食《こじき》のような風態《ふうてい》のぼくをとりかこみ、ぼくの吐く息と、ぼくの靴《くつ》が岩角をふみつけるきびしい音が耳にきこえた。それは底のしれぬ厖大《ぼうだい》な山塊のひびき、原始からの大地のひびきであった。それはあたかも運命そのもののように胸にひびいた。

しかし、もしも運命というものがぼくたちの血のなかに含まれているものだとしたら、母なる〈自然〉がそのような音をたてたとしてもなにほどの不思議があったろう。

解説

奥《おく》野《の》健《たけ》男《お》

『幽霊』は、昭和二十七年から二十八年にかけ、雑誌「文芸首都」に分載され、昭和二十九年、文芸首都社発行名義で自費出版された。発行部数は七百五十部、書店では十三部ほど売れたという。昭和三十五年十月、中央公論社から再刊されて、はじめて多くの読者の眼《め》に触れる機会を持った。作者の処女長篇《ちょうへん》小説である。

ここで個人的な思い出を語らせてもらえば、昭和二十九年十月、ぼくの許《もと》に二冊の本が送られて来た。一冊は田畑麦彦《たばたむぎひこ》著『祭壇《さいだん》』であり、もう一冊が北杜夫《きたもりお》著『幽霊』であった。経費を節約したためであろう、二冊とも粗末な同じ装幀《そうてい》で、どう見てもセンスがいいとは思われぬ同じ模様のカバーがかかっていた。田畑麦彦、北杜夫、どうも聞いたこともない名前である。だが『祭壇』『幽霊』という題名が不気味で、そう言えば薊《あざみ》の花かなんかを描いたカバーは、仏壇にそなえてある花みたいに陰気くさく見えた。

どんな事が書かれている本だろうとつい気になって、怪談めいた題名のついている『幽霊』という本をぱらぱらめくってみた。

「人はなぜ追憶を語るのだろうか。

どの民族にも神話があるように、どの個人にも心の神話があるものだ。その神話は次第にうすれ、やがて時間の深みのなかに姿を失うように見える。——だが、あのおぼろな昔に人の心にしのびこみ、そっと爪跡《つめあと》を残していった事柄《ことがら》を、人は知らず知らず、くる年もくる年も反芻《はんすう》しつづけているものらしい。そうした所作は死ぬまでいつまでも続いてゆくことだろう。それにしても、人はそんな反芻をまったく無意識につづけながら、なぜかふっと目ざめることがある。わけもなく桑の葉に穴をあけている蚕が、自分の咀嚼《そしゃく》するかすかな音に気づいて、不安げに首をもたげてみるようなものだ。そんなとき、蚕はどんな気持がするのだろうか」

この冒頭の文章が、たちまちぼくの心をとらえてしまった。ぼくはずっと昔から、こういうような文体で書かれた小説を、心のどこかで待ち望んでいたのだというような気持になった。そういう不思議な気持を抱いたのは、多少ぼくがこういう文章で小説を書きたいと思ったことがあったためだろう。少くとも毎月の文芸雑誌に載るたくさんの作家が書いた小説には、こういう気持を起させるものはなかった。西欧風の文体とでも言おうか、けれどいわゆる翻訳調ではない。沈んだ静かな調子の中に、ある透き通った響きを、輝かしいきらめきを感じたのである。こういう小説もついに日本にあらわれるようになったか、ここに確実に隠れた無名の天才作家がひとりいるとまで興奮したのである。けれど筋らしい筋もない、こういう種類の小説は、日本の文壇やジャーナリズムには決して受け入れられることはないだろう。多分ぼくと同年代らしいこの作家は、世に認められることなく、ひっそりと小説を書き続け、ごく少数の熱心な愛好家にしか知られないまま、埋もれてしまうのであろう。だがずっと経《た》ったある日、なにかの機会にその才能が発掘され、昭和年代にこのような小説を書いた作家がいたと、後世において認められるのではないかなどと想像したりしていた。

もうひとつ個人的な思い出を述べさせてもらうなら、『幽霊』が出た年の夏、ぼくは信州で中学時代の一年後輩であり、同じ理科学部員であった斎藤宗吉と、ひょっこり出会った。バスを待ちながら立話をしているうち、なんとこの斎藤宗吉が、あの『幽霊』を書いた北杜夫であることを知り仰天した。隠れた天才とひそかに舌をまいていた未知の男は、実は旧知の友人であったのだ。（北杜夫も、ぼくに本を送ってくれながら、文芸評論をやっている奥野健男が、昔から知っている奥野と同一人物とは露知らなかったと、語った）なるほどあの昆虫《こんちゅう》気違いの斎藤宗吉なら、『幽霊』のいたるところにちりばめられている、珍しい昆虫の名前や生態はじめ、野草など自然への深い観察と愛情は、それこそ自然に彼の筆から、ほとばしり出てくるであろうと納得することができた。

『幽霊』が「文芸首都」に分載されたのは、昭和二十七、八年であるが、書かれたのはもっと前のことらしい。昭和四十年五月に刊行された初期創作集『牧神の午後』（冬樹社刊）の「あとがき」に次のように書かれている。

「昭和二十五年、私の二十三歳の年は、このほかに『幽霊』をも書きだしていて、なかなか充実した年であった。『幽霊』は、はじめ母が家出をするところまでの短篇として出発し、次第に長篇となっていったものである。非常にぽつぽつと書きつがれ、昭和二十七年にひとまず完成した。その年から翌年にかけ、『文芸首都』に分載した。『狂詩』のある部分は、『幽霊』の中へ、またある部分は『楡家《にれけ》の人びと』の中へ利用されている。たとえば、蟬《せみ》の仔《こ》から若蟬が生れくる描写は、ほとんどそのまま『幽霊』に使用されている。また未発表の『硫黄泉』（昭和二十五、六年の作と思われる）の従兄《いとこ》にしても、同じく『幽霊』の中に発展していっている。

要するに、私の初期作品の集大成が『幽霊』といってよく、私としてはこの作品を読んでもらうことで、ここに集めた他の作品を切り捨ててもよいと思ったのである」

「ここに集めた他の作品」とは、昭和二十四年に書いた「百蛾譜《ひゃくがふ》」「幼いメルクリウス」「茸《きのこ》」「岩造の話」など『病気についての童話』と題された掌篇群と、昭和二十五年の『牧神の午後』『狂詩』『パンドラの匣《はこ》』『硫黄泉』を指し、いずれも『幽霊』より少し前か、同時期に書かれたものである。

昭和三十五年『どくとるマンボウ航海記』と『夜と霧の隅《すみ》で』の芥川《あくたがわ》賞受賞で一躍有名になった時期の前に、昭和三十年前後の『岩尾根にて』『羽蟻《はあり》のいる丘』『霊媒のいる町』などを「近代文学」「三田文学」に発表していた時期があり、さらにその前の昭和二十五年前後に『幽霊』などを発表のあてもなく書いていた最初期ともいえる時期があったことは、北杜夫の文学を理解する上に重要である。特にその各時期において、文体や作風が変化していることは注目に価《あたい》する。

『幽霊』は二十三歳の時、書きはじめたというのにふさわしい、まだ少年の雰囲気《ふんいき》からそう遠く距《へだた》っていない初々《ういうい》しい感覚と純粋な感性が生かされている。普通そのような時期は、それらの感覚や心理を文章に残すことなく過ぎてしまうものであり、はじめて自覚的に自己をみつめ、過去を文章に造型しようとつとめる時期には、既にそれらの感覚や心理は遠く去ってしまっている。その点、北杜夫は少年から青年にうつる微妙な時期に、マス・コミをはじめなにものにもわずらわされることなく、ひたすら自己の内部にある過去を見つめ、それを長い時間をかけて文学的イメージとして醱酵《はっこう》させ、『幽霊』という長篇に結晶させ得た、まことに貴重な一時期を生かし得た幸福な文学者である。いかにその後作家的成熟を遂げようと、『幽霊』のような作品は、決して二度と書くことができないのであるから。

『幽霊』は「個人の心の神話」であり、「忘却の生んだ物語」であり、隠された幼時期の記憶を求めに深層意識の中へ遡《さかのぼ》って行こうとする探検の発掘の旅の物語でもある。

作者は幼年期と少年期をはっきり別のものと考える。「人は幼年期を、ごく単純なあどけない世界と考えがちだが、それは我々が逃れられぬ忘却という作用のためにほかならない。しかし、忘れるということの意味を、人は本当に考えてみたことがあるだろうか。なにか意味あって、人はそれらの心情を忘れさるのではなかろうか」。また「だが子供がちいさな大人でないように、幼児もまた決してちいさな子供ではないのだ。そこにどんな神秘的な法則がはたらいているか、誰が明らかに答えられよう。しかし、次のことだけは言えるだろう――幼年期というものは、ただ育つこと大きくなることだけが目的なのだと。それならば、彼らが自らの成長にとって妨げとなるすべての体験、あらゆる記憶を、体内のどこかにじっとおし隠してしまうというようなことだってあるかも知れない」と。

これは『幽霊』の重要なモチーフである。作者は忘却の意味を考え、それは成長するために掩《おお》い隠されるのではないかと思う。そう、幼年期の記憶には、おぼえていてはいけないなにかの秘密があるに違いない。少年期の終りに立った主人公は少年期をさかのぼり、幼年期の入口で全く消えてしまった記憶を、おそれおののきながら探り出そうとする。

このモチーフは、精神医学の学徒でもある作者の「無意識界」に対する、またフロイトなどの精神分析学に対する専門的知識によって裏打ちされている。作者はたとえばエディプス・コンプレックスや、無意識のうちに母親の代償物を少女の上にもとめる第二次性徴期の特徴を、巧みに作品の中に活用している。

忘却した思い出を探しもとめる、それはプルウストの『失われた時を求めて』以来、多くの作家によって用いられた小説方法である。お菓子の匂《にお》いや、音楽によって、日本の水中花のように過去がよみがえる。しかし作者はこの方法をそのまま用いようとしない。まず冒頭の第一章に幼時期の記憶を明らかにしてしまう。そして二章から後に、少年期に終りを告げようとしている旧制高校生の現在の僕《ぼく》にもどり、そこから逆に少年期に遡る。『幽霊』は現在と過去、そして大過去が複雑かつ巧妙に組み合わされている。現在の心象と過去の記憶とが、対応的に語られ、現在の心理がどのように過去とつながっているかを、精緻《せいち》に描く。そして終章において、ついに幼年期の秘密が全的に解明され、第一章の幼年期のなにげない記憶が新たな照明の許に、くっきりとした陰えいを持って浮びあがってくる。その手法はまことに見事であると言うよりほかはない。

日本アルプスの単独行で霧にまかれた時、思わず口をついて出てくる「ママ」という言葉、ドビッシイの「牧神の午後」のフリュートの音に呼びおこされる不思議ななつかしさ、さらにトーマス・マンの小説になぜか心奪われ、見たこともないブッテンブロオク家のある北ドイツのリュウベックという街に憧《あこが》れる。それが彼の父と母がはじめてあった土地であった……、そこには主人公個人の記憶を超えた神秘的な啓示さえ働いているように思われる。

ぼくは『幽霊』の第一章に描かれたその頃《ころ》の東京の郊外である山の手の記憶が殊《こと》になつかしい。昭和のはじめは町の中の方々に原っぱがあり、子供たちの遊び場であり、天国であった。作者はそのなつかしい原っぱをこの作品にも、また『楡家の人びと』にも極めて抒情《じょじょう》的に描いている。古風な洋館のある山の手の家庭の風俗も、誰かが書いておかなければ永遠にうしなわれてしまうであろう。

奇術の好きな失敗ばかりしているこっけいな叔父や、原っぱの少年野球に入りこんで来た新聞配達夫のカントクにナチュラル・シュートが投げられるとほめられたり、また火星人の空想小説に興味を持ったりする少年期の思い出は、『どくとるマンボウ』や『楡家の人びと』のユーモアに通ずる要素が既に見られる。

だがぼくがもうひとつ深い共感をおぼえるのは、敗戦前後の旧制高校生である主人公の心情である。軍需工場への勤労動員や死が目の前の日常事になってしまった空襲などの苛烈《かれつ》な戦争期を、少年時代の休暇の延長のようにほとんど無関心に過し、戦争が終って死が遠のいてから、急に死を身近に感ずるという、当時の少年期から青年期に移りかけていた若者の心情である。作者と同年代のぼくの戦争期、敗戦期の心情はこの主人公と極めて似通うものであった。戦争、敗戦はこのような意識しない自我の崩壊、ニヒリズムとしてあらわれてくる。異常にならされ現実への感覚は鈍磨《どんま》し無神経になり、蚕が繭《まゆ》をつくるように自分の内側に目を向けてそこに入りこみ、まるで末期《まつご》の人間のように自然の美しさに目を見張る。荒廃した山国の町で敗戦を迎え、誰も登らぬ日本アルプスを空腹をかかえながらひとり歩きまわる。この空ばかり眺《なが》めて、過去ばかりを思っている少年の心情は痛ましく、かなしい。けれどこれがぼくたちの青春であったのだ。

雑誌で見つけた宝塚《たからづか》の少女の写真、勤労動員の工場で会った女子学生、山国の町で度々出会った少女、母の旧友のあどけない娘、そして子供の時死んだ姉、これらの少女を見るときの故《ゆえ》知らぬ心のときめきと不思議な憧憬《しょうけい》、それが幼い頃去ってしまった母親へのうしなわれた追憶に通ずるというこの物語の縦糸はかなしくも美しい。エディプス・コンプレックスを利用しながら、それを抒情によってうっすらとぼかし、表面に露《あら》わさないことが成功している。

この『幽霊』は魂のフィクションともいうべき物語で、もちろん父の死、母の家出など事実ではない。けれど早く死んだ父親の風貌《ふうぼう》に、斎藤茂吉の姿が淡く投影されているように、作者の幼年時、少年時の記憶や体験が基礎になっている。誰の中にもある少年の終りから見た幼年期の神秘さ、甘酸《あまず》っぱいかなしみ、として一般化、普遍化して表現したものである。『幽霊』は人間の魂の記憶を、言霊《ことだま》によって呼び起した物語と言えよう。

ぼくはビロウドの感触を愛《め》ずるように、上等のコニャックを味わうように、この類《たぐい》稀《ま》れな小説を繰り返したのしみ、名状しがたいなつかしさを、ぼくの中の深層意識が、心の神話がゆらめくのをおぼえる。

なお中央公論社版の「あとがき」で作者は次のように言っている。

「これはおよそ四部作としてまとまる意図の作品で『幽霊』はその第一部に当りますが、今のところすぐ続篇を書く予定がたちませんし、『幽霊』自体で独立してもいますので、一応この形のままにすることにしました」

おそらく主人公がドイツにまで遍歴するであろう続篇が、この心の中の神話をもとにして書きつがれる日の近いことをぼくは期待している。

（昭和四十年十月、文芸評論家）

この作品は昭和二十九年九月文芸首都社より自費出版で刊行された。

北杜夫著
夜と霧の隅で
芥川賞受賞
ナチスの指令に抵抗して、患者を救うために苦悩する精神科医たちを描き、極限状況下の人間の不安を捉えた表題作など初期作品5編。

北杜夫著
どくとるマンボウ航海記
のどかな笑いをふりまきながら、青い空の下を小さな船に乗って海外旅行に出かけたどくとるマンボウ。独自の観察眼でつづる旅行記。

北杜夫著
どくとるマンボウ昆虫記
虫に関する思い出や伝説や空想を自然の観察を織りまぜて語り、美醜さまざまの虫と人間が同居する地球の豊かさを味わえるエッセイ。

北杜夫著
どくとるマンボウ青春記
爆笑を呼ぶユーモア、心にしみる抒情。マンボウ氏のバンカラとカンゲキの旧制高校生活が甦る、永遠の輝きを放つ若き日の記録。

北杜夫著
楡家の人びと
（第一部～第三部）
毎日出版文化賞受賞
楡脳病院の七つの塔の下に群がる三代の大家族と、彼らを取り巻く近代日本五十年の歴史の流れ……日本人の夢と郷愁を刻んだ大作。

斎藤茂吉著
赤（しゃっこう）光
「死にたまふ母」「悲報来」――大正初期の刊行から今もなお、人生の一風景や叙述の深処に宿る強烈な人間感情に心震える処女歌集。

辻 邦生著

安土往還記

戦国時代、宣教師に随行して渡来した外国船員を語り手に、乱世にあってなお純粋に世の道理を求める織田信長の心と行動をえがく。

辻 邦生著

西行花伝

谷崎潤一郎賞受賞

高貴なる世界に吹き通う乱気流のさなか、現実とせめぎ合う〝美〟に身を置き続けた行動の歌人。流麗雄偉の生涯を唱いあげる交響絵巻。

金田一春彦著

ことばの歳時記

深い学識とユニークな発想で、四季折々のことばの背後にひろがる日本人の生活と感情、歴史と民俗を広い視野で捉えた異色歳時記。

黒柳徹子著

新版 トットチャンネル

NHK専属テレビ女優第1号となり、テレビとともに歩み続けたトットと仲間たちとの姿を綴る青春記。まえがきを加えた最新版。

黒柳徹子著

トットの欠落帖

自分だけの才能を見つけようとあらゆる事に努力挑戦したトットのレッテル「欠落人間」。いま噂の魅惑の欠落ぶりを自ら正しく伝える。

黒柳徹子著

小さいときから考えてきたこと

小さいときからまっすぐで、いまも女優、ユニセフ親善大使として大勢の「かけがえのない人々」と出会うトットの私的愛情エッセイ。

幸田文著　父・こんなこと

父・幸田露伴の死の模様を描いた「父」。父と娘の日常を生き生きと伝える「こんなこと」。偉大な父を偲ぶ著者の思いが伝わる記録文学。

幸田文著　流れる　新潮社文学賞受賞

大川のほとりの芸者屋に、女中として住み込んだ女の眼を通して、華やかな生活の裏に流れる哀しさはかなさを詩情豊かに描く名編。

幸田文著　おとうと

気丈なげんと繊細で華奢な碧郎。姉と弟の間に交される愛情を通して生きることの寂しさを美しい日本語で完璧に描きつくした傑作。

幸田文著　木

北海道から屋久島まで木々を訪ね歩く。出逢った木々の来し方行く末に思いを馳せながら、至高の名文で生命の手触りを写し取る名随筆。

幸田文著　きもの

大正期の東京・下町。あくまできものの着心地にこだわる微妙な女ごころを、自らの軌跡と重ね合わせて描いた著者最後の長編小説。

佐藤愛子著　こんなふうに死にたい

ある日偶然出会った不思議な霊体験をきっかけに、死後の世界や自らの死へと思いを深めていく様子をあるがままに綴ったエッセイ。

沢木耕太郎著

人の砂漠

一体のミイラと英語まじりのノートを残して餓死した老女を探る「おばあさんが死んだ」等、社会の片隅に生きる人々をみつめたルポ。

沢木耕太郎著

一瞬の夏（上・下）

非運の天才ボクサーの再起に自らの人生を賭けた男たちのドラマを〝私ノンフィクション〟の手法で描く第一回新田次郎文学賞受賞作。

沢木耕太郎著

バーボン・ストリート

講談社エッセイ賞受賞

ニュージャーナリズムの旗手が、バーボングラスを傾けながら贈るスポーツ、贅沢、賭け事、映画などについての珠玉のエッセイ15編。

沢木耕太郎著

深夜特急 1

—香港・マカオ—

デリーからロンドンまで、乗合いバスで行こう——。26歳の〈私〉の、ユーラシア放浪が今始まった。いざ、遠路二万キロの彼方へ！

沢木耕太郎著

チェーン・スモーキング

古書店で、公衆電話で、深夜のタクシーで——同時代人の息遣いを伝えるエピソードの連鎖が、極上の短篇小説を思わせるエッセイ15篇。

沢木耕太郎著

彼らの流儀

男が砂漠に見たものは。大晦日の夜、女が迷ったのは……。彼と彼女たちの「生」全体を映し出す、一瞬の輝きを感知した33の物語。

城山三郎著 **総会屋錦城**
直木賞受賞

直木賞受賞の表題作は、総会屋の老練なボス錦城の姿を描いて株主総会のからくりを明かす異色作。他に本格的な社会小説6編を収録。

城山三郎著 **役員室午後三時**

日本繊維業界の名門華王紡に君臨するワンマン社長が地位を追われた――企業に生きる人間の非情な闘いと経済のメカニズムを描く。

城山三郎著 **雄気堂々**（上・下）

一農夫の出身でありながら、近代日本最大の経済人となった渋沢栄一のダイナミックな人間形成のドラマを、維新の激動の中に描く。

城山三郎著 **毎日が日曜日**

日本経済の牽引車か、諸悪の根源か？　総合商社の巨大な組織とダイナミックな機能・日本的体質を、商社マンの人生を描いて追究。

城山三郎著 **官僚たちの夏**

国家の経済政策を決定する高級官僚たち――通産省を舞台に、政策や人事をめぐる政府・財界そして官僚内部のドラマを捉えた意欲作。

城山三郎著 **男子の本懐**

〈金解禁〉を遂行した浜口雄幸と井上準之助。性格も境遇も正反対の二人の男が、いかにして一つの政策に生命を賭したかを描く長編。

井上ひさし著
ブンとフン

フン先生が書いた小説の主人公、神出鬼没の大泥棒ブンが小説から飛び出した。奔放な空想奇想が痛烈な諷刺と哄笑を生む処女長編。

井上ひさし著
新釈遠野物語

遠野山中に住まう犬伏老人が語ってきかせた、腹の皮がよじれるほど奇天烈なホラ話……。名著『遠野物語』にいどむ、現代の怪異譚。

井上ひさし著
下駄の上の卵

敗戦直後の日本。軟式野球ボールを求めて、山形から闇米抱え密かに東京へと向かう少年たちのひと夏の大冒険を描いた、永遠の名作。

井上ひさし著
吉里吉里人（上・中・下）
日本SF大賞・読売文学賞受賞

東北の一寒村が突如日本から分離独立した。大国日本の問題を鋭く撃つおかしくも感動的な新国家を言葉の魅力を満載して描く大作。

井上ひさし著
イーハトーボの劇列車

近代日本の夢と苦悩、愛と絶望を乗せ、夜汽車は理想郷《イーハトーボ》目指してひた走る――宮沢賢治への積年の思いをこめて描く爆笑と感動の戯曲。

井上ひさし著
父と暮せば

愛する者を原爆で失い、一人生き残った負い目で恋に対してかたくなな娘、彼女を励ます父。絶望を乗り越えて再生に向かう魂の物語。

新田次郎著　縦走路

冬の八ヶ岳を舞台に、四人の登山家の男女をめぐる恋愛感情のもつれと、自然と対峙する人間の緊迫したドラマを描く山岳長編小説。

新田次郎著　強力伝・孤島　直木賞受賞

直木賞受賞の処女作「強力伝」ほか、「八甲田山」「凍傷」「おとし穴」「山犬物語」など、山岳小説に新風を開いた著者の初期の代表作。

新田次郎著　孤高の人（上・下）

ヒマラヤ征服の夢を秘め、日本アルプスの山々をひとり疾風の如く踏破した〝単独行の加藤文太郎〟の劇的な生涯。山岳小説の傑作。

新田次郎著　蒼氷・神々の岩壁

富士山頂の苛烈な自然を背景に、若い気象観測所員達の友情と死を描く「蒼氷」。谷川岳衝立岩に挑む男達を描く「神々の岩壁」など。

新田次郎著　栄光の岩壁（上・下）

凍傷で両足先の大半を失いながら、次々に岩壁に挑戦し、遂に日本人として初めてマッターホルン北壁を征服した竹井岳彦を描く長編。

新田次郎著　アラスカ物語

十五歳で日本を脱出、アラスカにわたり、エスキモーの女性と結婚。飢餓から一族を救出して救世主と仰がれたフランク安田の生涯。

帚木蓬生著
白い夏の墓標
アメリカ留学中の細菌学者の死の謎は真夏のパリから残雪のピレネーへ、そして二十数年前の仙台へ遡る……抒情と戦慄のサスペンス。

帚木蓬生著
三たびの海峡
吉川英治文学新人賞受賞
三たびに亙って〝海峡〟を越えた男の生涯と、日韓近代史の深部に埋もれていた悲劇を誠実に重ねて描く。山本賞作家の長編小説。

帚木蓬生著
閉鎖病棟
山本周五郎賞受賞
精神科病棟で発生した殺人事件。隠されたその動機とは。優しさに溢れた感動の結末――。現役精神科医が描く、病院内部の人間模様。

帚木蓬生著
逃亡（上・下）
柴田錬三郎賞受賞
戦争中は憲兵として国に尽くし、敗戦後は戦犯として国に追われる。彼の戦争は終わっていなかった――。「国家と個人」を問う意欲作。

帚木蓬生著
国銅（上・下）
大仏の造営のために命をかけた男たち。歴史に名は残さず、しかし懸命に生きた人びとを、熱き想いで刻みつけた、天平ロマン。

帚木蓬生著
蠅の帝国
―軍医たちの黙示録―
日本医療小説大賞受賞
東京、広島、満州。国家により総動員され、過酷な状況下で活動した医師たち。彼らの慟哭が聞こえる。帚木蓬生のライフ・ワーク。

藤沢周平著
竹光始末

糊口をしのぐために刀を売り、竹光を腰に仕官の条件である上意討へと向う豪気な男。表題作の他、武士の宿命を描いた傑作小説5編。

藤沢周平著
時雨のあと

兄の立ち直りを心の支えに苦界に身を沈める妹みゆき。表題作の他、江戸の市井に咲く小哀話を、纖麗に人情味豊かに描く傑作短編集。

藤沢周平著
冤（えんざい）罪

勘定方相良彦兵衛は、藩金横領の罪で詰め腹を切らされ、その日から娘の明乃も失踪した……。表題作はじめ、士道小説9編を収録。

藤沢周平著
橋ものがたり

様々な人間が日毎行き交う江戸の橋を舞台に演じられる、出会いと別れ。男女の喜怒哀楽の表情を瑞々しい筆致に描く傑作時代小説。

藤沢周平著
神隠し

失踪した内儀が、三日後不意に戻った、一層凄艶さを増して……。女の魔性を描いた表題作をはじめ江戸庶民の哀歓を映す珠玉短編集。

藤沢周平著
春秋山伏記

羽黒山からやって来た若き山伏と村人とのユーモラスでエロティックな交流——荘内地方に伝わる風習を小説化した異色の時代長編。

松本清張著

小説日本芸譚

千利休、運慶、光悦――。日本美術史に燦然と輝く芸術家十人が煩悩に翻弄される姿――人間の業の深さを描く異色の歴史短編集。

松本清張著

或る「小倉日記」伝
芥川賞受賞　傑作短編集(一)

体が不自由で孤独な青年が小倉在住時代の鷗外を追究する姿を描いて、芥川賞に輝いた表題作など、名もない庶民を主人公にした12編。

松本清張著

黒地の絵
傑作短編集(二)

朝鮮戦争のさなか、米軍黒人兵の集団脱走事件が起きた基地小倉を舞台に、妻を犯された男のすさまじい復讐を描く表題作など9編。

松本清張著

西郷札
傑作短編集(三)

西南戦争の際に、薩軍が発行した軍票をもとに一攫千金を夢みる男の破滅を描く処女作の「西郷札」など、異色時代小説12編を収める。

松本清張著

佐渡流人行
傑作短編集(四)

逃れるすべのない絶海の孤島佐渡を描く「佐渡流人行」、下級役人の哀しい運命を辿る「甲府在番」など、歴史に材を取った力作11編。

松本清張著

張込み
傑作短編集(五)

平凡な主婦の秘められた過去を、殺人犯を張込み中の刑事の眼でとらえて、推理小説界に新風を吹きこんだ表題作など8編を収める。

山本周五郎著
青べか物語
うらぶれた漁師町浦粕に住みついた〝私〟の眼を通して、独特の狡猾さ、愉快さ、質朴さをもつ住人たちの生活ぶりを巧みな筆で捉える。

山本周五郎著
柳橋物語・むかしも今も
幼い一途な恋を信じたおせんを襲う悲しい運命の「柳橋物語」。愚直なる男が愚直を貫き通したがゆえに幸福をつかむ「むかしも今も」。

山本周五郎著
五瓣の椿
自分が不義の子と知ったおしのは、淫蕩な母と相手の男たちを次々と殺す。息絶えた五人の男たちのそばには赤い椿の花びらが……。

山本周五郎著
赤ひげ診療譚
小石川養生所の〝赤ひげ〟と呼ばれる医師と、見習い医師との魂のふれ合いを中心に、貧しさと病苦の中でも逞しい江戸庶民の姿を描く。

山本周五郎著
大《おお》炊《いの》介《すけ》始末
自分の出生の秘密を知った大炊介が、狂態を装って父に憎まれようとする姿を描く「大炊介始末」のほか、「よじょう」等、全10編を収録。

山本周五郎著
小説日本婦道記
厳しい武家の定めの中で、夫や子のために生き抜いた日本の女たち――その強靱さ、凛とした美しさや哀しみが溢れる感動的な作品集。

新潮文庫最新刊

朝井まかて著
輪舞曲《ロンド》
愛人兼パトロン、腐れ縁の恋人、火遊びの相手、生き別れの息子。早逝した女優をめぐる四人の男たち――。万華鏡のごとき長編小説。

藤沢周平著
義民が駆ける
突如命じられた三方国替え。荘内藩主・酒井家累世の恩に報いるため、百姓は命を賭けて江戸を目指す。天保義民事件を描く歴史長編。

古野まほろ著
新任警視（上・下）
25歳の若き警察キャリアは武装カルト教団のテロを防げるか？　二重三重の騙し合いと大どんでん返し。究極の警察ミステリの誕生！

一木けい著
全部ゆるせたらいいのに
お酒に逃げる夫を止めたい。お酒に負けた父を捨てたい。家族に悩むすべての人びとへ捧ぐ、その理不尽で切実な愛を描く衝撃長編。

石原千秋編著
新潮ことばの扉
教科書で出会った名作小説一〇〇
こころ、走れメロス、ごんぎつね。懐かしくて新しい〈永遠の名作〉を今こそ読み返そう。全百作に深く鋭い「読みのポイント」つき！

伊藤祐靖著
邦人奪還
―自衛隊特殊部隊が動くとき―
北朝鮮軍がミサイル発射を画策。米国によるピンポイント爆撃の標的付近には、日本人拉致被害者が――。衝撃のドキュメントノベル。

新潮文庫最新刊

松原始著
カラスは飼えるか
頭の良さで知られながら、嫌われたりもするカラス。この身近な野鳥を愛してやまない研究者がカラスのかわいさ面白さを熱く語る。

五条紀夫著
クローズド サスペンスヘブン
俺は、殺された——なのに、ここはどこだ？天国屋敷に辿りついた6人の殺人被害者たち。「全員もう死んでる」特殊設定ミステリ爆誕。

A・ハンセン
M・ヴェンブラード
久山葉子訳
脱スマホ脳 かんたんマニュアル
集中力がない、時間の使い方が下手、なんだか寝不足。スマホと脳の関係を知ればきっと悩みは解決！　大ベストセラーのジュニア版。

奥泉光著
死神の棋譜
将棋ペンクラブ大賞文芸部門優秀賞受賞
名人戦の最中、将棋会館に詰将棋の矢文を持ち込んだ男が消息を絶った。ライターの〈私〉は行方を追うが。究極の将棋ミステリ！

逢坂剛著
鏡影劇場（上・下）
この〈大迷宮〉には巧みな謎が多すぎる！不思議な古文書、秘密めいた人間たち。虚実入れ子のミステリーは、脱出不能の〈結末〉へ。

白井智之著
名探偵のはらわた
史上最強の名探偵VS.史上最凶の殺人鬼。昭和史に残る極悪犯罪者たちが地獄から甦る。特殊設定・多重解決ミステリの鬼才による傑作。

新潮文庫最新刊

木内　昇著　占《うら》
いつの世も尽きぬ恋愛、家庭、仕事の悩み。〝占い〟に照らされた己の可能性を信じ、逞しく生きる女性たちの人生を描く七つの短編。

武田綾乃著　君と漕ぐ5　―ながとろ高校カヌー部の未来―
進路に悩む希衣、挫折を知る恵梨香。そして迎えたインターハイ、カヌー部みんなの夢は叶うのか――。結末に号泣必至の完結編。

中野京子著　画家とモデル　―宿命の出会い―
画家の前に立った素朴な人妻は変貌を遂げ、青年のヌードは封印された――。画布に刻まれた濃密にして深遠な関係を読み解く論集。

D・ヒッチェンズ　矢口　誠訳　はなればなれに
前科者の青年二人が孤独な少女と出会ったとき、底なしの闇が彼らを待ち受けていた――。ゴダール映画原作となった傑作青春犯罪小説。

北村　薫著　雪　月　花　―謎解き私小説―
ワトソンのミドルネームや〝覆面作家〟のペンネームの秘密など、本にまつわる数々の謎。手がかりを求め、本から本への旅は続く！

梨木香歩著　村田エフェンディ滞土録
19世紀末のトルコ。留学生・村田が異国の友人らと過ごしたかけがえのない日々。やがて彼らを待つ運命は。胸を打つ青春メモワール。

幽《ゆう》霊《れい》

—或る幼年と青春の物語—

新潮文庫　き-4-2

昭和四十年十月十日 発行
平成二十六年二月五日 五十八刷改版
令和五年三月二十日 六十刷

著者 北《きた》杜《もり》夫《お》

発行者 佐藤隆信

発行所 株式会社 新潮社

郵便番号 一六二―八七一一
東京都新宿区矢来町七一
電話 編集部(〇三)三二六六―五四四〇
読者係(〇三)三二六六―五一一一
https://www.shinchosha.co.jp

価格はカバーに表示してあります。

乱丁・落丁本は、ご面倒ですが小社読者係宛ご送付ください。送料小社負担にてお取替えいたします。

印刷・株式会社光邦　製本・株式会社大進堂

© Kimiko Saitô 1954 Printed in Japan

ISBN978-4-10-113102-3 C0193